Dorothee Nolte

Die Intrige

Dorothee Nolte

Die Intrige

Ein Campus-Roman

Argon

Satz: LVD GmbH, Berlin
Druck und Bindung: Clausen & Bosse, Leck
Printed in Germany 1998

ISBN 3-87024-457-7

Für Otto

Inhaltsverzeichnis

Abschied mit Paprikastreifen

Carlo der Ingenieur hatte Rotwein mitgebracht und Sigmund der Doktorand Paprikastreifen. An Gläser hatte niemand gedacht, also holte man Keramikbecher aus dem Studenten-Café »Keller« unten im Hof. »Bringt auch Teller mit!« schrie Britta den Davoneilenden hinterher. Sie hatte Kartoffelsalat im Rucksack und Wehmut im Herzen. Warum muß alles immer ein Ende haben, dachte sie. Ich finde Anfänge viel schöner.

Als Professor Knospe, wie immer etwas verspätet und mit einem grünlichen Sakko behängt, in der Tür des Hörsaals 413 erschien, war alles schon angerichtet: Die gesunden Paprikastreifen waren mit den Konservierungsstoffen des Kartoffelsalats eine innige Verbindung eingegangen, und der Kuchen vom Stehcafé am Eck krümelte auf die Tischdecke aus Zeitungspapier. Carlo der Ingenieur hatte seinem Rotwein bereits zugesprochen und strahlte unverhüllte Lebensfreude aus. Britta setzte sich aufrecht hin, um ihre überflüssigen Pfunde an Bauch und Hüfte zu disziplinieren, und Jonas der Jurist hörte auf, sein Handy zu streicheln. Nur Eva die Ethnologin feilte ungerührt weiter ihre Nägel und blickte dabei meditativ auf den blaßblauen Linoleumboden.

Der Professor zog eine seiner grauen Augenbrauen hoch. »Nanu«, sagte er streng, »welcher Intrige habe ich das zu verdanken?«

Alle lachten, obwohl die ewigen Anspielungen auf das Seminarthema eigentlich schon nicht mehr komisch waren. Sigmund der Doktorand gab sich als Ober-Intrigant zu erkennen und Britta als Mit-Verschwörerin. »Wir dachten, daß ein so ungewöhnliches Seminar wie dieses einen würdigen Abschluß finden muß«, erklärte Sigmund etwas umständlich und schob den würdigen Kartoffelsalat vorsichtig in Richtung

Professor. »Eigentlich dürfte das Seminar noch gar nicht zu Ende sein«, ergänzte Britta. »Könnte es nicht im Wintersemester weitergehen?«

Der Professor fühlte sich geschmeichelt. Es lohnte also doch, sich in der Lehre zu engagieren! Bei all dem Ärger mit Einsparungen, hilflosen Gremien, sinnlosen Studienordnungen – es gab an der Universität doch noch jene Momente, deretwegen er seinerzeit Professor geworden war: das anregende Gespräch mit Menschen unterschiedlichen Hintergrunds, überraschende Ideen und Bezüge, die aufblitzen, die beinahe körperlich spürbare Befriedigung des Gehirns durch das Denken neuer Gedanken. Interdisziplinarität in der Lehre ist das Geheimrezept, dachte er und betrachtete gerührt Carlo den Ingenieur, der mit gesundem Appetit ein ungesundes Stück Kuchen verspeiste. Wie wäre es sonst möglich, daß ein Student der Ingenieurwissenschaft den Weg von der Technischen Universität ins Institut für Kulturwissenschaft der Humboldt-Universität, vom Charlottenburger Ernst-Reuter-Platz in die Sophienstraße in Mitte findet?

Als besonderes Verdienst rechnete Knospe es sich an, Jonas den Juristen über zwei volle Semester gefesselt zu haben; er kam sogar aus dem idyllischen Dahlem hierher, von der Freien Universität, und war von seinem Fachbereich ganz andere Kleidungssitten gewöhnt, als sie hier herrschten. Die kleine Britta hatte ein knallgelbes, lackartig glänzendes Hemdchen an, dessen Kragen fast so orange war wie ihre Haare, und Eva die Ethnologin trug eine Naturtextilie aus beigem Leinen ohne erkennbaren Schnitt, wie sie unter Juristen noch nie gesichtet worden war. Sie sah den Professor mit jenem seelenruhigen, rätselhaften Blick an, den er nie hatte entschlüsseln können. Als einzige Teilnehmerin hatte Eva keine Hausarbeit geschrieben, kein Referat gehalten, war niemals in seiner Sprechstunde gewesen und würde auch keinen Schein bekommen. Sie hatte lediglich hin und wieder ein paar anregende Bemerkungen zur Intrige auf Bali oder in der schleswig-holsteinischen Landjugend beigetragen. Schätzte sie ihn oder machte sie sich über ihn lustig?

Sheila die Geschlechterforscherin aus den USA brachte wieder Eindeutigkeit in die Gedanken des Professors. »Dieses Seminar war das beste, das ich in Deutschland bisher gemacht habe«, sagte sie und fuhr sich mit einem grünen Paprikastreifen durch die langen dunklen Haare. Da sie nicht als Kulturimperialistin auftreten wollte, verkniff sie sich zu sagen, was sie normalerweise an deutschen Seminaren störte: Die Studenten sahen ihre einzige Aufgabe darin, irgendwann im Semester ein ellenlanges, stockend vorgetragenes Referat zu halten, und die Professoren verfügten über das rhetorische Talent eines Maulwurfs und den Humor einer Bratpfanne. In Berkeley, wo sie herkam, war das alles ganz anders.

»Auch für mich war dieses Seminar sehr ungewöhnlich«, erklärte der Professor feierlich, während die Glocke der benachbarten Sophienkirche elf Uhr schlug. Die Julisonne warf einen energischen Strahl durch das Fenster des Hörsaals 413, der wie zur Bekräftigung auf dem Hinterkopf des Professors landete. »Am Beispiel der Intrige zeigt sich nicht zuletzt, wie notwendig unser Fach Kulturwissenschaft ist. Keine Einzeldisziplin hätte es vermocht, alle Aspekte der Intrige im Spannungsfeld von Mündlichkeit, Schriftlichkeit, Medialität bis hin zum Internet zu beleuchten.« Dies sagte der Professor an die Adresse seiner abwesenden Kritiker, die nicht müde wurden, das Fach Kulturwissenschaft als »Spielwiese« und die Fachvertreter als Dilettanten abzuqualifizieren – Fehlurteile, die Knospe regelmäßig auf Tagungen und in Publikationen korrigieren mußte. »Ich habe noch nie Studenten so unterschiedlicher Fachrichtungen in einem Kurs gehabt« – Carlo richtete sich auf und lächelte breit in die Runde, er wußte, daß er unter lauter Kultur- und Sozialwissenschaftlern der Exot war –, »und auch das bestätigt mich darin, daß ich das richtige Thema gewählt habe«. Die Studenten nickten wohlwollend; ein gewisses Maß an Eitelkeit mußte man einem Professor als unvermeidliche Berufskrankheit verzeihen. Schließlich war Knospe wirklich brillant.

»Vor allem aber ist das Seminar durch Ihre Mitarbeit so interessant geworden«, fuhr der Professor fort. Seine Karriere währte nun schon über zwanzig Jahre, und oft war er sich beim Versuch, aus einem Haufen nägelbeißender, walkmanhörender, häkelnder und schiffchenmalender Studenten einen Funken Enthusiasmus hervorzulocken, vorgekommen wie einer, der auf einem Nilpferd Dressur reiten möchte. Dieses Seminar hob sich wohltuend von den üblichen Dressurversuchen ab. Knospe war in Geberlaune, und sein grünliches Sakko begann im Sonnenlicht zu glänzen. »Ich habe ja gar nicht geahnt, aus wie vielen Blickrichtungen man das Thema ›Intrige‹ betrachten kann. ›Das Geschlecht der Intrige‹«, er goß sich Rotwein in einen giftgrünen Keramikbecher und prostete Sheila zu, »›Die Intrige: Authentizität und Kopie‹«, er schwang den Becher in Richtung Hans, »›Die Intrige und ihre Leerstellen im Werk von Giuseppe Firenze‹«, Britta errötete, jedes Mal wenn Knospe sie so durchgeistigt ansah, wurde sie rot, »ja sogar die Intrige bei der Einwerbung von Drittmitteln für den Fachbereich Verfahrenstechnik der TU!« Carlo strahlte. Seine Hausarbeit für dieses Seminar barg so viel Sprengstoff, daß er sie erst nach seinem Diplom würde an die Öffentlichkeit bringen können. Mit frischem Appetit wuchtete er einen Schöpflöffel Kartoffelsalat auf seinen Pappteller.

»Ich kann gar nicht all die interessanten Themen aufzählen, die in den vergangenen beiden Semestern hier behandelt worden sind«, schloß der Professor mit einem entschuldigenden Lächeln an Frau Westermann, seine Sekretärin, Jonas den Juristen und Eva die Ethnologin. Eva blickte aus grauen Augen ruhig zurück, ihr demonstrativ ungeschminktes Gesicht verriet keinerlei Regung. »Aber zusammenfassend läßt sich sagen ...«, hier stockte der Professor ein wenig, denn das Ordnen und Gliedern lag ihm nicht, er liebte das kreative Chaos mehr als nachprüfbare Ergebnisse.

»... zusammenfassend läßt sich sagen«, fiel Sigmund der Doktorand ein, der sich gänzlich übergangen fühlte, »daß wir in den letzten Wochen eigentlich nur über ein einziges Thema geredet haben und daß dieses Thema einige von uns auch während der Semesterferien nicht loslassen wird.«

»Stimmt«, sagte der Professor, und Britta bemerkte ein nervöses Zucken an seinem rechten Auge. Seine Stimme klang rauh, als er bestätigte: »Wir haben uns von einer der größten Intrigantinnen der englischen Literatur gefangen nehmen lassen: von Lydia Ottone.«

In Ekstase

»Guck mal. Bin ich hier besoffen oder die da unten?«

Britta stellte sich zu Carlo dem Ingenieur ans Fenster des kleinen Hörsaals im vierten Stock und blickte in den Hinterhof hinunter. Vor dem Eingang des »Kaffee Keller« standen etwa dreißig leicht bekleidete Studenten in zwei Kreisen und schwankten langsam erst nach rechts, dann alle nach links, wobei sie ihre Köpfe stets in die entgegengesetzte Richtung zum Oberkörper drehten. Von Zeit zu Zeit entströmte ihren Kehlen ein dunkles »Ra!«, das vielfach im Hof widerhallte.

»Oh Gott, die Nachbarn«, sagte Sigmund der Doktorand. Das Institut für Kulturwissenschaft der Humboldt-Universität lag im zweiten Hinterhof der Sophienstraße 22a, und der erste Hof, aus gelben Backsteinen und liebevoll mit Pflanzen begrünt, wurde von ganz normalen Menschen bewohnt. Sie klagten nicht nur über die Touristen, die sich scharenweise in die Sophienstraße ergossen und dort die frisch renovierten Fassaden, das städtische Idyll aus Kirche und Handwerksläden bewunderten. Noch häufiger beschwerten sie sich über Studenten, die laut redend zu ihren Seminaren in den zweiten Hof wandelten und dabei mitunter auch eine Zigarettenkippe in den Blumenkübeln vergaßen. Was würden sie erst zu Urwaldtänzen mit Urschreien sagen?

»Für dich muß das ein Kulturschock sein«, sagte Eva die Ethnologin mitleidig zu Carlo, der als Ingenieur ihrer Meinung nach einen beschränkten Horizont hatte. Das eindimensionale Weltbild eines Ingenieurs, das von Schrauben, Schwingungen, Chips und Drittmitteln begrenzt wird, kann die Vielfalt und die Relativität aller kulturellen Leistungen nicht erfassen, war Evas bei Feldstudien auf Bali gewachsene Überzeugung. »Das ist das Seminar Ekstase-Techniken, die hatten heute ja auch ihre letzte Sitzung. Offenbar machen sie zum Abschluß noch ein bißchen Praxis.«

Alle Teilnehmer des Hauptseminars Intrige – Professor Knospe hatte sich bereits verabschiedet – reihten sich am Fenster auf und betrachteten dankbar die Ekstatiker. Sie wußten, daß ihr eigenes, kleines, feines Seminar viel voller gewesen wäre, wenn nicht gleichzeitig Veranstaltungen zu den Themen Ekstasetechniken, Hanf, Techno und Multikulti stattgefunden hätten. Das war ja das Schöne an der Kulturwissenschaft: Es gab kein Thema auf der ganzen weiten Welt, das sie nicht behandeln konnte, eins war aufregender als das andere. Da gehörte man als Intrigen-Forscher schon zur seriösen Fraktion.

»Letztes Jahr hätten sie das wunderbar als Protestaktion verkaufen können«, sagte Jonas der Jurist, der über »Die Intrige als Straftatbestand« gearbeitet hatte. »Motto: Bildung macht uns high oder so ähnlich.«

Sheila schüttelte ihre frisch gewaschenen Haare. Sie glaubte nicht an ein politisches Bewußtsein unter deutschen Studenten.

Wenn es im Sommersemester 1996 da gewesen sein sollte, als die Kommilitonen aller Unis aus Protest gegen die 100-DM-Einschreibgebühr 24 Stunden lang um den Ernst-Reuter-Platz joggten, als die jungen Pharmazeuten der Humboldt-Universität den Passanten auf dem Alexanderplatz das Pillendrehen beibrachten, um vor der Abschaffung ihrer Fakultät zu warnen, als sogar die Literaturwissenschaftler auf dem Winterfeldtplatz Marathon-Lesungen abhielten, so war es jetzt jedenfalls weg. Sie kannte nur Leute, die sich auf ihr Studium oder ihren Job oder ihr Nachtleben oder ihre Liebesaffären konzentrierten. Genau wie in den USA, dachte sie. Immerhin traf man in Deutschland noch hin und wieder auf jene Schwundstufe des politischen Bewußtseins, die darin bestand, ein schlechtes Gewissen ob der eigenen Untätigkeit zu haben. Sie selbst war Feministin, aber das auf einem so hohen theoretischen Niveau, daß sich niemand davon ernstlich belästigt fühlen konnte.

Beim Anblick ihrer schwankenden und zuckenden Kommilitonen überkam Britta wieder ein Gefühl der Wehmut. Sommersemesterferien, klar, das war toll, Ausschlafen, Schwimmengehen, in Bibliotheken Stöbern – nicht mal Jobben brauchte sie diesmal, da sich ihre Eltern in Anbetracht des nahenden Examens großzügig zeigten. Aber Semesterferien, das hieß auch: keine Ausreden mehr. Keine festen Termine, die sie davon ablenkten, daß sie eine Magisterarbeit über »Lydia Ottone und Giuseppe Firenze: Intrigen und ihre Leerstellen« schreiben mußte. Daß ihr Studium unweigerlich zu Ende ging, obwohl sie das Gefühl hatte, erst jetzt begriffen zu haben, worum es ging. Und daß sie sich danach auf den Arbeitsmarkt wagen mußte, auf dem sie hundert anderen Brittas begegnen würde, die allesamt nicht gebraucht wurden. Traurig wiegte sie sich im Takt der Ekstatiker hin und her und wäre dabei fast von ihren Plateausohlen auf den Linoleumboden gefallen. Sie hielt sich an Carlo fest, der als Ingenieur jede fleischliche Begegnung mit einem weiblichen Wesen begrüßte. Er hatte Gefallen an den Ekstatikern gefunden und probte schon mit leiser Stimme ihr dunkles »Ra«.

»Na, ist dir auch schon schwindlig?« fragte er.

»Ach«, antwortete Britta nur. Sie stützte sich auf die Fensterbank und seufzte. In ihrem Kopf drehten sich düstere Gedanken im Kreise, ganz wie die Ekstatiker unten im Hof. Ihr Leben schien ihr in wesentlichen Punkten verfehlt. Sportlich müßte man sein, schlank müßte man sein und Akademiker-Eltern müßte man haben, dachte sie. Akademiker-Eltern bereiteten ihren Nachwuchs von Kindesbeinen an systematisch auf das Studium vor, sie erzählten beim Abendbrot von Chaostheorie und Shakespeare statt von Hans Meiser und Lohnsteuerberechnungen wie ihre Erzeuger in Salzgitter. Sonntags gingen Akademiker-Eltern mit ihren Kindern in Skulpturen-Ausstellungen und auf botanische Lehrpfade, und abends drückten sie ihnen ein Buch in die Hand. Bevor sie überhaupt mit dem Studium begannen, waren Akademiker-Kinder gebildet, eloquent und konnten systematisch denken – so wie Hans der Philosoph. Er nannte sie »die kleine Britta aus Salzgitta«, angeblich liebevoll, aber sie spürte darin einen Hauch von Herablassung.

Scheinbar ohne Absicht trat sie Hans, der neben ihr stand, mit ihrer rechten Plateausohle auf den Zeh. Er jaulte auf. Wenn ich noch einmal anfangen könnte, würde ich im Studium alles anders machen, dachte Britta. Ich würde ständig zur Studienberatung laufen, würde den Professoren auflauern, bis sie meine Arbeiten mit mir besprechen, würde mir ganz gezielt die Dozenten raussuchen, die den Stoff gut rüberbringen. Solche wie Professor Knospe. Und sie wurde rot, weil sie plötzlich wieder seinen durchgeistigten Blick auf sich spürte. Wie er alle Dinge dieser Welt zueinander in Beziehung setzen konnte! Wie er ihren, Brittas, Vorschlag akzeptiert hatte, auch über die Werke von Lydia Ottone zu sprechen! Obwohl die englische Autorin, diese in Italien geborene Abenteurerin mit dem stechenden Blick, nicht gerade eine von Professoren geschätzte Schriftstellerin war, wußte er doch erstaunlich viel über sie und kannte zahlreiche ihrer Romane. Mochte Hans der Philosoph noch so sehr über die »platte Symbolik« lachen: Knospe hatte in ihr etwas zum Blühen gebracht. Würde die zarte Pflanze in den Semesterferien nicht verdorren?

Unten im Hof entstand Unruhe. Zwei Studenten waren offenbar in eine echte Ekstase verfallen und begannen, sich die Kleider vom Leib zu reißen. Ein blonder Jüngling reckte seine Brust zum Himmel und quietschte wie ein Schwein, das in der Blüte seines Lebens abgeschlachtet wird. Dabei trommelte eine bis zur Hüfte entblößte Studentin weinend mit den Fäusten auf seine Schultern und warf ihre langen Haare in alle Richtungen, so daß sie wie Peitschenhiebe auf den Jünglingsrücken niederknallten. Die anderen Ekstatiker wußten offenbar nicht, ob sie die beiden um ihre Spontaneität beneiden oder einen Arzt holen sollten. Carlo der Ingenieur öffnete das Hörsaalfenster, um der entblößten Studentin näher zu sein. So etwas gab es an der TU einfach nicht! Die Geisteswissenschaftler hatten doch ein lustiges Leben.

Der Dozent, ein grauhaariger Mann mit Ziegenbart, versuchte, die Situation zu entschärfen, indem er die Teilnehmer dazu brachte, einen Kreis um die beiden zu bilden und dabei einen Urton zu summen.

»Auf diese Weise sollen die ruhigen Energien des Kreises auf die beiden übergehen«, erläuterte Eva, die Ähnliches schon auf Bali erlebt hatte.

»Die Energien des Kreises«, wiederholte Britta nachdenklich. War es nicht so, daß auch sie durch dieses Hauptseminar, durch die regelmäßigen Sitzungen jeden Donnerstag vormittag Energien erhalten hatte, die jetzt, mit dem Semesterende, ausblieben? Waren die anderen Teilnehmer des Seminars nicht wie ein Kreis gewesen, der sie stützte und in ihren Interessen bestärkte? Jetzt war sie auf sich allein gestellt, allein mit Lydia Ottone und Giuseppe Firenze, ohne die Sprüche und Witze ihrer Kommilitonen, ohne das perlende Lachen von Frau Westermann und ohne einen Professor Knospe, der sie so durchdringend anguckte, als vermutete er unter ihren orangefarbenen Haaren die Gedanken einer Nobelpreisträgerin.

Nach etwa fünf Minuten beruhigten sich die Nackten. Während sie sich wieder anzogen, ließ Jonas der Jurist ein ausgesucht spöttisches Lächeln um seine Mundwinkel spielen und sagte mit der ganzen Autorität eines zukünftigen Strafrichters: »Schluß mit High. High vorbei!« Sigmund der Doktorand erkannte am Horizont zwei wütend gestikulierende Mieter und schloß eilig das Fenster.

Hans der Philosoph begann damit, den Hörsaal von den

Resten der Feier zu säubern und fegte die Krümel von den Tischen auf den Fußboden, wo sie eindeutig in den Zuständigkeitsbereich der Putzfrau fielen. Jonas der Jurist ließ sich auf ein erregtes Gespräch mit seinem Handy ein, und Eva die Ethnologin vertiefte sich in die Weleda-Nachrichten. Carlo der Ingenieur nahm noch einen Schluck Rotwein und erklärte, dies sei die beste Ekstase-Technik, alles andere sei zu laut. Britta tat es ihm nach. Eine kleine kalte Angst breitete sich in ihrem Herzen aus, während sie den Keim begoß, der einmal ihre Magisterarbeit werden sollte.

Wilde Kirsche, Grand Canyon

Der Mann stand direkt gegenüber vom Hofeingang der Sophienstraße 22a. Er lehnte sich an den hohen, schmiedeeisernen Zaun der Sophienkirchgemeinde, zwischen zwei Fahrrädern, lauernd und unbeweglich, als wollte er sagen: Meine Anwesenheit reicht, um diese dörfliche Idylle zu zerstören. Ihr studiert, aber ich bin. Ihr erhebt euch in geistige Höhen, aber ich hole euch wieder auf den Boden. Ihr wollt fliegen, aber ich mache euch Angst. Auf einem eher schmächtigen Körper trug er das Gesicht eines Profi-Boxers, mit einer Nase, auf der schon mehrere Konkurrenten ihre Stiefel erprobt zu haben schienen. Britta bemerkte ihn sofort, als sie aus dem Hofeingang trat. Da ist er, dachte sie. Der Vorbote.

Der Rotwein, den Carlo spendiert hatte, lähmte ihre Glieder. Anstatt ihr Fahrrad vom Zaun zu nehmen, wandte sie sich nach links und lief mit langsamen Schritten die Sophienstraße entlang, vorbei am Evangelischen Jungmännerverein und dem ziegelgeschmückten Hauseingang, in dessen Hof sich die Sophiensäle verbargen. Weiter unten, auf der gegenüberliegenden Straßenseite, sah sie Stroh-Sophie sitzen, eine lebensgroße Strohfigur, die die Touristen in ein Geschäft mit Handwerksarbeiten aus dem Erzgebirge locken sollte. Britta war noch nie in dem Laden gewesen, ging aber selten daran vorbei, ohne der steifen Sophie ein aufmunterndes Wort zuzurufen. Heute war ihr überhaupt nicht danach. Vor dem Schaufenster eines Geschäfts für Holzblasinstrumente blieb sie stehen. Ein schneller Blick über die Schulter zeigte ihr: Der Mann hatte sich nicht vom Fleck bewegt. Er hatte sich lediglich umgedreht und starrte ihr unverhohlen nach, einen Fuß auf die Mauer gestützt und die Hände in seiner schwarzen Lederjacke versteckt, die an der linken Seite einen Riß wie von einem Messerstich trug.

Seitdem Britta das Intrigen-Seminar von Professor Knospe besuchte und die Romane von Lydia Ottone las, sah sie häufig Vorboten. Überhaupt erschien ihr der studentische Alltag zwischen Vorlesungen, Bibliotheken, Mensa und Cafeterien weitaus bedeutsamer als zuvor. Eigentlich war er nämlich voller Zeichen, Symbole und Rituale, die man entschlüsseln und aus denen man Geschichten spinnen konnte. Woran lag es etwa, wenn sie ein bestimmtes Buch in keiner Bibliothek finden konnte? Doch nicht an der Politik des Berliner Senats, der den Unis die Zuschüsse so stark kürzte, daß sie keine neuen Bücher mehr kaufen konnten. Nein! Es war ein Zeichen. In ihrem höheren Lebensplan stand offenbar geschrieben, daß sie in dieser Phase ihrer intellektuellen Entwicklung von dem fraglichen Buch nur gestört werden würde. Britta nannte das einen »kreativen Umgang mit dem Mangel, mit Abwesenheiten und Leerstellen«. Daher interessierte sie sich auch so sehr für die Romane Lydia Ottones und des unbekannten italienischen Schriftstellers Giuseppe Firenze: Bei beiden gab Leerstellen, Erzählstränge, die angelegt, aber nicht weitergeführt wurden, Präsenzen, die auf Abwesendes verwiesen und umgekehrt. Genau wie der Mann mit der Knautsch-Nase.

Sie war ihm schon einmal auf dem Bahnsteig des U-Bahnhofs Weinmeisterstraße begegnet. Damals hatte er einen hungrig aussehenden Mischlingshund dabei, der Britta mit ebenso bösartigen Augen anblickte wie sein Herr. An jenem Nachmittag kam Britta gerade von einem überfüllten Seminar über die Geschichte des Scheunenviertels, in dem das Institut seinen Sitz hat. Auf diese Lage war man sehr stolz, denn wo sonst konnte man die Wiedergeburt von Berlins Zentrum, die Wandlung zur Metropole, das Zusammenwachsen von Ost und West besser kulturwissenschaftlich begleiten als hier? Hier, im Scheunenviertel, der Spandauer Vorstadt, in Mitte und Prenzlauer Berg, waren die neuen Galerien, Kneipen, Läden, Musiklokale und kleinen Theater, hier wohnten

Studenten und Künstler, hier wurde gehämmert und gemeißelt, gebaut und saniert, bis spät in die Nacht hallten die Hackeschen Höfe mit Hoftheater und dem Varieté Chamäleon wider von dem Gelächter der Vergnügungssüchtigen, kurz: In diesen wenigen Quadratkilometern lag das El Dorado der Kulturwissenschaftler. Nirgendwo sonst in der Stadt verbanden sich Geschichte, Gegenwart und Zukunft auf so vielversprechende Art und Weise, coolere Straßenzüge gab es in ganz Deutschland nicht. Als Britta nach Berlin kam, war ihr klar, daß man als Studentin nur hier leben konnte.

Mit Geschichte konnte Britta eigentlich wenig anfangen, und die vielen Preußenkönige, die alle gleich hießen, warf sie hartnäckig durcheinander. Aber sie hatte noch allerhand Quellentexte und Fotos im Kopf über die beengten Wohnverhältnisse zu Beginn des Jahrhunderts, als bis zu acht Schlafburschen sich ein Zimmer teilten, als die Straßen voll waren von ambulanten Verkäufern, huttragenden Arbeitslosen und bieder aussehenden »Damen der Öffentlichkeit«. Das Scheunenviertel war in den zwanziger Jahren Zufluchtsort der Ostjuden mit ihren Betstuben, koscheren Lebensmittelläden und Kinderscharen. Gleichzeitig galt das Viertel als »Schlupfwinkel des Verbrechens«, des kleinen Verbrechens, von dem man nicht reich werden konnte, eines Verbrechens der muffigen Hauseingänge, der schlechten Zähne und verlausten Kopfhäute. Von all dem war heute, zwischen sanierten Fassaden, auf altmodisch getrimmten Handwerkerläden und Touristengruppen, nichts mehr zu ahnen. Nur der Mann mit der Knautsch-Nase trug etwas davon mit sich herum. Seine Anwesenheit füllte die historischen Leerstellen. Oder kündigte er ihr ein Unheil an, das sie in den Ferien ereilen sollte? War er gar – hier stockte ihr Atem – der Vorbote einer großen, wildromantischen Liebe?

Ach was. Die Liebe ist in meinem Leben die größte Leerstelle, dachte sie und betrachtete traurig ein thematisch passendes Holzblasinstrument im Schaufenster. Wer im Hauptfach Romanistik studierte, konnte auch gleich ins Kloster gehen: 80 Prozent Frauenanteil, wie sollte man da fündig werden? Ein ganzes Semester lang hatte sie an der TU ein stinklangweiliges Seminar über die »Schwingungsberechnung elastischer Kontinua« besucht, um sich unter dem dortigen 95prozentigen Männeranteil umzugucken. Eine Schnapsidee, ähnlich wie im ersten Semester, als sie ein kulturwissenschaftliches Seminar über »Das Verschwinden des Körpers« auswählte, weil sie es für eine Art Diät-Club hielt. Aus beiden Veranstaltungen war sie so mannlos und übergewichtig hervorgegangen, wie sie reingestolpert war. Die Uni und das Leben, das hat eben nichts miteinander zu tun, hatte sie daraufhin erkannt. Bis sie auf Professor Knospe und sein Intrigen-Seminar stieß.

Mit einem Seufzer fuhr sich Britta durch ihr Haar, auf dessen grell orangen Ton – eine Mischung aus Wild-Pflaume, Grand Canyon und einem Eßlöffel Tiramisu – sie stolz war.

»Was hältst du denn von meinem Vorschlag für die Semesterferien?« fragte jemand neben ihr. Britta fuhr zusammen. Vor ihr stand Sigmund, der staubtrockene Doktorand, und verströmte einen süßlichen Geruch nach Paprikastreifen und Kartoffelsalat.

»Klar, geht in Ordnung«, antwortete Britta langsam und, zur Bekräftigung: »Das fetzt.« Sie wußte, daß Sigmund diesen Ausdruck nicht ausstehen konnte. Hastig drehte sie sich noch einmal zur Sophienkirche um. Von dem Mann mit der Knautsch-Nase war nur eine Leerstelle geblieben.

Ottone, Lydia: geboren 1930 in Rom als Tochter eines Fabrikarbeiters und einer Näherin. 1956 verläßt Lydia Ottone Italien und geht nach Kalifornien. Dort arbeitet sie zunächst als Tänzerin und als Seelsorgerin für die italienische Gemeinde in San Francisco. Ihre ersten Romane (*Das Rad der Fortuna*, 1959, *Unter Häretikern*, 1961) erscheinen. Der Durchbruch gelingt mit dem Roman »Wir aus North Beach«, der in fünf Sprachen übersetzt wird und hohe Auflagen erreicht. Nachdem die Ehen mit dem Hausmeister Bill White und dem Hollywood-Schauspieler Raimond Bartlett zerbrochen sind, reist Lydia Ottone von 1965 bis 1969 durch Lateinamerika; die Romane dieser Zeit spielen dort und bedienen das Bedürfnis des Publikums nach Exotik. Sie veröffentlicht von nun an fast jedes Jahr einen Roman. 1971 findet sie ihre Wahlheimat London und publiziert künftig im dort beheimateten Verlag Clark and Clark Publishers. Eine zweite lange Reiseperiode durch die arabischen Staaten und Indien folgt von 1976 bis 1980. In diesen Jahren entsteht die Tetralogie *Emma abroad*, eine Mischung aus Reisetagebuch und Roman. Kurze Zeit nach ihrer Rückkehr nach London muß der Tory-Politiker Kenneth Jameson zurücktreten, weil eine Affäre mit Lydia Ottone bekannt wird. Eine Anklage wegen Steuerhinterziehung gegen Lydia Ottone wird 1985 zurückgezogen. 1988 Heirat mit dem Industriellen William Innkeeper, der 1992 stirbt.

Romane: *Das Rad der Fortuna, Unter Häretikern, Verlebte Zeiten* (hier folgte eine lange Liste, die Britta sorgfältig abgeschrieben hatte). ***Sekundärliteratur***: keine.

Über Giuseppe Firenze hatte Britta weder in diesem noch in einem anderen Lexikon einen Hinweis gefunden.

Rom, Kalifornien, London

Es war keineswegs selbstverständlich, daß Sigmund und Britta halbnackt nebeneinander am Schlachtensee lagen. Eigentlich mochten sie sich nämlich nicht. Britta fand Sigmund staubtrocken, und Sigmund hatte ein hartnäckiges Vorurteil gegen pummelige Frauen mit orangefarbenen Haaren, denen es, wie er häufig beobachtet hatte, zwar nicht an Masse, wohl aber am für die Wissenschaft erforderlichen Sitzfleisch mangelte. Die Wissenschaft ist eine strenge Zuchtmeisterin, dachte er, sie verkürzt die Augäpfel und krümmt die Wirbelsäule, aber welche Wonnen hält sie bereit für den, der sich ihr geduldig nähert! Davon verstanden die meisten Studenten der Kulturwissenschaft nichts, und pummelige Frauen mit orangefarbenen Haaren sowieso nicht.

Umso überraschter war Sigmund gewesen zu sehen, mit welchem Eifer Britta sich an dem Seminar von Professor Knospe beteiligt hatte. Nicht nur hatte sie alle Lektürehinweise von Knospe gewissenhaft befolgt und den Referaten der anderen Teilnehmer mit zusammengepreßten Lippen gelauscht, ja sie hatte sich sogar als treibende Kraft erwiesen, indem sie vorschlug, auch die Werke ihrer Lieblingsautorin Lydia Ottone zu behandeln. Ganz entgegen den Absichten des Professors war Lydia Ottone dann zum wichtigsten Gesprächsgegenstand der letzten Wochen avanciert, weil in ihren Romanen all das enthalten zu sein schien, worüber sie zuvor diskutiert hatten. Sogar das Thema der Hausarbeit von Carlo dem Ingenieur – »Die Intrige bei der Einwerbung von Drittmitteln am Fachbereich Verfahrenstechnik der TU« – hatte Lydia Ottone in ihrem letzten Roman gewissermaßen vorweggenommen. Sigmund selbst war anfangs gar nicht begeistert davon gewesen, diese Romane zur Kenntnis nehmen zu müssen; schließlich steckten sie voller Klischees, wurden an Bahnhofskiosken verkauft und von Drogerieverkäuferinnen gelesen. Das sprach gegen sie. Für sie sprach eigentlich nur, mit welcher Virtuosität und Hartnäckigkeit Ottone das Thema »Intrige« immer weiter variierte, ohne sich ein einziges Mal zu wiederholen, wie gnadenlos sie die niederen Instinkte ihrer Figuren auslotete, wie findig sie darin war, jedes Buch mit einer Überraschung enden zu lassen. Interessant war auch – aber das hätte Sigmund nie in einer wissenschaftlichen Runde gesagt – das Bild der Autorin, immer dasselbe, das auf der Rückseite aller ihrer neueren Romane zu sehen war. Es zeigte eine Frau Mitte vierzig, mit dichtem schwarzen Haar und stechenden dunklen Augen, beides Hinweise auf ihre italienische Herkunft, mit hohen Wangenknochen, einer leicht schiefen, aber nicht häßlichen Nase und einem maliziösen Lächeln. Heute mußte sie über sechzig sein, vielleicht war ihr Haarschopf inzwischen weiß, aber so ein Foto hätte nicht zu ihren Romanen gepaßt. Sie war, wie Sheila sagte, eine Lady – oder, in den Worten von Jonas dem Juristen, ein »Marketing-Profi, absolut self-made«.

»Wie bist du eigentlich auf diesen Giuseppe Firenze gekommen?« fragte Sigmund Britta, die einen Grashalm zwischen den Lippen hatte. Ein Geruch von Kiefern und Sonnenmilch lag in der Luft, nicht unähnlich dem Duft des ätherischen Öls, das Eva die Ethnologin gerne vor den Seminarsitzungen im Hörsaal versprühte, zwecks Anregung der Gehirnfunktionen.

»Er wurde mal in einem Romanistik-Seminar erwähnt«, antwortete Britta etwas undeutlich, um den Grashalm nicht zu gefährden. »Die Dozentin sagte: ›Giuseppe Firenze, ein vergessener italienischer Romanautor‹. Das hat mich interessiert. Ich dachte mir: Wenn ich mich mit ihm beschäftige, dann ist er nicht vergessen. Ich habe mich wichtig gefühlt.« Sie sprach von zurückliegenden Phasen ihrer intellektuellen Entwicklung gern mit einer milden Verachtung. »Natürlich könnte ich meine Magisterarbeit auch über Dante schreiben«, fuhr sie fort. »Aber über den haben schon so viele Leute geschrieben. Das ist langweilig.«

Sigmund wollte ihr den nervigen Grashalm aus dem Mund nehmen, aber er traute sich nicht. Es hätte wie ein Annäherungsversuch aussehen können, dabei wollte er nichts als eine ungestörte Kommunikation zwischen AG-Partnern. Denn das waren sie ja: nicht etwa ein Pärchen, das sich in den letzten Julitagen am Schlachtensee zwischen Kiefernzapfen wälzt und den Schulkindern beim Planschen zusieht, sondern eine AG. Er selbst hatte Britta vorgeschlagen, eine Arbeitsgruppe zum Thema Lydia Ottone zu gründen, »damit uns der Impetus des Seminars nicht über die Semesterferien verlorengeht.« Britta hatte sofort zugestimmt, obwohl sie das Wort Impetus ebensowenig ausstehen konnte wie er ihren Lieblingsausdruck »das fetzt«. Hans der Philosoph, Sheila die Geschlechterforscherin und Knospes Sekretärin Frau Westermann, seit Jahren passionierte Ottone-Leserin, hatten angekündigt, gelegentlich dazuzustoßen. Der Schlachtensee war aber nicht der richtige Ort für eine solche AG, dachte Sigmund; hier wurde man doch sehr stark abgelenkt, von Grashalmen, Wespen und Frauen, die im Tanga mitgebrachten Erdbeerkuchen aßen. Von der benachbarten Liegewiese drang der Lärm von volleyballspielenden Halbstarken. Ein warmer Windstoß wirbelte den dünnen Flaum seiner Unterschenkel auf.

»Ich habe mir dann zwei Romane von Firenze besorgt, was gar nicht so einfach war, da sie nicht mehr aufgelegt werden. Per Fernleihe habe ich einen aus der Staatsbibliothek München und den anderen aus Frankfurt bekommen. Als ich sie las, wußte ich sofort: Er ist zu Unrecht vergessen.« Britta spuckte den Grashalm aus, voller Entrüstung über die Undankbarkeit der Welt. Ihr karierter Badeanzug bebte, und Sigmund kam sich auf einmal sehr mager vor.

»Die Art, wie Giuseppe Firenze seine Intrigen aufbaut, ist genial, und mir ist sofort eine gewisse Ähnlichkeit mit den

Techniken von Lydia Ottone aufgefallen: die langsame Exposition, die Konzentration auf wenige Charaktere, die rasende Spannung im Mittelteil und dann das völlig überraschende Ende, mit dem sich die Intrige quasi selbst ein Schnippchen schlägt. Vor allem aber die bewußt eingeführten, aber nicht weiterverfolgten Erzählstränge, das, was ich Leerstellen nenne ...« Britta war ganz erhitzt vom Sprechen und von der Julisonne, auch von der Begeisterung über den selbst gefundenen Begriff der ›Leerstelle‹. Ja, sie wollte Giuseppe Firenze vor dem Vergessen retten. Denn irgendwie war sie ihm dankbar. Firenze hatte ihr, nach viereinhalb hilflosen Uni-Jahren, den Weg zur Forschung gewiesen. Zuvor hatte sie sich beinahe täglich gefragt, wozu man überhaupt noch etwas untersuchen sollte, wo doch alles schon so übererforscht war – zu jedem literarischen Werk gab es mindestens drei wissenschaftliche Traktate, mit deren Lektüre sie mehr Zeit verbrachte als mit dem Roman selbst, die Namen der Wissenschaftler waren ihr vertrauter als die Autoren selbst, und es schien keine Frage auf Erden zu geben, die das Heer von Sekundärliteratur-Verfassern noch nicht ausführlichst behandelt hatte. Da tauchte mit Giuseppe Firenze der Retter aus der Not auf: der Vergessene, dessen Namen nicht einmal ihre Dozenten kannten. Er gehörte ihr und sonst niemandem. Lydia Ottone war zwar ihre Lieblingsschriftstellerin noch aus Jugendzeiten, aber sie war eine Bestseller-Autorin und jedermann bekannt. »Naja, und weil ich halt ein Thema für meine Magisterarbeit suchte«, fuhr sie ruhiger fort, »dachte ich mir, ich vergleiche Firenze mit Ottone. Der Vorteil ist auch, daß ich dann zu Archivarbeiten nach Italien muß! Firenze hat in Siena gelebt, und dort sollen noch viele Manuskripte von ihm rumliegen. Das fetzt!« Sie strahlte.

Sigmund war skeptisch. Er fand es eigentlich prinzipiell langweilig, zwei Schriftsteller, Musiker, Maler oder sonstwas miteinander zu vergleichen. Was sollte dabei schon groß herauskommen? Daß der eine den anderen beeinflußt hatte, na und? Gut, für eine Magisterarbeit mochte es reichen. Er selbst war ja schon Doktorand und zu Höherem befähigt. In jedem Falle konnte er sich Britta nicht in einem Archiv vorstellen. Sie wird die Ordner durcheinanderbringen und die Archivare zur Verzweiflung treiben, dachte er mit einem Anflug von Herablassung.

»Und du? Bleibst du den ganzen Sommer in Berlin?« Britta betrachtete eine Ameise, die ihr Bein heraufkroch, und sog voller Vorfreude die schwüle Zehlendorfer Luft ein: Italien! Ein neuer Anfang! Die Aussicht auf drei Wochen in bella Italia tröstete sie über das Ende des geliebten Intrigen-Seminars hinweg. Nur wenn sie sich Knospes durchgeistigten Blick vorstellte, überfiel sie noch Wehmut. Hinter ihnen ratterte die S-Bahn, vor ihnen schwang sich ein kleiner Tarzan an einem Seil vom Baum in den sommermüden See. Sigmund hatte dafür keinen Blick übrig.

»Wenn alles gut geht«, sagte er betont langsam, »das heißt: Wenn mein Stipendiengeber die Reisekosten übernimmt, werde ich die Semesterferien in Rom, Kalifornien und London verbringen. Das ist notwendig für meine Dissertation.« Sigmund sprach das Wort Dissertation immer mit besonderem Genuß aus, während er den Terminus Doktorarbeit mit der Vorstellung des ›Herumdokterns‹ verband, und er, Sigmund, war weit davon entfernt, an etwas herumzudoktern. Planmäßig bereitete er eine Dissertation vor, und dafür war seine Anwesenheit in Rom, Kalifornien und London dringend erforderlich.

Britta war so platt, daß sie einen anderen Grashalm fast verschluckte. »Was? Ich dachte, du schreibst deine Diss über ›Die Intrige als Diskurs der Heimlichkeit‹?« Sie konnte sich den staubtrockenen Sigmund gar nicht in Rom, Kalifornien und London vorstellen. Würde er überhaupt den Weg zum Flughafen finden?

»Das war einmal«, sagte Sigmund wegwerfend und befriedigt, Brittas Interesse erweckt zu haben. »Aber mein neues Thema ist noch geheim. Bei einer Dissertation muß ja immer etwas ganz Neues rauskommen, da darf mir kein anderer mit demselben Thema zuvorkommen. Für eine Magisterarbeit ist das nicht so wichtig.«

Britta hielt nichts von solchen Albernheiten. Sie sprang auf und schüttelte die Ameisen von ihren überflüssigen Pfunden. »Ich gehe schwimmen«, verkündete sie. »Du bleibst besser hier und hütest dein Geheimnis. Es könnte weglaufen!« Während Sigmund ihrem kariertem Badeanzug mit den Augen folgte, dachte er zum wiederholten Male, daß pummelige Frauen mit orangefarbenen Haaren einfach keinen Sinn für die Wissenschaft haben.

Eine besondere Form der Neurose

Verehrteste!

Wie Sie sich denken können, habe ich lange gezögert, Ihnen zu schreiben. Den Gedanken daran trage ich nun schon seit Wochen mit mir herum. Ich male mir Ihre Überraschung aus – und schrecke zurück. Warte. Und schreibe nun doch.

Eine junge Dame von Clark and Clark Publishers war so liebenswürdig, mir Ihre Adresse zu geben; sie sagte, Sie lebten seit mehreren Jahren sehr zurückgezogen und gäben auch keine Interviews mehr, selbst Ihre Kontakte zum Verlag liefen weitgehend über Ihren Privatsekretär. Ich kann nur hoffen, daß Ihnen mein Schreiben nicht wie ein Einbruch in Ihre selbstgewählte Isolation vorkommt. Schließlich erbitte ich von Ihnen nichts weiter als etwa eine Stunde Ihrer Zeit – um zu lesen, und, vielleicht, sich zu erinnern.

Dieser Brief ist im Grunde das Ergebnis eines Seminars, das ich an meiner Universität in Berlin abgehalten habe. Sie lachen? Ja, es stimmt: Ich habe genau die Laufbahn eingeschlagen, die Sie mir damals prophezeit haben. Aber nicht einmal Sie hätten voraussagen können, daß ich an einer Universität lehren würde, die hinter jener Grenze liegt, über die wir damals alle nicht hinweggedacht haben. Ich bin kurz nach dem Fall der Mauer an die Humboldt-Universität gekommen und habe das Institut für Kulturwissenschaft mit aufgebaut. Jahre des Aufbruchs, der Hoffnung. Nun denn! Jetzt kämpfen wir um jeden Pfennig, jede Hilfskraft, jeden Computer. Und ich träume manchmal davon, wie es wäre, wenn ich damals jene Karriere eingeschlagen hätte, von der Sie mir so nachdrücklich abgeraten haben ... Wer weiß?

Das Seminar, von dem ich Ihnen erzählen möchte, trug den Titel »Die Intrige« und war vielleicht das beste, das ich je geleitet habe; es hat Studenten der unterschiedlichsten Disziplinen angelockt – sogar ein Ingenieur war dabei! – und die überraschendsten Fragestellungen aufgeworfen. Ich weiß, Sie halten nichts vom akademischen Sezieren, Sie spotten über das Pedantentum und bekommen Atembeschwerden in einem Hörsaal. Für Sie ist die Wissenschaft eine besondere Form der Neurose, die vorzugsweise bleichgesichtige Brillenträger befällt. Aber ich möchte wetten, daß auch Sie sich von diesem Seminar hätten faszinieren lassen.

Stellen Sie es sich vor wie einen kreativen Prozeß: Da gibt es Pläne, Absichten, Wünsche. Und da gibt es etwas Unvorhergesehenes, Nicht-Eingeplantes, das plötzlich an Bedeutung gewinnt, sich in den Vordergrund drängt und nicht mehr verscheuchen läßt. Auf einmal steht es im Mittelpunkt, und von ihm geht ein Licht aus, das alle anderen Gegenstände verändert.

Sie, Verehrteste, waren der Mittelpunkt meines Seminars. Ich hatte mir so viele unverfängliche Themen ausgedacht – Die Intrige als narratives Ereignis, Medialität und Intrige, Das Geschlecht der Intrige etc. –, und doch drehte sich die Diskussion immer wieder um Ihre Werke. Der Vorschlag, sich mit den Intrigen in Ihren Romanen zu beschäftigen, kam von einer Romanistik-Studentin; aber die anderen haben ihn sich mit einer Begeisterung zueigen gemacht, daß ich (trotz einiger Bedenken, wie Sie sich vorstellen können) mich nicht dagegen stellen konnte.

Einige Studenten wollen jetzt sogar größere Arbeiten über Sie verfassen: Ein Doktorand erwägt, eine Biographie über Sie zu schreiben, und die Romanistik-Studentin plant eine Magisterarbeit über »Lydia Ottone und Giuseppe Firenze: Intrigen und ihre Leerstellen«. Firenze ist ein vergessener italienischer Autor, von dem die Studentin in einem Romanistik-Seminar gehört hat; sie meint, irgendwelche Beziehungen zwischen seinem Werk und dem Ihren herausarbeiten zu können. Ich persönlich halte diese vergleichenden

Arbeiten für nicht sehr erkenntnisträchtig, aber bitte! Sie möchte sogar nach Siena fahren, um dort in einem Archiv unveröffentlichte Werke von Firenze auszugraben. In diesen Zeiten, in denen unsere Studenten so wenig Perspektiven haben und viele schon völlig resigniert sind, freue ich mich über jedes Engagement. Ich ermuntere sie und versuche, ihnen das Gefühl zu geben, was sie tun, sei wichtig und nützlich. Aber ich empfinde mich dabei wie der Prophet einer untergegangenen Religion.

Im Laufe des Sommersemesters habe ich alle Ihre Romane gelesen oder wiedergelesen; es war für mich wie eine Reise in der Zeit. Ihre Romanfiguren sind mir im Traum erschienen, und manchmal habe ich mit ihnen geredet wie mit meiner Frau (ich bin seit zehn Jahren verheiratet, Mona ist Fotografin und hat ihre Werke schon an vielen Orten innerhalb und außerhalb Berlins ausgestellt). Ich glaube nicht, daß das alles ein Zufall ist. Das wollte ich Ihnen sagen.

Ihr Kasimir Knospe

P. S. Lydia: Nach allem, was vorgefallen ist, wird ein Gespräch zwischen uns vielleicht nicht möglich sein. Aus verschiedenen Gründen ist mir an einem solchen Gespräch jedoch sehr gelegen. Falls Du dazu bereit bist, erreichst Du mich bis Ende September in Berkeley, ab Anfang Oktober wieder in Berlin.

P. P.S: Falls der Doktorand – er heißt Sigmund Fleck – sich schon im Sommer mit Dir in Verbindung setzen sollte, bitte ich, was meine Rolle in Deinem Leben betrifft, inständig um Diskretion!

Thymian und Teebaumöl

Eva war schon einmal verheiratet gewesen. Wenn sie danach gefragt wurde, sagte sie, sie betrachte diese Episode in ihrer Biographie als einen gescheiterten Feldversuch. Ernsthafte Blessuren habe sie von ihrer anderthalbjährigen Ehe nicht davongetragen. »Armes Schwein«, sagte sie dann. »Er war's nicht schuld. Aber ich auch nicht.« Dabei blickte sie den Fragenden aus grauen Augen ruhig an und ließ ihn perplex zurück.

Nach ihrer Scheidung baute sich Eva eine Kräutersammlung auf. In einem Bücherregal bewahrte sie in Einmachgläsern Kräuter und Samen auf, Kamille, Schafgarbe, Lavendel, Brennessel, Löwenzahn, Salbei, Thymian und Baldrian, teilweise selbst gezogen oder gesammelt, teilweise in Bioläden und Apotheken gekauft. In jedem Regalfach stand außerdem ein Fläschchen Teebaumöl, das sie, dank seiner antiseptischen Eigenschaften, für das natürliche Medikament schlechthin hielt und gezielt bei Virus-, Pilz- und bakteriellen Infektionen einsetzte. Sie mischte es auch in Shampoos und Hautcremes, in Dampf-, Voll-, Sitz- und Fußbäder und kurierte auf diese Weise Schuppen, Hühneraugen, Halsschmerzen und Furunkel.

Eva war sich bewußt, daß die meisten ihrer Kommilitonen ihre Kräuterleidenschaft nicht teilten. Einmal hatte sie die Teilnehmer des Hauptseminars Intrige zu einem Kräuterteeabend in ihre Friedrichshainer Altbauwohnung eingeladen. Britta hatte lachend vor dem Regal gestanden und Eva mit ihrer Tante Sonja verglichen, die offenbar ein ähnliches Regal besaß, aber voll mit chemisch verseuchten Kosmetikartikeln, Hans der Philosoph mokierte sich über Evas Anfälligkeit dafür, eine »scheinbare Lust aus scheinbarer Authentizität« zu ziehen, und Jonas der Jurist sprach seitdem von ihr nur noch als »Hardcore-Öko-Mutter«. Das war ihr egal. Erstens hatten die anderen bei weitem nicht so viel Lebenserfahrung wie sie und waren weder zu Feldstudien auf Bali noch verheiratet gewesen. Bis auf Sigmund den Doktoranden kannte auch keiner die DDR aus eigener Anschauung. Zweitens mußte man in einer Zeit, in der die Menschen, insbesondere die aus den neuen Bundesländern, vor lauter schnell wechselnden Identifikationsangeboten gesichts- und orientierungslos geworden waren, auf irgendeine Weise erkennbar sein. Identität ist eine knappe Ware, wußte sie. Auf Bali oder in anderen traditionellen Gesellschaften, auch in der DDR, bekam man eine zugewiesen, je nach Geschlecht, Alter, Familie, Herkunft und ideologischer Anpaßbarkeit. Hier und heute dagegen mußte sich jeder selbst einen Fixpunkt schaffen, zu dem er immer wieder zurückkehren konnte, der ihm Kraft und Stabilität gab. Ihr Ex-Ehemann war mit der Aufgabe, Fixpunkt zu sein, schlicht überfordert gewesen. Das Kräuterregal dagegen hielt ihren Erwartungen mit jener Ruhe, die massivem Kirschholz und Einmachgläsern eigen ist, problemlos stand. Wo sie ging und stand, versuchte Eva, eine ähnliche Gelassenheit auszustrahlen wie ihr Regal. Heute fiel ihr das jedoch schwer. Wenn sie an die große Aufgabe dachte, die sie sich für die Semesterferien vorgenommen hatte, pochte ihr Herz ungesund schnell.

Um sich zu beruhigen, begann sie den fünften Morgen der vorlesungsfreien Zeit mit Atemübungen und Meditation. Anschließend mixte sich Eva einen Tee zur Stärkung der Abwehrkräfte, denn sie hatte oft festgestellt, daß das Risiko einer Erkrankung in Zeiten nachlassenden Stresses hoch ist. Der süßliche Geruch von Holunder stieg ihr in die Nase und erinnerte sie an eine ihrer Feldstudien in Schleswig-Holstein. Dort hatte sie untersucht, wie auf den Partys der Landjugend, zu denen tausende Teilnehmer aus den umliegenden Dörfern anreisen, über Musik, Essen, Tanzen und vor allem Trinken ein Gemeinschaftsgefühl hergestellt wird. Das Oberthema hieß »Identitätsbildung bei der deutschen Landbevölkerung«. Es war ihr erster Feldversuch gewesen, und sie hatte viele Kannen Holundertee gebraucht, um sich davon zu erholen. Aber es war auch der Auslöser für ihre Entscheidung gewesen, der herkömmlichen Ethnologie, die sich mit fremden, oft wenig entwickelten Völkern befaßt, den Rücken zuzukehren und sich am Institut für Europäische Ethnologie der Humboldt-Universität einzuschreiben. Dort nämlich knöpfte man sich das eigene Völkchen vor, man arbeitete über Braunkohlesiedlungen in der Lausitz und Arbeitslose in Pankow, über Girlies, Piercing und die wundersame Verwandlung des Fleckens Berlin in die Hauptstadt der Deutschen. Das Fremde im Eigenen zu suchen, war das Ziel. Eva hatte dafür das Motto »Berlin ist Bali« geprägt. Wer wie sie seit Jahren die Metamorphose von bleichen, biederen Anweisungsausführern in solariengebräunte, BMW-fahrende Leistungsträger beobachtete und die Wandlung von grünen Wiesen zu Bau- und Möbelmärkten erlebte, der brauchte gar nicht ins Ausland zu fahren. Vor der Haustür gab es genug zu analysieren.

Während sie eine Handvoll Erdbeeren in ihr Müsli schnippelte, wanderten Evas Gedanken in Deutschlands Norden und nahmen eine grundsätzliche Wendung. Bei den Partys der Landjugend war sie erkennbar eine Außenseiterin gewesen, älter als die Feiernden, städtischer und viel weniger trinkfest. Nicht mal das Thema Kräuter hatte einen gemeinsamen Anknüpfungspunkt geboten, denn die Landjugend verstand davon nichts. Ihre jetzige Feldstudie war anders. Sie war als Forscherin so gut wie nicht mehr von ihrem Untersuchungsgegenstand zu unterscheiden, sie war ein Teil davon, sie steckte mittendrin. Das war, ganz klar, ein methodologisches Problem. Aber es war auch eine Chance – Einfluß zu nehmen, Leben und Wissenschaft zusammenzubringen, zu handeln statt nur zu forschen.

Vor sich hatte sie, neben der neuesten Ausgabe der Zitty,

eine Liste mit Telefonnummern. Britta, Hans, Knospe, Sigmund, und, dick unterstrichen: Jonas, 881 45 30. Klar, er wohnte in Wilmersdorf oder Charlottenburg, wie konnte es anders sein. Eva nahm einen Eßlöffel Frischkornmüsli und kaute ihn selbstvergessen durch. Ein wolkenverhangener Himmel zeigte sich ihr durch das Küchenfenster und ließ sie zum Holundertee greifen. Ein bißchen Überwindung kostete es schon, was sie vorhatte. Sie kratzte den Müsliteller aus und trank noch ein Glas Wasser mit aufgelöster Spirulina-Alge, giftgrün und übelschmeckend, aber voller notwendiger Mineralien. Sie mußte es tun, und zwar jetzt.

Sie nahm den Hörer und wählte Jonas' Nummer. Es klingelte zweimal, dann erklärte eine Dame von der Telekom, man werde sich alsbald auf die Suche nach dem Teilnehmer begeben. Offensichtlich war er mit dem Handy unterwegs und hatte seine digitale ISDN-Anlage auf Weiterruf geschaltet.

»Hallo?« Nach zwei weiteren, kränklich klingenden Tönen meldete sich der Jurist, wie Eva schien, aus der Badewanne, denn im Hintergrund war ein Blubbern zu vernehmen.

»Hier ist Eva. Ich ...«

»Oh, hi Baby, what's up? Hat's mit dem Alten geklappt?«

Er meinte eine andere Eva.

»Eva aus dem Hauptseminar Intrige«, stellte die Ethnologin richtig. Am anderen Ende war eine Sekunde lang nur Blubbern zu hören.

»Achso! Iss ja 'n Ding. Was gibt's Neues?« Begeistert klang er nicht.

»Ich wollte dich fragen, ob ...« Eva machte eine Pause, denn die Aufgabe, die vor ihr lag, war schwer. »... ob wir uns mal treffen könnten, auf einen Kaffee, morgen zum Beispiel.« Ein Kaffee, nicht auf ein Bier oder ein Glas Wein. Nachmittags, nicht abends. Das war wichtig. Das Blubbern wuchs sich zu einem kräftigen Wellengang aus. Der Jurist hatte sich offenbar aufgerichtet.

»Klar, äh, ich meine ... also, morgen geht's nicht, da müßte ich ein anderes date canceln, aber naja ... vielleicht nächste Woche? Worum geht's denn?«

»Das erzähle ich dir dann. Es hat mit dem Hauptseminar zu tun.« Eva überlegte, ob er das wohl für einen Vorwand halten und denken könnte, sie wolle sich an ihn heranmachen. Aus ihrer anderthalbjährigen Ehe wußte sie, daß Männer auf die absurdesten Gedanken kommen.

»Ich hab gerade meinen Terminkalender nicht hier«, sagte Jonas, »aber ich glaube, nächsten Montag habe ich Zeit. Um drei bei mir in der Nähe? Im Hamlet?« Eva stimmte zu. Sie kannte Jonas' Terminkalender. Er war groß, dick und schwarz und lag im Seminar stets vor ihm auf dem Tisch. Ungefähr dreimal pro Stunde blätterte er darin und trug wichtige Termine ein. Es gab Felder für jede Stunde des Tages, außerdem alle wichtigen internationalen Messetermine auf einen Blick und sämtliche KFZ-Zeichen in Deutschland, der Schweiz und Österreich. Eva hatte sich Jonas' Eintragungen in einem unbeobachteten Moment einmal angesehen. Seitdem wußte sie, daß Jonas für sie interessant war.

Evas Institut lag am Spreeufer, nicht weit vom Reichstag, dem in diesen Wochen eine Kuppel wuchs. Der schwarze, viergeschossige Altbau am Schiffbauerdamm, dessen großer Hörsaal im Erdgeschoß durch große Fenster von der Straße aus einsehbar war, beherbergte Seminarräume, ein studentisches Café mit orangefarbenen Wänden und eine Bibliothek. Um dorthin zu kommen, nahm Eva gewöhnlich die U-Bahn und stieg an der Station Friedrichstraße aus. Der Bahnhof wurde gerade umgebaut, weswegen man auf Holzplanken durch gespenstische, mit Brettern abgeteilte Gänge laufen mußte, um zu der stählernen Fußgängerbrücke zu gelangen, die ebenfalls gerade umgebaut wurde. Auf der leicht modrig riechenden Spree fuhren lange Schlepper mit dunklen Sandpyramiden den Großbaustellen im Spreebogen entgegen. Von der Fußgängerbrücke aus mußte man nur noch fünfzig

Meter bis zum Institut für Europäische Ethnologie laufen, vorbei an Plattenbauten, in denen der Steuerungs- und Budgetausschuß für die Braunkohlesanierung eine friedliche Koexistenz mit dem Bundesamt für Güterverkehr, dem Deutschen Blindenverband und der internationalen Künstleragentur Berkovics führte. Eva packte hastig ihre Sachen zusammen. Sie wußte, daß die Bibliothek aufgrund der allgemeinen Sparzwänge nur bis mittags geöffnet war.

In der U-Bahn begegnete ihr der Manfred. Eva kannte Manfred von zahlreichen U-Bahnfahrten und hatte eine Abneigung gegen ihn. Obwohl er in ihrem Alter war, sprach er mit der gebrochenen Stimme eines Greises, und in manchen Waggons weinte er sogar.

»Ich bin der Manfred«, sagte der Manfred und begann, seine Schicksalsschläge aufzuzählen. Es waren so viele, daß kein Mensch den Überblick behalten konnte. Manfred hatte nicht nur seine Wohnung, seinen Job und sein Geld verloren, er war auch verprügelt, gebissen, beschimpft und angefahren worden. Sein rechter Fuß war in einen schmutzigen Verband gewickelt, der linke steckte in einer Aldi-Tüte. Außerdem hatte er Flöhe, aber das sagte er nicht. Eva ließ seine Klagen mit der Gelassenheit eines Kräuterregals über sich ergehen. Sie gab Bettlern von ihrem knappen Geld nur dann etwas ab, wenn sie nicht gar zu weinerlich oder aber weiblich waren. Eine Freundin von ihr arbeitete gerade an einer Feldstudie über U-Bahn-Bettler und kam jedes Mal völlig deprimiert von ihren Interviews zurück. Sie war der Meinung, daß Bettler und Studenten in der Gesellschaft eine strukturell ähnliche Position einnähmen, weil beide wenig Geld und wenig Zukunft hätten.

Um beschäftigt auszusehen und Manfred nicht in die trüben Augen gucken zu müssen, holte Eva ihren Zeichenblock heraus. Mit ein paar Bleistiftstrichen warf sie eine Badewanne auf das Papier, voll mit Schaum, aus dem ein Handy ragte. An dem Handy klebte ein Kopf mit einem lächerlich breitgezogenen Mund. Das war Jonas, unverkennbar. In manchen Gegenden auf Bali glaubte man daran, daß Menschen durch Zeichnungen beeinflußt werden können, daß sie die Handlungen, die der Zeichner vorwegnahm, tatsächlich ausführen würden. Eva war davon nicht ernsthaft überzeugt. Trotzdem ließ sie, nachdem sie das Papier ein wenig von ihrem Nachbarn weggedreht hatte, eine zweite Hand aus der Badewanne aufragen. Und mit einem kurzen, entschiedenen Strich gab sie dem Schaum-Jonas ein Messer.

Eine gigantische Leerstelle

Oben auf der roten Infobox ergriff Britta jedes Mal ein Gefühl ihrer eigenen Bedeutung als Zeugin historischer Umbrüche gegen Ende des Jahrtausends.

»Guck mal«, sagte sie zu Tante Sonja, die für einen kleinen Sommerausflug aus Salzgitter angereist war, und machte eine ausladende Bewegung, als wollte sie den Potsdamer Platz umarmen, »das hier war alles eine gigantische Leerstelle!« Sie mußte beinahe schreien, so laut waren die Betonmischer und die japanischen Touristen um sie herum. Fünfzig Meter unter ihnen krabbelten allerhand Bauarbeiter mit gelben und grünen Helmen durch Gruben und Schächte. Zwischen Rohbauten, Wasserbecken, Stahlrohren und Kränen lief der ganz normale Verkehr weiter, Autos, Passanten und abenteurlich schlingernde Fahrräder.

Tante Sonja guckte verständnislos. »Ich meine, hier war eine gigantische Brachfläche«, verdeutlichte Britta. Sie zeichnete eine Linie vom komplett eingepackten Reichstag über das nur teilweise sichtbare Brandenburger Tor und das neu gebaute Mosse-Zentrum. Dann drehte sie sich um und leitete Tante Sonjas Blick weiter bis zum Martin-Gropius-Bau und dem Preußischen Landtag. »Da lief die Mauer lang. Als ich nach Berlin kam, konnte man da spazierengehen und Löwenzahn pflücken, voll romantisch. Aber diese Idioten müssen ja alles sofort zubauen. Sie haben einfach keinen Sinn für die Schönheit von Leerstellen.« Sie zeigte Tante Sonja ein letztes Stückchen Mauer, das verloren neben einer Plakatwand stand und aussah, als wären seine Graffiti ebenfalls Werbebotschaften. Nicht weit davon war, auf einem verwilderten Grundstück, ein alter DDR-Wachturm zu sehen, winzig klein und wie verschüchtert im Angesicht der gewaltigen Veränderungen um ihn herum.

Tante Sonja sagte erwartungsgemäß, sie habe noch nie eine so große Baustelle gesehen, überhaupt sei die ganze Stadt ja eine einzige Baustelle, und ob denn das schön sei.

»Schön!« sagte Britta verächtlich. Eigentlich mochte sie die Bauerei auch nicht, weil eh nur die Reichen und die Bonzen etwas davon haben würden und sich so viele Lackaffen daran eine goldene Nase verdienten. Aber das Wort »schön« aus Tante Sonjas Munde reizte sie immer zum Widerspruch. Ihre Tante war Kosmetikerin, stets auf das sorgfältigste geschminkt und frisiert, und sie hatte, wie Britta fand, eine äußerst konventionelle Auffassung von Schönheit. Jedes Mal wenn sie sich sahen, steckte sie Britta unauffällig ein Anti-Cellulite-Mittel zu. Eine Akademiker-Tante würde mir Bücher schenken, dachte Britta dann. Ein Glück, daß sie wenigstens in einer gepflegten Pension in Charlottenburg wohnte und nicht in Brittas Ein-Zimmer-Wohnung in der Oranienburger Straße. Tante Sonjas Besuch war in diesem Jahr ihr einziges Zugeständnis an die Familie und die letzte Pflicht, bevor sie endlich in Italien Giuseppe Firenzes vergessene Manuskripte erforschen konnte. Berlin war Tante Sonja zu rauh, zu schmutzig, zu laut, zu grob und zu groß. Mit leicht hochgezogener Nase betrachtete sie die Kräne, die Steinplatten hin und her wuchteten. Die Stadt erinnerte sie an eine Frau mit Aknenarben und kaum verheilten Schnitten im Gesicht, die sich dennoch weigert, ihre Makel mit einem kräftigen Makeup zu überdecken.

Britta, die an Berlin auch einiges auszusetzen hatte, begann eine flammende Verteidigungsrede für die Hauptstadt, für das Unfertige, Werdende, Vielgestaltige und Zerrissene, die in dem Satz gipfelte: »Außerdem ist deine Wimperntusche verschmiert!« Tante Sonja zückte ihren Taschenspiegel und richtete mit Hilfe von Spucke ihr Aussehen wieder her. Leicht verstimmt lehnten sie sich an das Geländer und blickten auf die Kranlandschaft mit Bauarbeiter-Containern, die sich bis zum Tiergarten, zur Philharmonie und zum Landwehrkanal erstreckte. Britta erkannte den historischen Imbißstand auf dem Potsdamer Platz, der, wie auf einem Transparent zu lesen war, »seit anno 1993 Original Berliner Currywurst« briet. Auf Sandpisten standen Betonmischer, die mit ihren schwarz-weiß gestreiften, rotierenden Hinterteilen wie bösartige Insekten aussahen. Alles ist im Umbruch, dachte Britta, und ich bin es auch. War die unübersichtliche Baustelle nicht ein genaues Abbild ihres seelischen Zustands?

Von der gelben Staatsbibliothek mit ihrem geschwungenen Dach war nur eine kleine schräge Fläche zu sehen, der Rest wurde von den emporstrebenden Neubauten verdeckt. Die Stabi war ein wichtiger Ort für Britta, aber das würde Tante Sonja nicht verstehen. Hier hatte ihr vor nicht langer Zeit ein Bibliothekar die per Fernleihe bestellten Firenze-Romane überreicht, ein denkwürdiger Moment, den sie mit einem Piccolo in der Cafeteria gefeiert hatte. Durch deren große Fenster konnte man wie auf eine Geisterstadt blicken; Bauarbeiter liefen durch zukünftige Straßen und standen in den zukünftigen Balkonen der Rohbauten, als wären sie die Bewohner des Viertels. Die Häuser waren so nah an die Stabi herangerückt, daß man fast durchs Fenster in die unwirkliche Kulisse hätte springen können. Hin und wieder winkte Britta einem der Bauarbeiter zu und versuchte sich vorzustellen, wie es war, als sie, noch vor vielleicht drei Semestern, durch dasselbe Fenster auf eine Leerstelle blickte.

»Da hinten ist die Staatsbibliothek«, sagte sie zu Tante Sonja. »Da gibt es viele gutaussehende Männer.« Das war wahrscheinlich der einzige Aspekt, den man einer Kosmetikerin-Tante nahebringen konnte. Lydia Ottone beschrieb in einem ihrer Romane, wie eine Lehrerin und ein Student in einer Bibliothek nur über Blicke eine Beziehung beginnen, die dann allerdings schaurig endet, weil ein eifersüchtiger Bibliothekar alles beobachtet hat. Britta hatte Ähnliches auch schon versucht. In dem lichtdurchfluteten, riesigen Lesesaal mit seinen verschiedenen Ebenen hatten immerhin drei ihrer Freundinnen einen Lebensabschnittspartner gefunden. Nur sie selbst konnte tagelang an einem der heiß begehrten Arbeitsplätze sitzen, ohne daß ihr irgend jemand sehnsüchtige Blicke zuwarf. Trotzdem war sie gerne dort: Es faszinierte sie, daß so viele Menschen beieinander saßen, die mit völlig unterschiedlichen Dingen beschäftigt waren. Oft schloß sie, auf einem der weinroten Stühle sitzend, die Augen und meinte, man müßte doch das Arbeiten der Gehirnwindungen hören, vernahm aber nur regelmäßiges Atmen, hundertfaches Umblättern von Seiten und das Klappern von Laptop-Tasten. Und fühlte sich manchmal ganz klein: Alle anderen schienen genau zu wissen, was sie taten, nur sie selbst hatte kein klares Ziel vor Augen. Erst seit sie Giuseppe Firenze entdeckt hatte, war dieses Gefühl verschwunden.

Tante Sonja war es auf der Aussichtsplattform zu windig, ihre Frisur geriet in Unordnung. Britta dirigierte ihre Tante die Metalltreppe herunter und in den 348er-Doppeldecker-Bus hinein.

Die Rolle als Fremdenführerin gefiel ihr nicht schlecht, schließlich konnte sie auf diese Weise zeigen, wie weit sie sich innerlich von Salzgitter entfernt hatte. Außerdem bot die Mitte Berlins immer wieder ein neues Bild: Pro Tag wuchs mindestens ein neues Gebäude aus der Erde. Der Bus ruckelte an Techno-Schuppen und künftigen Ministerien vorbei, stieß knapp vor dem Brandenburger Tor auf die Linden und fuhr dann brav den Boulevard mit seinen kümmerlichen Bäumchen entlang. Britta zeigte Tante Sonja das massige Gebäude der russischen Botschaft rechts, das schnieke Café Einstein links, ließ sie aber nur einen schnellen Blick in die Friedrichstraße werfen. »Das ist uninteressant, immer noch eine einzige Baustelle«, log sie. Tante Sonja durfte keine Boutiquen zu Gesicht bekommen, sonst würde sie den ganzen Tag darin verbringen wollen.

»Und hier«, sagte sie dann mit besonderer Emphase, »ist meine Universität.« Meine Universität! Das klang gut. Britta wies mit Besitzerstolz auf ein klassizistisches Gebäude mit zwei Seitenflügeln und einer Reihe anmutiger Skulpturen auf dem Dach. Davor saßen zwei weiße Steinfiguren, die beiden Brüder Humboldt, die Britta nicht auseinanderhalten konnte. Da Semesterferien waren, liefen nur wenige Studenten durch den Hof mit seinen Kastanien zu der schweren Holztür, die Einlaß in die Welt der Bildung versprach.

»Schön«, sagte Tante Sonja und wandte den Blick sofort wieder nach rechts, zur Staatsoper und zur Hedwigs-Kathedrale. Ihre Aufmerksamkeit wurde von einem Velotaxi gefangengenommen, das über das Pflaster des Bebelplatzes fuhr. Der Fahrer hatte Lederhosen an und stieß gottergeben in die Pedalen, während das Ehepaar im Wagen Eis aß.

An der Endstation Burgstraße, knapp vor dem Hackeschen Markt, stiegen sie aus. Britta hatte sich vorgenommen, Tante Sonja statt der eleganten Läden in der Friedrichstraße lieber ein paar verfallende Häuser und schmutzige Hinterhöfe in der Nähe ihrer Wohnung zu zeigen. Sie ließ die frisch renovierten Hackeschen Höfe links liegen und schritt zielstrebig in Richtung Große Hamburger Straße. Nach etwa hundert Metern fiel ihr Blick auf eine Galerie, die mit dem riesigen Bild eines runzligen Greises im Schaufenster auf sich aufmerksam machte. Die Fotoausstellung trug den Titel »Verlebte Zeiten – Porträts alter Männer. Fotografien von Mona Richter-Knospe.« Britta blieb abrupt stehen. Hatte Professor Knospe nicht mal erwähnt, daß seine Frau Fotografin war? Und – noch eigenartiger – war »Verlebte Zeiten« nicht auch der Titel eines Romans von Lydia Ottone?

»Sollen wir reingehen?« fragte sie die verdutzte Tante.

»Ach Kindchen«, sagte Tante Sonja, die von Berufs wegen Falten verabscheute, »ich interessiere mich doch gar nicht für alte Männer.«

»Ich aber«, sagte Britta. Mit der Entschlossenheit eines Sumo-Ringers stieß sie die Tür auf und trat ein.

Jenseits der Pickel

Sigmund war sich sicher, daß er für die Wissenschaft geboren war. Schon in jungen Jahren hatten Wörter wie »Referenz« oder auch »Unschärferelation« und »Entgrenzung« einen eigenartigen Zauber auf ihn ausgeübt. Sie weckten in ihm dunkle Ahnungen von einer Welt jenseits von FDJ und Pubertätspickeln, von verborgenen Zusammenhängen und der Möglichkeit, die verwirrende Vielfalt der irdischen Erscheinungen mit Hilfe eindeutiger Begriffe zu zähmen, ja zu bannen. Er erhoffte sich Erkenntnisse, die weit über die knatternd vorgetragenen sozialistischen Einheitsformeln hinausgingen. Viele Nachmittage verbrachte er schon als Fünfzehnjähriger auf einem abgewetzten Sofa und las Parteiliteratur, wobei er jeden Satz in seinem Kopf ins Gegenteil verdrehte. Wenn er nur heftig genug studierte und ansonsten nicht auffällig wurde, hoffte er, würde er irgendwann an die berühmten Giftschränke herankommen und vielleicht dort eindeutige Wahrheiten finden. Dann kam, passend zu seinem Abschluß an der Erweiterten Oberschule Lichtenberg, die Wende.

Im Institut für Kulturwissenschaft entdeckte er die Postmoderne. Er erkannte sein eigenes Streben nach Eindeutigkeit als vorsintflutlich und öffnete sich den Weiten postmoderner Theorie. Fortan freute er sich daran, die Begriffe selbst zu hinterfragen und gegeneinander zu verschieben. Da Sigmund keine sogenannten Hobbys hatte und jeden Morgen noch vor dem Personal an den Bibliothekstüren stand, dauerte dieser Prozeß bei ihm nur sechs Wochen. In dem Maße, wie sein Körper versteifte, wurde sein Geist gelenkig. Anders als viele Vertreter der von ihm favorisierten Denkrichtung, legte sich Sigmund jedoch weder ein seidenes Hemd noch längere Haare oder eine sanft säuselnde Stimme zu. Er blieb äußerlich so, wie er immer gewesen war. Nach wie vor fühlte er sich nur in der Welt der Gedanken zu Hause. Jedes Buch, das er las, war ein Triumph im Kampf gegen die Pickel.

Und nun, an einem verregneten Julimorgen, an dem Berlin dampfte wie ein türkisches Bad, hielt Sigmund endlich den Brief in den Händen, der ihm Zugang zum wahren Leben eröffnen sollte. Absender: Lydia Ottone. Vorsichtig strich er über das edle cremefarbene Papier, das er dem Briefkasten entnommen hatte. Darin lag die Entscheidung über Wohl und Wehe seiner Dissertation. Sigmund wagte nicht, den Umschlag sofort zu öffnen. Bedächtig stieg er die drei Treppen zu seiner Hinterhauswohnung hoch, betrat seine unaufgeräumte Küche und setzte sich an den Klapptisch. Durch das geöffnete Fenster drang der schwere süßliche Duft der Linde vom Hinterhof. Dieser Baum hatte ihm schon manches Mal noch vor dem Frühstück das Gehirn vernebelt. Auch heute morgen war er sich nicht sicher, ob sein Verstand klar arbeitete: Breitete sich in ihm so etwas aus wie ein träger Fatalismus? Nein, das durfte nicht sein. Sigmund lehnte den Brief an die Milchtüte und biß mit wütender Entschlossenheit in sein Käsebrötchen.

Eigentlich lag es ihm fern, als Dissertationsthema ausgerechnet eine Biographie zu wählen. Was könnte theoriefeindlicher sein als ein konkretes Leben mit seinen Zufällen, Liebesaffären, Durchfällen und Pickeln? Daß er sich dennoch dazu entschlossen hatte, war nur auf das beständige Einwirken Lorenz Feders zurückzuführen. Sein Analytiker, den er seit einem halben Jahr jeden Mittwoch aufsuchte, war auf wissenschaftliche Mitarbeiter spezialisiert. Die meisten kamen, wie Sigmund, zu ihm, weil sie erkannt hatten, daß ihre Träume von einer Uni-Karriere im schwarzen Loch des Berliner Landeshaushalts zu verglühen drohten. Feder empfing sie in seiner Schöneberger Altbauwohnung und versuchte, aus diesen traurigen und kopflastigen Menschen praktisch denkende und handelnde Zeitgenossen zu machen, die sich den Erfordernissen des Arbeitsmarkts und der Globalisierung stellten. Dazu setzte er sich in einen Ledersessel, ergriff einen Notizblock und steckte sich einen frisch gespitzten Bleistift in den Mund. Die Klienten lagen derweil auf einer Couch und assoziierten frei vor sich hin.

Zunächst bemühte sich Feder, die Gründe aufzuspüren, warum die jungen Leute überhaupt an dieser Neigung zur Wissenschaft litten. In den meisten Fällen diagnostizierte er eine Über-Ich-Neurose. Bei manchen seiner Patienten stellte Lorenz Feder eine ins Abnorme gesteigerte Eitelkeit fest: Sie wollten einfach klüger sein als alle anderen. Diese Damen und Herren empfahl er nach wenigen Sitzungen an einen ungeliebten Kollegen weiter. Bei Sigmund war der Analytiker zu der Diagnose »Generelle Lebensuntüchtigkeit und Weltfremdheit« gekommen. Der Doktorand hatte einfach eine Abneigung gegen das normale Leben, das er hartnäckig mit Pickeln und Durchfall assoziierte.

»Wenn Sie schon unbedingt promovieren wollen«, sagte Feder am Ende jeder Sitzung zu Sigmund, der elend auf der Couch lag und leicht vor sich hin staubte, »dann suchen Sie sich wenigstens ein vernünftiges Thema! ›Die Intrige als Diskurs der Heimlichkeit‹! Wer soll denn das lesen? Dagegen eine Frau wie diese Lydia Ottone, die in Rom, Kalifornien und London gelebt hat, die drei Ehemänner und zahllose Liebhaber gehabt hat, die als Seelsorgerin und Tänzerin gearbeitet hat – das wollen die Leute lesen! Mit einer Biographie von ihr könnten Sie richtig Geld verdienen!« Lorenz Feder wußte, daß Menschen ihre psychischen Probleme nur lösen können, wenn sie einen Job haben. Darum betätigte er sich nebenbei als Berufsberater und erzählte seiner Frau beim Abendbrot, nur so könne man als Psychologe im Zeitalter der Globalisierung konkurrenzfähig bleiben.

»Aber sie lebt doch noch«, wandte Sigmund schwach ein.

»Na und?« rief Feder kampflustig.

»Eine Biographie schreibt man doch erst, wenn die Leute

tot sind!« Dieses Argument war nicht zu schlagen, fand Sigmund. Nicht einmal Feder würde ihm empfehlen, aus Karrieregründen Lydia Ottone umzubringen.

»Blödsinn«, sagte Feder und schüttelte mißbilligend den Kopf. »Es ist im Gegenteil viel besser, wenn die Person noch lebt. Erstens ist es dann wahrscheinlicher, daß noch kein anderer auf dieselbe Idee gekommen ist. Bitte denken Sie an die globale Konkurrenz.« Seit Sigmund einmal in der Woche Lorenz Feder aufsuchte, war ihm das Problem des globalen Wettbewerbs sehr präsent. Es war ihm schon lästig, daß Feder ihn ständig daran erinnerte. Wie in Herrgotts Namen sollte er gegen die ganze Welt konkurrieren?

»Zweitens«, fuhr Lorenz Feder tröstend fort, »haben Sie dann den Vorteil, daß Sie mit Frau Ottone persönlich reden können. Wäre sie schon tot, könnten Sie sich nur auf Briefe oder die Aussagen von Bekannten berufen. Noch haben Sie die Chance, eine lebenspralle Biographie zu schreiben, voller Hoffnungen und Enttäuschungen, Weltreisen, Mord und Totschlag ...«

Die Aussicht, mit Lydia Ottone persönlich zu reden, begeisterte Sigmund keineswegs. Er lernte ohnehin nicht gern neue Leute kennen. Und er hatte nicht die geringste Ahnung, wie man eine solche Person befragte. Liebe Frau Ottone, bitte erzählen Sie mir von den Abnormitäten ihres Sexuallebens? Feder wäre dazu in der Lage, aber er nicht. Sollte doch Feder selbst die Biographie schreiben. Sigmund arbeitete lieber mit Büchern. Die hatten garantiert kein Sexualleben.

Lorenz Feder hatte zehn Sitzungen gebraucht, um Sigmund zu überzeugen. Er hatte ihm Mut zugesprochen, geeignete Fragen mit ihm ausgearbeitet und sogar das Interviewen mit ihm geprobt. Schließlich hatte Sigmund ja gesagt. »Das ist ein großer Schritt für Sie«, lobte Feder. »Sie haben Ihre Ängste überwunden. Sie stellen sich dem wahren Leben. Sie werden sehen: Das ist besser als jede Therapie. Vergessen Sie Ihre heimlichen Diskurse. Suchen Sie –« und hier klang

Feders Stimme wie die eines alttestamentarischen Propheten – »den Diskurs der Wirklichkeit! Keine Angst vor der Globalisierung!«

Der letzte Bissen Käsebrötchen hatte Sigmunds Mageneingang erreicht. Hastig nahm er ein sauberes Messer und öffnete den Umschlag.

Dear Sir, las er und schaltete im Kopf auf Übersetzen.

Haben Sie vielen Dank für Ihr Schreiben vom 10. Juni mit der Bitte um eine Serie von biographischen Interviews mit Lydia Ottone, das Clark and Clark Publishers an mich weitergeleitet haben. Entschuldigen Sie, daß ich Ihnen an Stelle von Lydia Ottone antworte. Seit sie sich auf ihr Landgut in Cornwall zurückgezogen hat, erledige ich als ihr Privatsekretär ihre Post. Leider muß ich Ihren Wunsch abschlägig bescheiden: Frau Ottone arbeitet an einem umfangreichen Roman, den sie als ihr Hauptwerk bezeichnet, und lehnt daher schon seit geraumer Zeit sämtliche Interview-Wünsche ab. Ihr Projekt einer »postmodernen Biographie unter besonderer Berücksichtigung des Diskurses der Heimlichkeit« klingt jedoch interessant. Falls Sie tatsächlich zu den Stätten von Frau Ottones Leben in Rom, Kalifornien und London reisen sollten, halten Sie mich dann über Ihre Ergebnisse auf dem Laufenden? Im Gegenzug verspreche ich, mich bei Lydia Ottone für Ihr Anliegen einzusetzen, damit es vielleicht doch noch zu einer persönlichen Begegnung kommt.

Ihr Philip Norton

Verärgert stach Sigmund mit dem Brotmesser in die Milchtüte. Dieses verdammte wahre Leben, dachte er, es widersetzt sich, es beugt sich nicht der Theorie. Ich hasse Pickel! Aber zurück konnte er nicht mehr. Am nächsten Tag ging sein Flug nach Rom.

Eurocity Michelangelo

Rudolf Meyer, 82 Jahre. Dicke Tränensäcke unter wäßrigen Augen, braune Flecken über der ganzen Stirn, dazu ein strahlend weißes künstliches Gebiß und unerhört lange Ohrläppchen. Werner Ferch, 90 Jahre, transparente, bläuliche Haut, eine scharf aus dem Gesicht tretende Adlernase und zwei verstörte, aber freundliche Augen unter weißen Brauen. Wilhelm Fischer, 93 Jahre …

Britta öffnete die Augen. Ob sie wohl jemals so alt und faltig werden würde wie die Männer, die Mona Richter-Knospe fotografiert hatte? Knospes Gattin sah im Katalog mit ihren 47 Jahren noch jugendlich aus, wenn auch etwas herb mit straff zurückgekämmten schwarzen Haaren und ernst blikkenden Augen. Sie schien vom Thema des Alterns besessen zu sein und wollte, so wurde angekündigt, als nächstes eine Ausstellung mit Porträts alter Frauen machen. Diesmal sollten es aber keine normalen weiblichen Wesen sein, sondern »Frauen, die im öffentlichen Leben ihre Spuren hinterlassen haben«. Ob sie wohl auch Lydia Ottone fotografieren würde? Tante Sonja hatte die Ausstellung mit einem Schrei des Entsetzens verlassen. Den restlichen Nachmittag klagte sie bitterlich darüber, daß sich gerade Männer leider immer noch viel zu wenig pflegten.

Britta gähnte. Der Typ neben ihr hämmerte auf seinem Laptop herum, als wollte er ihn bestrafen. In der Reihe vor ihr krähte ein Dreijähriges, in der Reihe hinter ihr schniefte ein Allergiker. Zwei ältere Damen stritten sich darüber, ob die Klimaanlage zu kalt oder gerade richtig eingestellt sei. Ein Kleinkind torkelte durch den Gang und versuchte vergeblich, seine nervlich angeschlagene Mutter abzuhängen. Britta war das alles egal; sie war hundemüde. Am Tag vorher war sie von Berlin nach Freiburg getrampt, mit zwei

LKW-Fahrern, einem Versicherungsvertreter und einer Kosmetikerin, die sie stark an Tante Sonja erinnerte und die ihr ganz neue Diätpillen empfohlen hatte. Nach einer durchquatschten Nacht mit Silke, einer Schulfreundin aus Salzgitter, die in Freiburg Germanistik studierte, war sie nun im Eurocity Michelangelo auf dem Weg nach Florenz. Die Alpen lagen schon beinahe hinter ihr.

Wie immer, wenn Britta nach Italien fuhr, kam es ihr vor, als erwache sie aus einem Zustand der Farbenblindheit. Der Himmel, die Bäume, die Berge, sogar die Lagerhallen an den Bahngleisen erschienen ihr farbenprächtiger als in Deutschland. Die Bahnhöfe waren pittoresker, die Eisverkäufer charmanter, die Mitreisenden gesprächiger. Italien war in jeder Hinsicht angenehmer als Deutschland, fand Britta und ließ ihre Zunge im Mund tänzeln, um sie auf das rollende R vorzubereiten. In Italien hatte sie so manche Offenbarung erlebt: das Gefühl, eine fremde Sprache fast wie die eigene zu sprechen, den Duft von Eukalyptus, atemberaubende Blicke auf das Meer, himmlische Pasta und den glutäugigen Roberto. Wenn ihre Kommilitonen von irgendwelchen ausgedörrten Inseln am Äquator erzählten oder gar wegen des billigen Essens durch Asien stiefelten, dachte Britta immer nur an Italien. Jedesmal, wenn sie dorthin fuhr, fühlte sie sich wie ein neuer Mensch. Auch jetzt. Zum ersten Mal fuhr sie nicht als Touristin oder Sprachstudentin in den Süden. Sie fuhr als Wissenschaftlerin. Das war erhebend und beängstigend zugleich. Ahnungsvoll blickte Britta auf einen vorbeifliegenden Hügel, auf dessen Serpentinen rosa und violett gekleidete Radfahrer in Fünfergruppen entlangsausten. Leider hatte sie keinen Fensterplatz und mußte ständig an ihrem Nachbarn vorbeigucken.

»Warum hämmern Sie denn so?« fragte sie den Mann an ihrer Seite. »Sind Sie wütend?«

Er hielt inne und wandte ihr ein aufs äußerste konzentriertes, ungefähr vierzigjähriges Gesicht zu.

»Wütend? Eigentlich nicht. Ich möchte nur die Arbeit so schnell wie möglich hinter mich bringen. Sie ödet mich an.«

»Was schreiben Sie denn?«

Der Mann zögerte. »Eine Doktorarbeit. Das heißt, meine Doktorarbeit.«

»Und das können Sie so einfach im Zug tippen?« Wenn sie doch ihre Magisterarbeit ebenso schnell runterdreschen könnte wie dieser Mensch seine Diss!

»Naja, man kriegt Übung mit der Zeit. Alles eine Frage der Routine.« Der Mann drückte auf die Speichertaste und klappte den Bildschirm zu.

»Und Sie? Fahren Sie in Urlaub?«

Er fragte das mit einer Bestimmtheit, als wollte er sich weitere Erkundigungen zu seiner Dissertation verbieten. Vielleicht lügt er ja, dachte Britta. Vielleicht tippt er irgendwelche Geschäfts- oder Liebesbriefe.

»Ich recherchiere für meine Magisterarbeit«, erklärte sie. »In vier Monaten muß ich fertig sein. Bei dem Gedanken wird mir schlecht.«

»In welchem Fach?« Der Typ schien auf einmal sehr interessiert.

»Romanistik und Kulturwissenschaft. Ich arbeite über einen italienischen Schriftsteller. Er ist zu Unrecht vergessen worden.«

»Achso. Schade«, sagte der Mann. »Ich dachte, es wäre vielleicht ein juristisches Thema.« Nach einer kurzen Pause fuhr er fort: »Sie wissen ja, daß Sie Ihre Magisterarbeit nicht allein schreiben müssen?«

»Klar«, antwortete Britta. »Mein Betreuer heißt Kasimir Knospe. Er ist total nett.«

»Das meine ich nicht. Von Ihrem Betreuer werden Sie eh nicht viel haben. Der redet mal ein Viertelstündchen mit Ihnen, und das war's dann. Hinterher können Sie froh sein, wenn er Ihre Arbeit überhaupt liest.«

»Was??« Britta war entsetzt. Sie machte sich so viele Gedanken, wie sie Knospes hohen Ansprüchen gerecht werden konnte, und er würde ihr Werk noch nicht mal lesen? Das war undenkbar.

»Wozu haben die Professoren Assistenten? Meinen Sie, die wollen jeden Komma-Fehler selbst verbessern? Sie lassen die Arbeiten vorkorrigieren, der Assistent schreibt eine Einschätzung, hinterher blättert der Professor nochmal durch und setzt seine Unterschrift drauf. So läuft das.«

Er lehnte sich befriedigt zurück, als bereite es ihm Vergnügen, Britta zu peinigen. »Sehen Sie«, fuhr er mit tiefer Stimme fort, »deswegen muß man das auch alles nicht so ernst nehmen. Es gibt qualifizierte Menschen, die einem beim Recherchieren und beim Schreiben helfen können. Man muß dann selber gar nicht mehr so viel tun.« Er wartete, bis die Mini-Bar vorbeigescheppert war, und sprach dann nah an Brittas Ohr: »Ein bißchen Geld kostet es allerdings.«

»Nein«, sagte Britta, matt vor Schreck. »Geld habe ich nicht.« War sie hier, mitten im Eurocity Michelangelo, auf einen Verbrecher gestoßen? »So etwas kommt für mich nicht in Frage«, verkündete sie mit fester Stimme. »Ich kann das auch alleine. Und Professor Knospe ist nicht so wie andere Professoren. Er wird mir helfen.«

Der Mann lächelte vornehm und klappte seinen Bildschirm wieder auf.

»Viel Glück«, sagte er und hämmerte los.

Um ihre Nerven zu beruhigen, stand Britta auf und lief der Mini-Bar hinterher. Zwei Bifis und eine Cola versetzten sie wieder in eine gelassenere Stimmung. Immerhin hatte sie doch schon eine grobe Gliederung für ihre Magisterarbeit im Kopf. Sie würde zuerst eine Einleitung schreiben, dann den Hauptteil und dann einen Schluß. In der Einleitung wollte sie unter dem Titel »Giuseppe Firenze oder: Warum ihn die Welt vergaß« Firenzes Leben von seiner Geburt 1901 bis zu seinem viel zu frühen Tod an Typhus 1950 darstellen, seine Werke skizzieren und auch einiges über

Lydia Ottone schreiben. Eine Antwort auf die Frage, warum ihn die Welt vergaß, hatte sie allerdings noch nicht. Im Hauptteil würde sie ihr Konzept der Leerstelle erläutern und vier Romane von Firenze mit Romanen von Ottone vergleichen. Im Schlußteil würde sie alles zusammenfassen und zu einer breiten Rezeption und Erforschung von Firenzes Werken aufrufen. Sie würde sich die Regeln, wie man bibliographiert und Fußnoten schreibt, aus einem Anleitungsbuch herauskopieren, vergrößern und an die Pinnwand über ihrem Schreibtisch hängen. Sollte sie die Fußnoten auf dieselbe Seite schreiben oder gesammelt ans Ende der Arbeit hängen? Und sollte sie die Literaturliste lediglich alphabetisch oder auch nach Sachgebieten ordnen? Derartige Fragen konnte sie vielleicht mit Sheila besprechen, die an ihrer amerikanischen Uni viel gründlicher im wissenschaftlichen Schreiben ausgebildet worden war als sie. Professor Knospe wollte sie mit solchen Kleinigkeiten nicht behelligen.

»Übrigens«, sagte der Mann nach einer Stunde beiderseitigen Schweigens, »in Mailand muß ich raus.«

»Aha.« Es fiel Britta gar nicht ein, darüber Bedauern zu äußern.

»Falls Sie wider Erwarten« – er sprach das »wider Erwarten« mit einem hämischen Unterton aus – »doch Probleme mit Ihrer Magisterarbeit bekommen sollten ... vielleicht kann ich oder einer meiner Freunde Ihnen helfen. Rufen Sie einfach an.« Eine hellgrüne Visitenkarte segelte auf Brittas Schoß. Als er gegangen war, las sie: Anselm Klinke, Ghostwriter.

Während der Zug in dem Mailänder Kopfbahnhof stillstand und ein deutsch-italienisches Stimmengewirr und Kofferrücken an ihr Ohr drang, rührte Britta die Karte nicht an. Sie blickte Klinke nach, der mit seinem Laptop in der rechten und einer schwarzen Ledertasche in der linken Hand auf einen Croissant-Stand zusteuerte. Blödmann, dachte sie. Wie nennt er sich? Geist-Schreiber. Als wenn ich keinen eigenen Geist hätte. Die nehmen mich alle nicht ernst, so wie Sigmund. Pah! Ihr werdet euch noch alle wundern!

»Mi scusi, signorina«, hörte sie einen halben Meter über ihrem Ohr. Eine ältere Dame stand vor ihr. Britta machte ihr Platz, indem sie selbst auf den Fensterplatz ruschte. Die Visitenkarte fiel zu Boden. Britta blickte noch einmal auf den Kai, wo Klinke sein Croissant verzehrte. Dann beugte sie sich vor und steckte die Karte ein.

Tiefes Interview

Der Wirt wußte, was er seinen Stammkundinnen schuldig war. Verschwitzt aber strahlend kam er hinter der orangefarbenen Theke hervor, die die Form eines Ovals hatte, und die weiße Schürze zuckte erwartungsfroh zwischen seinen Fußgelenken. »Titi und Bibi! Hat es doch noch geklappt?« rief er und wischte sich die Haare aus der Stirn. Titi und Bibi, zwei langhaarige Fünfzigerinnen mit dem Augenaufschlag von Teenagern, fielen über ihn her und küßten ihn links und rechts ab. »Prosecco für Titi und Bibi«, rief der Wirt seinem Kellner zu und setzte sich zu den beiden an den Tisch. Von nun an hörte man nur noch lautes Lachen und Gläserklirren.

Eva beobachtete die Szene aus grauen Augen. Sie war noch nie im Hamlet an der Uhland-/Ecke Pariser Straße in Wilmersdorf gewesen und war überzeugt, daß sie niemals wiederkommen würde. Lauter dreißig- bis fünfzigjährige Anzugträger und Kostümständer saßen an weiß gedeckten Tischen um sie herum, geschminkt, frisiert, rasiert, poliert, und alle waren sie schon beim Dessert des Tages, Parfait von Schattenmorellen mit Sahne, angelangt. Ihre beige Naturtextilie fiel hier richtig auf, und der Kellner blickte sie an, als wollte er eigenhändig die fehlende Schminke auf ihrem Gesicht nachtragen. Woher nahmen diese Leute das Geld, um an einem Montagmittag drei Gänge zu essen und dazu zwei Flaschen Bordeaux zu trinken? Das wäre einmal ein Thema für die Europäische Ethnologie. Sie hatte sich extra an einen der wenigen ungedeckten Marmortische gesetzt, in der Hoffnung, daß hier nur ein Konsum von etwa drei bis fünf Mark von ihr erwartet würde.

Jonas ließ auf sich warten. Das war klar, er wollte demonstrieren, daß sie etwas von ihm wollte und nicht umgekehrt.

Solche kleinen Koketterien war sie als Ethnologin von Interview-Partnern gewöhnt. Diesmal machte sie das Warten nervös. Sie nahm sich vor, den Juristen mit denselben fremden Augen zu betrachten wie einen Balinesen. Die sparsame Dekoration des Lokals bestand im Wesentlichen aus großen, flachen Lampen an den weißen Wänden. In einer Ecke hing, sorgsam unter Glas angeordnet, eine Kollage aus Zeitungsausschnitten, die sich mit Shakespeare befaßten. Beinahe gegenüber von ihr bemerkte Eva eine längliche Glasplatte an der Wand, auf der in weißen Lettern zu lesen war: »Populär war Hamlet schon zu seiner Zeit. Um 1600.« Ob die Anzugträger überhaupt wußten, wer Hamlet war? Eva fiel auch nicht viel dazu ein. Sein oder Nicht-Sein, das hatte er doch gesagt. In diesem Lokal verstehen die Leute mehr vom Schein als vom Sein, dachte sie und musterte Titi und Bibi, die, nachdem sie unter großen Bedauernskundgebungen vom Wirt verlassen worden waren, in ihre Taschenspiegel guckten und dort nach glänzenden Stellen auf ihren Nasen suchten.

Auf der anderen Straßenseite, in der Galerie Zellermayer, hing ein Kunstwerk, bestehend aus einem roten und einem schwarzen Quadrat. Direkt davor stand Jonas. Er hatte seine Anzugjacke lässig über die Schulter geworfen und redete auf sein Handy ein, das offensichtlich Widerworte gab. Nachdem er sich von ihm verabschiedet hatte, lief er mit schnellen Schritten über die Straße und ins Hamlet herein. »Da ist sie ja!« rief er mit einem breiten Lächeln. »Tut mir leid, daß ich so spät komme, aber mein Termin hat sich leider etwas hingezogen. Kommt nicht wieder vor!« So viel Freundlichkeit hatte Eva gar nicht erwartet.

»Hallo«, sagte Eva kurzangebunden. »Ich möchte ein Tiefen-Interview mit dir machen.«

»Was für'n Ding?« Vor lauter Verblüffung fiel Jonas in seine Studenten-Sprache zurück. Eva blieb äußerlich ganz ruhig.

»Ich schreibe meine Projektarbeit über ›Beziehungsfelder und Kommunikationsstrategien an der Uni: Ist Interdisziplinarität möglich?‹. Die Frage ist, wie Leute aus unterschiedlichen Fächern miteinander umgehen und kommunizieren. Als Beispiel möchte ich das Hauptseminar Intrige nehmen, weil da Leute aus allen möglichen Fächern drin waren.«

Jonas hielt einen Moment lang gedankliche Zwiesprache mit seinem Handy, das vor ihm auf dem Tisch lag. Dann sagte er: »Sag bloß, du warst nur in dem Seminar, um unsere communication zu beobachten?« Eva blickte ihn an, gefaßt wie ein Kräuterregal, und schwieg. Die Öko-Mutter ist gar nicht so blöde wie ich dachte, flüsterte Jonas innerlich seinem Handy zu. »Und was hat das mit mir zu tun?«

»Ich brauche für meine Arbeit auch einige Tiefen-Interviews über die Studiensituation der einzelnen Teilnehmer. Dafür ist absolute Offenheit notwendig. Deswegen sage ich dir ja auch vorher, wozu ich deine Aussagen verwenden werde.« Daß sie auch die Notizen aus seinem Kalender verwendet hatte, teilte sie ihm allerdings nicht mit.

Jonas winkte den beschlipsten Kellner heran und sagte: »Das Übliche.« Leider hatte der Kellner nur ein Gedächtnis für zahlungskräftige Kunden und zog fragend die Augenbrauen hoch. »Einen Espresso!« klärte ihn Jonas auf. Dann wandte er sich wieder Eva zu, die ein kleines Aufnahmegerät auf dem Tisch plaziert hatte. »Okay«, sagte er, »wie tief soll's denn sein? Erstmal mußt du mich briefen. Wenn's ganz tief sein soll, müssen wir vielleicht die location wechseln.« Als Young Urban Professional mußte man mit jeder Frau flirten können, ob sie nun Naturtextilien trug oder nicht.

Eva ging nicht auf seinen anzüglichen Ton ein. »Ich brauche Angaben zu deiner Studienmotivation und über deine Beziehungen zu den anderen Personen im Seminar.« Sie holte einen Fragebogen heraus und blickte Jonas mit wissenschaftlicher Genauigkeit an. Vor ihrem inneren Auge verwandelte er sich in einen Balinesen.

»Leidest du unter der Anonymität der Massenuniversität?«

»Nee«, antwortete Jonas. Ein Young Urban Professional

litt nicht, und er fand die Uni auch nicht anonym. Typische Öko-Mutter-Frage, dachte er.

»Warum studierst du?«

»Mann, ist doch klar. Weil ich hinterher einen guten Job haben will.« Wollte sie jetzt hören, daß er im Studium den Sinn des Lebens suchte? Der war doch längst out. Lässig lehnte er sich zurück und unterdrückte ein Gähnen. Titi und Bibi bestellten den dritten Prosecco. Sanfte Jazzklänge plätscherten durch den Raum. Eine Schöne, die bisher einsam an der Theke gesessen hatte, wurde endlich von ihrem Geldgeber abgeholt.

»Hast du Versagensängste?«

»Im Moment schon!« sagte Jonas und lachte. Young Urban Professionals wie er hatten Humor und Sinn für Selbstironie. »Normalerweise nicht.«

»Bist du zufrieden mit der Studiensituation im Fach Jura an der FU?«

»Es geht«, antwortete Jonas. »Oft kommt man nicht an die wichtigen Bücher ran, weil die Leute sie klauen oder extra falsch ins Regal stellen.« Stärker ins Detail wollte er nicht gehen. Was verstand eine Ethnologin schon von großen und kleinen Scheinen, von BGB und Klausurenkursen, Schönfelder und Repetitorien?

Eva überprüfte ihr Aufnahmegerät. »Bei welchen Dozenten machst du Kurse?« Sie wandte ihren Blick nicht mehr von dem Fragebogen ab.

Der Kellner brachte den Espresso und stellte ihn neben das Handy. Jonas wurde ungeduldig. Wollte sie nun etwas über das Hauptseminar Intrige hören oder über den Fachbereich Jura der FU? Was war das für eine merkwürdige Feldstudie? Und warum sollte gerade er seine wertvolle Zeit dafür vertun? Sollte sie doch die kleine Britta oder Hans den Philosophen befragen, diese Geisteswissenschaftler hatten viel mehr Zeit, da sie ohnehin keine Chancen auf dem Arbeitsmarkt hatten.

»Kennst du ja doch nicht«, warf er hin. »Keller heißt einer, Burbulla, Wiesecke, Bauer …«

»Was, den gibt's immer noch?« Eva guckte hoch. Diese Frage stand offensichtlich nicht auf ihrem Fragebogen. Ihre grauen Augen weiteten sich.

»Wen?«

»Bauer!«

»Woher kennst du denn den?«

»Ach, das ist schon 'ne Weile her«, sagte Eva beiläufig. »Eine Freundin von mir studiert auch Jura und hat mal eine Hausarbeit bei ihm geschrieben. Der ist ziemlich streng, hat sie gesagt.«

»Scheint so«, antwortete Jonas. Der Gedanke an Bauer machte ihn nicht eben glücklich. Eine seiner eigenen Arbeiten lag gerade bei ihm zur Korrektur, und er fürchtete, daß der berüchtigte Assistent Bauer, ein gnadenloser Verfechter des Ausleseprinzips nach Sir Charles Darwin, sie so schlecht bewerten würde, daß er seine Pläne, ein besonders schnelles Examen zu machen, ad acta legen konnte.

Eigentlich hatte er sich fest vorgenommen, von der Freischußregelung zu profitieren, nach der man sich sehr früh zum Staatsexamen anmelden und es bei Nichtbestehen wiederholen konnte. In seiner Freizeit formulierte Jonas bereits fiktive Bewerbungsschreiben an große Firmen und Kanzleien, in denen er auf sein extrem zügiges Studium hinwies und gleichzeitig seine Vielseitigkeit betonte: Hatte er nicht sogar die Zeit gefunden, auch Veranstaltungen wie das kulturwissenschaftliche Hauptseminar Intrige zu besuchen? Daß Fachidioten auf dem Arbeitsmarkt nicht gefragt waren, hatte er schon zu Schulzeiten immer wieder auf den Karriere-Seiten der Tageszeitungen gelesen.

Und nun kam dieser triefäugige Bauer und versaute ihm womöglich seine Bewerbungsschreiben. Er stand kurz vor dem ersten Versagen in seinem Leben, und seine ganze Karriere konnte in Mitleidenschaft gezogen werden. Sorgenvoll blickte er zu Titi und Bibi herüber, die das Wort Versagen nicht zu kennen schienen.

Eva beobachtete befriedigt, wie sich Jonas' Miene verdunkelte. »Angeblich soll dieser Typ ja nicht ganz sauber sein«, sagte sie. Jonas antwortete nicht sofort. Was um alles in der Welt meinte eine Öko-Mutter mit dem Wort »sauber«? Daß Bauer Fleisch aß? Daß er keine Naturtextilien trug?

»Wieso sauber?«

»Ach nichts«, sagte Eva. »Wir müssen mit dem Tiefen-Interview weiter machen. Bist Du engere Beziehungen mit anderen Teilnehmern des Hauptseminars eingegangen?«

Jonas hatte keine Lust mehr auf diese Fragen. »Also, gepennt habe ich mit niemandem«, sagte er brüsk.

»Hattest du das Gefühl, daß zwischen den Teilnehmern ein Zusammenhalt entstanden ist?« Wieder hatte sie ihre Nase auf den Fragebogen gesenkt.

»Ein bißchen vielleicht. Vom Outfit her liegen sie mir alle nicht«, sagte Jonas und starrte dabei auf Evas Naturtextilie. »Aber einige sind schon ganz o. k. Knospe zieht auch 'ne gute Show ab. Die essentials kommen gut rüber.« So. Jetzt hatte er alles gesagt, was er zu dem Hauptseminar sagen konnte. Er nahm den letzten Schluck Espresso und steckte sein Handy ein.

»Halt!« sagte Eva. »Wir sind noch nicht fertig!«

Jonas stand auf. »Sorry, aber ich habe keine Zeit mehr.« Titi und Bibi guckten zu ihm herüber. Schon hing seine Anzugjacke wieder lässig über seiner Schulter. Eva war kurz davor, ihrem Kräuterregal untreu zu werden und die Ruhe zu verlieren. »Halt!« wiederholte sie, beinahe verzweifelt. »Ich muß dir noch was sagen.«

»Was denn?« Jonas ließ sich nicht herab, wieder Platz zu nehmen.

»Dieser Typ da, Bauer«, sagte Eva, »er soll gegen Geld Hausarbeiten für Studenten von anderen Unis schreiben. Das hat mir meine Freundin erzählt. Sie hat das von einem Freund aus Potsdam. Damals, als sie den Kurs bei ihm machte, hätte sie ihm beinahe einen anonymen Brief deswegen geschickt. Sie dachte, man könnte ihn erpressen, damit er bestimmte Hausarbeiten besser benotet.«

Jonas' Hand krampfte sich um sein Handy. Unschlüssig blieb er stehen. Dann ließ er sich wieder auf den Stuhl fallen. »Sag das noch mal«, flüsterte er.

Neben der Kommode

Britta war schon viermal in Italien gewesen. Einmal direkt nach dem Abi, per Interrail, mit Rucksack, Geldgürtel und Schulfreund Tom. Zurück kam sie mit dem festen Entschluß, Italienisch zu studieren, jedoch ohne Tom, den sie in Roma Stazione Termini an eine magersüchtige schwedische Touristin verloren hatte. Während ihres Grundstudiums hatte sie einen Ferien-Sprachkurs in Perugia gemacht und ihre Freundin Claudia in Alberobello besucht, einem kleinen apulischen Örtchen mit kreisrunden, weißgekalkten, strohbedeckten Häuschen, Trulli genannt. In einem der runden weißen Trulli saß der glutäugige Roberto, aber das war eine andere Geschichte. Dann hatte sie sich beim Pädagogischen Austauschdienst um eine Stelle als Fremdsprachenassistentin in einer römischen Schule beworben, war aber mangels Akademiker-Eltern durchgefallen. Alle ihre Freundinnen mit Akademiker-Eltern hatten eine Stelle bekommen und heiße Affären mit ihren Schülern und Kollegen gehabt. Aus Frust legte sich Britta drei Wochen in Rimini an den Strand und aß Eis. Fünf ihrer überflüssigen Pfunde stammten aus dieser Zeit.

Siena war neu.

Nachts bellten die Hunde mit gespenstischer Ausdauer, und ihr Geheule vervielfachte sich an den Schluchten und Steinwänden, die die auf Hügeln gebaute historische Altstadt umschlossen. In der ersten Nacht taumelte Britta, entnervt und schlaflos, in das Badezimmer der kleinen Wohnung, die sie sich mit einer japanischen Italienisch-Schülerin teilte, und blieb mit offenem Mund stehen: Durch das Fenster hatte man einen überwältigenden Blick auf den Dom, der, hell erleuchtet, mit seiner Kuppel und dem spitzen Glockenturm über der Altstadt zu schweben schien, wie ein eigenartig geformter, vom Himmel herabgesunkener Stern. Britta hatte das unbestimmte Gefühl, daß der Dom ihr etwas mitteilen wollte. Er war immer schon hier gewesen, er hatte die Geburt Giuseppe Firenzes erlebt und sein Leben begleitet, womöglich hatte sogar die Beerdigungsfeier Firenzes dort stattgefunden. Konnte es ihm egal sein, daß nun aus dem hohen Norden eine junge Wissenschaftlerin angereist war, die, nach bald einem halben Jahrhundert Schweigen, die Werke Firenzes wieder zum Leben erwecken wollte? Nein. Britta legte ihre Arme auf das Fensterbrett und glaubte das Licht des Doms auf ihrem Gesicht zu spüren. Diese mittelalterliche toskanische Stadt, die, von Schäferhunden und Schnauzern angebellt, vor ihr lag, würde ihr Glück bringen. Hier würde sich die kleine »Britta aus Salzgitta« von einer dicklichen Raupe in einen intellektuellen Schmetterling verwandeln. Sie brauchte keinen Anselm Klinke! Bevor sie wieder ins Bett ging, tat sie einen kleinen Schwur. Mit Klopapier in den Ohren, das das Gebell nur notdürftig dämpfte, schlief sie in den frühen Morgenstunden endlich ein.

Am Tage blitzte der Dom weiß, denn er war aus Marmor, und sein Glockenturm hatte schwarze und weiße Zierstreifen. Britta lief wie im Trance durch die engen Gassen, die Hügel hoch und runter, stolperte hin und wieder über vortretende Treppenstufen und Pflastersteine und blickte mit Verachtung auf die kleinen Kinos, die ausschließlich amerikanische Action-Filme zeigten. In der Altstadt herrschte ein Fahrverbot, so daß die Touristenbusse ihre Last an der Piazza San Domenico abluden. Von dort aus marschierten die Fremden geschlossen zur Piazza del Campo, dem zentralen muschelförmigen Hauptplatz, und fieberten der Begegnung mit berühmten Gemälden des 13. und 14. Jahrhunderts entgegen. Britta lief mit einem ganz anderen Blick an den ockerfarbenen Häusern mit ihren Dreibogenfenstern und Spitzbögen vorbei. Sie versuchte, sich fünfzig Jahre zurückzuversetzen, in eine Zeit, als die Italiener noch sonntags in die Kirche gingen, als Lydia Ottone in Rom gerade geschlechtsreif wurde und die Deutschen noch nicht wußten, was Mozzarella ist.

Daß Giuseppe Firenze sein Leben in Siena verbracht hatte, war beinahe alles, was sie über ihn wußte. In einem seiner Romane hatte sie eine Kurzbiographie gefunden, in der außerdem vermerkt war, daß er zunächst als Postbeamter und dann als Möbelhändler gearbeitet hatte. Beide Tätigkeiten ließen ihm offenbar genug Zeit, nebenbei Romane zu schreiben. Britta stellte sich vor, wie er an einem Postschalter saß, Briefmarken verkaufte und hin und wieder ein Manuskript hervorzog, um daran zu arbeiten. Bestimmt hatte er viele seiner Ideen aus der Arbeit gezogen: wenn etwa eine reich gekleidete Dame kam und einen parfümierten Brief an einen Herrn in Rom schickte, oder wenn ein Stadtverordneter plötzlich eine neue Wohnung einrichten wollte, die seine angetraute Gattin niemals zu sehen bekommen würde. Mehr als die dürren Berufsangaben war über Giuseppe Firenze in ganz Deutschland nicht zu erfahren, es gab lediglich die beiden Romane »Scusate, amici« (Staatsbibliothek München) und »Per due camini« (Uni-Bibliothek Frankfurt). Kaufen konnte man Firenzes Werke sowieso nicht; sie waren schon so lange vergriffen, daß sie im Computer der Romanischen Buchhandlung in der Knesebeckstraße gar nicht auftauchten. Und eine Homepage gab es selbstverständlich auch nicht.

An der Piazza Matteotti blieb Britta stehen. Hier stand eines jener überladenen Kioske, an denen bisweilen auch Romane von Lydia Ottone angeboten wurden. Sie konnte jedoch keinen entdecken und kaufte sich statt dessen eine Tageszeitung. Diesmal war eine Nagelfeile dabei. Sie fand es gut, daß italienische Zeitungen ihren Lesern immer kleine Geschenke machen, CDs oder ein Päckchen Risotto. Bei ihrem Rimini-Aufenthalt hatte sie sich, außer von Eis, ausschließlich von den Beigaben der Zeitungen und Zeitschriften ernährt. Der »Espresso« hatte vor kurzem eine Serie mit Klassikern im Kleinformat gestartet und bot mit jeder Zeitschrift ein Häppchen Dante an, zusammen mit einer Plastikrose. Ein alter Mann packte gerade seine Rose aus. Als er Britta sah, verbeugte er sich vor ihr und überreichte ihr das Plastikding. »Per la bella signorina!« Britta bedankte sich. Aus dem CD-Laden hinter dem Kiosk drang eine Schnulze von Eros Ramazotti. Amore, amore! Vielleicht gab es in dieser Stadt auch für sie ein bißchen amore? In einem Überschwang von völkerverbindender Nächstenliebe überreichte sie dem alten Mann ihre Nagelfeile.

Während sie weiterlief, dachte sie über die Gleichzeitigkeit des Ungleichzeitigen nach, ein Thema, das Professor Knospe gerne ansprach. Die Werke von Dante und Boccaccio, immer wieder frisch aufgelegt, waren so allgegenwärtig, daß ihre Autoren, obschon seit Jahrhunderten verblichen, wie Zeitgenossen erschienen. War es da nicht ein merkwürdiger Kontrast, daß sie geradezu zur Detektivin werden mußte, um Spuren eines vor nicht mal fünfzig Jahren verstorbenen Schriftstellers zu finden? Oll und unattraktiv sahen Firenzes Bücher aus, mit vergilbtem Papier, angeknabberten Umschlägen und altmodischen Cover-Zeichnungen, und sie rochen nach Großmutters Rumpelkammer. Aber der Inhalt! Der fetzte!

Sie setzte ihre verspiegelte Sonnenbrille auf, um das Straßenschild an einer Hauswand zu erkennen. Hatte nicht hier, in der Via del Giglio, der Mord an dem altehrwürdigen Gemüsehändler Bruno Dellanotte stattgefunden? Und war nicht drei Ecken weiter, an der Piazza Provenzano Salvani, der uneheliche Giorgio gezeugt worden, »unter Schreien und Lachen, um ein Uhr morgens, neben der Kommode«? Sie betrachtete die Frauen und Kinder, die auf der Piazza Eis aßen, als kämen sie direkt aus einem Roman von Firenze. Auf den ersten Blick wirkten sie fröhlich und zufrieden, so als gäbe es in diesen Breitengraden keine Probleme. Aber ein Mensch wie Britta, lebenserfahren und unbestechlich, erkannte natürlich sofort, daß die Idylle trügerisch war. In den Wohnungen der fröhlichen Frauen warteten trinkende Ehemänner, debile Großmütter, schwerkranke Kinder und defekte Warmwasserleitungen. Giuseppe Firenze hat sich seine Anregungen immer aus seiner unmittelbaren Umgebung geholt, dachte Britta, während sie sich auf einer Brunnenmauer niederließ. Da konnte es doch eigentlich nicht ausbleiben, daß sich bestimmte Seneser Bürger in seinen Büchern wiedererkannten. Ob er deswegen Ärger bekommen hatte? Vielleicht würde sie im Archiv Hinweise darauf finden, böse Briefe zum Beispiel, gar juristische Klageschriften. Vielleicht ließ sich sogar die eine oder andere Leerstelle in seinen Romanen – bei diesem Gedanken erschrak sie fast – damit erklären, daß er Teile der Erzählung nachträglich herausgenommen hatte, womöglich auf Druck von oben? Das wäre eine recht banale Erklärung für ein interessantes literarisches Phänomen. Aber es war möglicherweise der erste Ansatz zu einer Antwort auf die Frage, warum die Welt Giuseppe Firenze vergaß. Hatte jemand ein Interesse daran, daß er in Vergessenheit geriet?

Britta stand auf und warf einen letzten Blick auf die Frauen, deren Augen jetzt von dunklen, sorgenvollen Schatten umrahmt schienen. Ein junger Mann stand an einer Hausecke und guckte sie lüstern an. Britta blickte lüstern zurück. Amore, dachte sie, das ist zwar nett, aber ich habe jetzt Wichtigeres zu tun. Sie verließ die Piazza und ging zwei Straßen weiter. Lust auf amore kitzelte ihre Oberschenkel. Aber eine noch viel tiefere Lust erfüllte sie, als sie endlich, zwischen zwei schattenspendenden Bäumen, den prächtigen Torbogen des Archivio Principale erkannte.

Das Erdbeben kann kommen

Kasimir Knospe liebte seine Frau von Herzen, aber verstehen konnte er sie nicht. Was fand sie nur an alten Männern? Wochenlang war sie für ihre Ausstellung unterwegs gewesen, hatte sich auf mecklenburg-vorpommerischen Dorfplätzen und in hessischen Bahnhöfen herumgetrieben, nur um möglichst verlebte und sklerotische Zeitgenossen zu finden. Sie hatte sich ihre Lebensgeschichten angehört, Händchen gehalten, Nasen geputzt, und alles mit dem einzigen Ziel, Tränensäcke und Altersflecken auf Fotopapier festzuhalten. Mit Begeisterung erzählte sie von Krähenfüßen, Glatzen und von Haaren, die aus Nasen herauswuchsen. Ihre Art, sich die Welt anzueignen, hatte etwas Schamloses. Natürlich war sich Knospe bewußt, daß auch seine eigene, wissenschaftliche Tätigkeit in gewisser Weise schamlos war: Ein Wissenschaftler kann die Dinge, die ihm begegnen, nicht einfach als gegeben hinnehmen und respektieren, sondern er muß sie sezieren, analysieren, sich an sie heran- und um sie herumdenken, bis sie ihr Geheimnis verloren haben. Aber Monas Hemmungslosigkeit erschien ihm sogar größer. Seine Gattin sezierte die Welt nicht nur, sie stellte sie bloß.

Mona hatte das Thema des Alterns erst vor zwei Jahren entdeckt. Noch kurz zuvor hatte sie es viel interessanter gefunden, eine Serie mit erotischen Fotografien von jungen Männern zu machen. Auch das war bei Knospe nicht auf rückhaltlose Begeisterung gestoßen. Zwar war er völlig mit ihr einer Meinung, daß der begehrliche weibliche Blick auf den männlichen Körper in der Kulturgeschichte unterrepräsentiert war gegenüber dem geradezu tyrannischen, allgegenwärtigen Stieren des Mannes auf das Fleisch der Frau. Er hatte sie damals sogar mit kulturwissenschaftlicher Literatur zu diesem Thema versorgt, damit sie unter jedes Bild der Ausstellung ein gelehrtes Zitat setzen konnte. Aber wohl hatte er sich dabei nicht gefühlt. Hatte er damals, im Angesicht kraftstrotzender, geschmeidiger junger Helden, ihren vergleichenden Blick gefürchtet, so schien ihm jetzt manchmal, wenn sie ihn anguckte, daß sie an ihm dieselben Züge des Alters entdeckte wie bei ihren mecklenburg-vorpommerischen Tattergreisen. Zwar hatte Knospe durchaus noch nicht das Gefühl, daß er in seinen wesentlichen Körperfunktionen abbaute, und geistig schien er mit jedem Jahr, das verging, an Kraft und Tiefe zu gewinnen. Aber wenn Mona ihn mit diesem Blick beinahe klinischer Neugier ansah, dann griff er sich unwillkürlich an die Nase, um zu überprüfen, ob nicht ein Haar daraus wüchse. Einige Male hatte er sich sogar schon bei dem Wunsch ertappt, er hätte eine normale Gattin, so wie seine Kollegen, eine Lehrerin oder Richterin oder Hausfrau, ohne künstlerische Ambitionen, und dann verfluchte er die hessischen Männer mit ihren Knitterhälsen.

Aber am schlimmsten war ihre neu erwachte Liebe zu alten Frauen.

»Es hat mit Kalifornien zu tun«, sagte Mona, als sie zum ersten Mal wieder von ihrem Haus in Berkeley, das sie für den Sommer von einem Kollegen übernommen hatten, nach San Francisco hereinfuhren. Sie lehnte sich in dem weichen Sitz des Mietautos zurück und genoß in wohliger Vorfreude den Blick von der Bay Bridge auf die Stadt. Wie ein vom Herrgott hingeworfenes Versprechen lagen die Hügel mit den viktorianischen Häuserzeilen vor ihnen, die Hochhäuser des Finanzdistrikts spiegelten sich in der Sonne, und die Transamerika Pyramide ragte spitz dazwischen auf. Nur dünne Nebelschwaden waberten um die Pfeiler der Golden Gate Bridge, und das Meer kräuselte sich leicht im Wind. Ein paar Segelboote waren schon unterwegs, ein riesiges Containerschiff bahnte sich ungerührt den Weg zum Hafen von Oakland. »Dieses Land huldigt der Jugend, und doch sind die alten Menschen hier runzliger als überall sonst in der Welt. Ihre Falten laufen durch die Gesichter wie Messerschnitte oder, gerade bei alten Frauen, wie Spinnennetze, die zentimetertief in der Haut versenkt sind. Sie tragen die Strafe dafür, daß sie ewig jung sein wollten, für alle Welt sichtbar mit sich herum. Und noch etwas anderes ist hier einzigartig. Die ...« Knospe seufzte. Kam jetzt die Hymne auf die Tränensäcke? Mona bemerkte seine Ungeduld und zog ein Fazit. »In gewisser Weise hast du mich also auf das Thema Alter gebracht. Ohne dich wäre ich vielleicht nie nach Kalifornien gekommen.«

Eine gewagte Behauptung, fand Knospe. Es stimmte, seit drei Jahren verbrachten sie die Sommer in Berkeley, auf Einladung seines Kollegen Ralph Liston vom Department of Cultural Studies. Knospe hielt regelmäßig ein Seminar im Rahmen der Summer School for Adults ab, traf sich mit Kollegen von der Berkeley und der Stanford University und nutzte die Bibliotheken dort, die bis spät abends geöffnet waren und mit ihren großen weichen Sesseln manch schnarchendem Studenten als Nachtlager dienten. Aber deswegen zu behaupten, er sei verantwortlich für ihre neueste Neurose, das ging doch entschieden zu weit. Man konnte noch nicht einmal behaupten, daß er Mona in Kalifornien zuviel allein ließ. Im Gegenteil, die meiste Zeit erholten sie sich, dinierten in edlen italienischen Lokalen in North Beach, fuhren ins Napa Valley zur Weinprobe und schauten am Fisherman's Wharf den Seelöwen zu, die sich auf die Anlegekais hievten, ihre Schnauzen mit den langen Barthaaren in die Luft reckten, umkippten und liegenblieben, bis ihr Fell trocknete und dunkelbraun wurde statt glitschig-schwarz. Mona liebte die Stadt mit ihren Hügeln und überraschenden Ausblicken; sie konnte stundenlang an einer Straßenecke verharren, bis endlich das Licht genau richtig war und – klick – der Zauber San Franciscos mit einem Fingerdruck gebannt werden konnte. Knospe empfand sie in diesen Momenten wie eine ausgehungerte dunkle Raubkatze auf der Lauer und wagte nicht, sie anzusprechen. Gewöhnlich ging er Kaffee trinken und vertiefte sich in eines jener Bücher von brillanten jungen Kollegen, die die amerikanischen Universitäten jedes Jahr in Massen auszuwerfen schienen. Sie trugen Titel wie »Thinking through the body« oder »Displaced Interests. Transvestites, Masquerade and Cultural Fear«. Bis Mona dann irgendwann, gelöst wie nach einer Liebesnacht, ins Café schlenderte und strahlend verkündete: »Wieder ein Sieg über die Vergänglichkeit errungen! Jetzt kann das Erdbeben kommen!«

Ihre Aufenthalte in Berkeley und San Francisco waren für Knospe bisher immer der Höhepunkt des Jahres gewesen, er fühlte sich befreit von Berliner Querelen, entspannt, beinahe schwebend in einem Überfluß an Licht und Sonne. Nicht zuletzt waren die Sommer in Kalifornien ein unmißverständliches Zeichen seines beruflichen Erfolgs: Nicht viele seiner Kollegen konnten sich rühmen, eine derart freundliche und beständige Aufnahme in amerikanischen Universitäten zu finden. Er hatte mit seinen 52 Jahren alles erreicht, was man in diesem Beruf erreichen konnte, und seine Pension war ihm sicher bis zu dem Tag, wo er so viele Runzeln haben würde wie Monas Tattergreise. Aber diesmal, als sie auf dem Freeway Number 80 in die Stadt einfuhren, spürte er nicht das freudige Kribbeln, das ihn sonst in San Francisco ergriff. Ihm war mulmig zumute.

Wie immer bog er rechts ab und fuhr die Hafenstraße entlang, auf deren rechter Seite die Piers wie die Zinken eines Kamms ins Meer stießen. Chinatown und den Finanzdistrikt ließen sie links liegen; ihr erster Besuch in der Stadt führte sie jedes Mal nach North Beach, das ehemalige italienische Viertel der Stadt, mit seinen steil auf und ab führenden Straßen. In der Nähe des Telegraph Hill, auf dessen Spitze sich der weiße Coit Tower erhob, parkte Knospe das Mietauto und vergaß dabei nicht, die Räder quer zum Hügel zu stellen, um ein mögliches Wegrollen zu verhindern. Sie stiegen aus und blickten auf eine Zeile von blauen, gelben, rosafarbenen viktorianischen Häusern, in deren Erkern sich das Sonnenlicht fing. Mona packte ihre Fotoausrüstung aus, in Erwartung weiterer Triumphe über die Vergänglichkeit.

»Wie alt muß denn ein Mensch sein, um ein interessantes Gesicht zu haben?« fragte Knospe, während sie die gewundene Straße zum Coit Tower hochschritten. Natürlich, das war ihm als Kulturwissenschaftler klar, war es gerade Monas berufsbedingte Obsession mit der Vergänglichkeit, die sie zu ihren schonungslosen Aufnahmen von alten Männern trieb: Jede Falte war für sie zugleich Ausdruck von Vergänglichkeit und von Bleibendem, gleichzeitig beängstigend und tröstend, nicht so sehr ein Phänomen der Hautaustrocknung als vielmehr ein existentielles Paradox. Falten bewiesen, daß das Leben nicht einfach am alten Menschen vorbeigeflossen war, sondern sich ihm eingegraben, Spuren in ihm hinterlassen hatte. In jedem Tränensack steckten drei verflossene Lieben, in jeder Falte ein Streit mit dem Chef. Nichts war verloren, alles war in den Gesichtern aufgehoben, und doch war alles unwiderruflich vorbei.

»75«, antwortete Mona. »80. Am besten sind die Hundertjährigen. Ihre Augen haben einen besonderen Glanz, als wenn sie schon Vorgespräche mit dem Herrgott führten.« Ein Ball rollte ihnen entgegen, der offenbar einem weinenden Kind weiter oben gehörte. Mona hielt ihn auf und gab ihn ihrem Mann zur Aufbewahrung, denn sie hatte an ihrer Ausrüstung schon schwer genug zu schleppen.

»Aber für deine alten Frauen nimmst du doch auch jüngere?« Knospe wollte sich dem Thema möglichst unauffällig nähern. Hastig drehte er den Ball in seinen Händen herum und bemerkte, daß seine Hände zitterten.

»Wen meinst du?«

Knospe gab sich zerstreut und wartete, bis ein Touristenbus an ihnen vorbeigefahren war. »Na, du weißt schon, wie hieß sie noch, die Malerin – und Lydia Ottone ist doch auch erst Mitte 60.« Hinter der Kurve erschien ein brüllendes kleines Mädchen in einem rosa Rüschenkleid. Als es Knospe sah, stockte es kurz und nahm dann Anlauf, um ihm den Ball zu entreißen. Gerade noch rechtzeitig ging der Professor in die Hocke und hielt dem aufgebrachten Kind das Spielzeug hin. Ohne ein Wort des Dankes nahm es ihn und lief wieder nach oben, dabei vernehmlich »idiot« murmelnd.

»Lydia Ottone ist die einzige«, sagte Mona. »Das Interessante an ihr sind ihre Augen. Sie sind wie Speere, die in der Vergangenheit einmal losgestoßen worden sind und jetzt in der Gegenwart ankommen. Aber ich habe ja noch keine Zusage von ihr.«

Gottseidank, dachte Knospe, und wenn es nach mir geht, wirst du auch nie eine bekommen. Lydia war alles zuzutrauen. Mona und sie durften niemals zusammentreffen.

Als sie oben ankamen, waren sie verschwitzt. Auf der niedrigen Mauer, die den Vorplatz des Turms säumte, standen schon zahlreiche Touristen und schossen ihre Fotos. Sie stellten sich neben das Denkmal von Christopher Columbus, der seine Brust in Richtung Golden Gate Bridge reckte, und schwiegen. Vor ihnen, draußen im aufreizend blauen Meer, lag Alcatraz, die Sträflingsinsel, unter ihnen Fisherman's Wharf, wo sich die Touristen zwischen Schokoladenläden und brutzelnden Fischen hin und herschoben. Mona hakte sich bei Knospe ein und küßte ihn flüchtig auf die Wange. »Ich verspreche dir, wenn ich die Ausstellung mit den alten Frauen hinter mir habe, ist Schluß mit dem Thema.« Ihre Worte wehten den mit Bäumen bewachsenen Hügel hinunter wie abgestorbene Blütenblätter.

Sie aßen in einem ihrer Lieblingslokale in der Mason Street, fuhren einmal mit dem Cable Car die Powell Street hoch und runter, kauften Filme und Postkarten und tranken Tee auf einer Dachterrasse. Mona schoß zwei Bilder, und als sie wieder nach Berkeley fuhren, summte sie vor sich hin.

Knospe beeilte sich, als erster zur Haustür zu kommen und die Post aus der grünen mailbox zu holen. Seit vierzehn Tagen war dies seine tägliche Zitterpartie. Diesmal lohnte sich der Aufwand. Unter zahlreichen Werbesendungen und Briefen für den Hausbesitzer befand sich auch ein Brief mit dem handschriftlichen Absender: Lydia Ottone.

Ein gebildeter Mann

Eine leichte Beute, dachte Luigi. Nicht blond. Nicht schlank. Nicht schön, noch ziemlich bleich. Er lächelte kurz seinem Spiegelbild zu, das sich im Fensterglas des »Caffè dello Archivio« appetitlich präsentierte. In seinen Schulzeiten hatte Luigi einmal ein Traktat verfaßt mit dem Titel »Die Frau, das unbekannte Mängelwesen«. Darin waren im Wesentlichen zwei Maximen enthalten: Erstens: Je mehr Mängel eine Frau hat, desto leichter ist es, sie rumzukriegen. Und zweitens: Die Kunst besteht darin, so zu tun, als wären ihre Mängel Vorzüge. Diesen Grundsätzen fühlte sich Luigi noch immer verpflichtet, auch wenn seine Missionen mittlerweile weitaus komplexer geworden waren.

Luigi hob den »Corriere senese« vor seine schöne Nase und betrachtete das orangehaarige Mängelwesen drei Tische weiter aus den Augenwinkeln. Typisch, dachte er. Sie hat sich völlig in ihre Lektüre vergraben und tut so, als wäre sie meilenweit erhaben über jeden Flirt. Die Sorte ist am leichtesten zu knacken. Zärtlich fuhr er mit dem Finger über seinen frisch ausgestellten Benutzerausweis für das Archivio principale di Siena, seinen Seriositäts-Beweis. Lesende Frauen! Bei lesenden Frauen mußte man so tun, als interessierte man sich für ihre Lektüre, ja als verstünde man etwas davon. Das würde ihm leichtfallen. Das Café war um diese Tageszeit fast leer; die meisten Wissenschaftler und Hobby-Forscher wälzten sich gerade in ihren Siesta-Laken, und Touristen fanden nur selten den Weg in den kleinen Innenhof des Archivs, wo ein zerstreuter alter Kellner ausschließlich Cappuccino, Espresso und Mineralwasser ausschenkte. Durch die Fenster konnte man leere Arbeitstische und Regale voller Dokumente sehen. Nur einen anderen Gast gab es, eine sehr gepflegte ältere Dame mit jenem starren Lächeln, das Frauen ab fünfzig gerne aufsetzen, um ein allmähliches und irreversibles Herabsinken der Mundwinkel zu verhindern. Sie guckte, wie Luigi schien, etwas zu oft zu ihm herüber. Diesen Blick kannte er, er versprach Geld. An normalen Tagen wäre er gern darauf eingegangen. Aber er mochte kein Publikum bei seinen Missionen.

Ein letztes Mal atmete Luigi tief durch und warf seinem Spiegelbild einen anfeuernden Blick zu. Dann hob er in Zeitlupentempo seine schöne Hand und warf die Kaffeetasse um. Laut klirrend fiel sie zu Boden und versprühte Cappuccino in alle Windrichtungen. Die ältere Dame stieß einen kleinen Schrei aus, mit dem sie offenbar ihr noch jugendliches Temperament unter Beweis stellen wollte. Der zerstreute Kellner schüttelte bekümmert den Kopf und suchte im Gläserschrank nach einem Lappen.

»Mi scusi, mi scusi«, murmelte Luigi und sah zu Britta hinüber, die kaum mit der Wimper gezuckt hatte. »Habe ich Sie etwa bespritzt?«

Britta sah ihn verklärt an. Mental war sie gerade mitten in einer Liebesszene, die Giuseppe Firenze in seinem Roman »La fortuna dei panini« mit altmodischer Zurückhaltung beschrieb. Es war einer von zwei unveröffentlichten Romanen, die sie im Archivio gefunden hatte. Sie wollte sie allesamt kopieren und, vermittelt über ihre eigene Analyse, der Welt zurückgeben.

»Nein, nein«, sagte sie abwesend und dachte an die Worte der Heldin über ihren Liebhaber: Franco, deine warmen Lippen, deine starken Hände, dein melancholischer Blick! Daß Franco in Wahrheit ein Betrüger war, wußte die Heldin noch nicht. Ist es eigentlich gut, überlegte Britta, wenn der Leser an dieser Stelle schon so viel mehr weiß als die Heldin? Hätte Lydia Ottone das auch so gemacht?

»Und Ihre Papiere? Sind die auch bestimmt nicht naß geworden?« Als Britta erneut den Kopf schüttelte, sah sich Luigi am traditionellen Ausgangspunkt zahlreicher Missionen angekommen. »Ah –«, er lächelte anerkennend, »Sie verstehen Italienisch? Forschen Sie etwa im Archivio principale so wie ich?« Und er wedelte mit seinem Benutzerausweis.

Sieh an, dachte Britta, der sieht gar nicht aus, als wenn er je ein Archiv von innen gesehen hätte. Daß sie selbst auch erst vor einer Woche zum ersten Mal in einem Archiv gewesen war, vergaß sie dabei geflissentlich. Schließlich fühlte sie sich schon ganz eins mit ihrer neuen Rolle als Forscherin: Zielstrebig betrat sie jeden Morgen das ehrwürdige Renaissance-Gebäude des Archivio, und Gustavo, der weißhaarige Archivar, führte sie zu dem ächzenden Holzregal, auf dem die Werke Giuseppe Firenzes standen: Manuskripte, Briefe, Tagebücher, Zeitungsartikel – sogar seine Adreßbücher hatten die Erben an das Archiv gegeben. Offenbar wollten sie ihn ganz und gar loswerden und hatten sich auch überhaupt nicht um eine Veröffentlichung der letzten Romane bemüht. Hatte es da ein Familiendrama gegeben? Oder war Firenze vielleicht in Ungnade gefallen, weil er Sätze mit so pikanten kleinen Leerstellen schrieb wie den von Giorgio, der »neben der Kommode« gezeugt wurde? War Giuseppe Firenze gar ein Opfer der katholischen Kirche? Ja, war er überhaupt wirklich an Typhus gestorben? Drei Wochen würden auf keinen Fall reichen, um all diese Fragen zu beantworten.

Zuerst hatte Britta fassungslos vor dem Regal gestanden, vor diesem Schatz, den offensichtlich noch niemand gehoben hatte. Ich werde die erste sein, die diese Papiere mit einem wissenschaftlich geschulten Auge liest, dachte sie euphorisch, ich werde Giuseppe Firenze der Welt zurückgeben, die ihn so schmählich vergaß, ich werde diese Leerstelle im Gedächtnis der Menschheit füllen! Endlich, endlich glaubte sie zu verstehen, worum es in der Wissenschaft wirklich ging. Und dieses erhebende Gefühl wollte der Typ vor ihr kennen? Pah! Den wollen wir doch mal testen, dachte sie. Da sie ihr zweites Hauptfach, die Romanistik, gründlich studiert hatte, war sie mit so manchen Tricks der südländischen Männerwelt vertraut.

»Ja, ich forsche über Giuseppe Firenze«, sagte sie und blickte Luigi streng in seine schönen Augen. »Das ist ein vergessener Autor, der ...«

»Giuseppe Firenze?« Luigi trommelte mit den Fingern auf die Tischplatte und zog angestrengt die Augenbrauen zusammen, so wie er das bei Intellektuellen beobachtet hatte. »Firenze! So ein Zufall! Das ist ja nicht zu glauben!« Der zerstreute Kellner hatte endlich einen Lappen gefunden und schlurfte heran, um sich ohne ein Wort zu Luigis Füßen niederzuwerfen.

»Wieso Zufall? Kennen Sie ihn?« Britta schwankte zwischen Mißtrauen und ihrer grundsätzlichen Vorliebe für Zufälle. Zufälle, dachte sie, treiben Intrigen voran oder würgen sie ab, der Zufall ist der Zwilling der Intrige, keine Intrige ohne Zufall. In Ottones und Firenzes Romanen kamen Zufälle, jene spielerische Version des Schicksals, oft an entscheidenden Stellen vor, und auch ihr eigenes Leben war davon geprägt: War es nicht ein purer Zufall gewesen, daß sie das Intrigen-Seminar gefunden und auf Giuseppe Firenze gestoßen war?

»Natürlich kenne ich ihn nicht persönlich, er ist ja schon Anfang der fünfziger Jahren gestorben«, sagte Luigi und lehnte sich zurück, in der Gewißheit, ihre Neugier geweckt zu haben. »Aber ich selbst habe einmal über diese Generation von Autoren geforscht, Sie wissen schon, Enrico Nonno, Gabriella Mansini undsoweiter, und stellen Sie sich vor, mein Urgroßvater war mit Firenze befreundet!« Jetzt war es an der Zeit, dem Mängelwesen sein schönes Lächeln zu zeigen. Der älteren Dame wandte er demonstrativ den Rücken zu. Beleidigt nahm sie einen Schluck Mineralwasser und betrachtete herablassend den Kellner, der seinen Lappen über einem Blumenkübel auswrang.

Britta war sprachlos. Dieser Italiener war der erste Mensch

– abgesehen von dem weißhaarigen Archivar Gustavo –, der etwas mit dem Namen Giuseppe Firenze anfangen und ihn sogar in die richtige Gruppe von Autoren einordnen konnte. Sie betrachtete ihn aufmerksam. Ein gutaussehender Mann. Und so gebildet!

»Wie heißen Sie?« fragte sie.

Ein Horn

Jonas hatte noch nie einen Gedanken an freilaufende Hühner verschwendet. Es war ihm egal, ob sein Aftershave mit oder ohne Tierversuche zustandegekommen war, und der Unterschied zwischen Buchweizen und Grünkern war ihm nicht geläufig. Wie viele Schadstoffe an seiner Apfelschale klebten, kümmerte ihn nicht, solange sie nicht durch schlechten Geschmack auf sich aufmerksam machten, und nichthomogenisierte Milch löste bei ihm einen Brechreiz aus.

Trotzdem fuhr er mittags, wenn es seine Geschäfte zuließen, gerne von seiner Wilmersdorfer Wohnung zum vegetarischen Imbiß Einhorn in der Mommsenstraße. Dort bestellte er sich zum Beispiel einen Möhrencurry mit roten Linsen auf Basmati-Reis und stellte sich an einen der hohen weißen Tische auf dem Bürgersteig, denn er war der Meinung, daß der Mensch zeitgemäß nur im Stehen essen könne. Unter der tiefroten Markise, mit Blick auf prächtige Hausfassaden, vor sich die gepflasterte, kaum befahrene und dennoch mit attraktiven Autos vollgeparkte Mommsenstraße, fühlte sich Jonas wohl. Hier, in unmittelbarer Kudamm-Nähe, war nicht zu befürchten, daß man von Öko-Müttern umzingelt würde; im Laden gab es eine Mischung aus Bio-Essen und italienischer Feinkost, und an den anderen Tischen standen in der Regel Designer, Software-Spezialisten, Anwälte und Architekten. Sie unterhielten sich über die Erzeugung von Hits im Internet, über Baugenehmigungen und Cover-Gestaltung, die Anzugjacken lässig über die Schulter geworfen, so wie Jonas das auch immer versuchte. Wenn die Sonne schien, herrschte eine, wie Jonas fand, coole Atmosphäre, großzügig, entspannt und doch arbeitsam. Sogar die kleinen bunten Faltblätter, die am Eingang auslagen und Heilungswunder durch Reiki, Rebirthing oder Bachblüten versprachen, hatten hier einen Hauch von Jet-Set: Der moderne, erfolgreiche Mensch verdient gut, arbeitet gern und pickt sich souverän auf dem Markt der Konsum- und Esoterikartikel das heraus, was ihm gerade zum hundertprozentigen Wohlbefinden noch fehlt. Natürlich war das Essen weitaus teurer als in der Mensa, aber Jonas erlebte hier einen Vorgeschmack auf jene großartigen Zeiten, wenn er selbst, Partner in einer großen Anwaltskanzlei mit Sitz am Kudamm, mit Geschäftsfreunden und anderen Entscheidungsträgern zum Einhorn schlendern und ein leichtverdauliches Essen zu sich nehmen würde, das der modernen Führungspersönlichkeit ermöglicht, auch am Nachmittag und bis in den späten Abend hinein topfit zu sein.

Noch bevor er den ersten Bissen zu sich nahm, wählte er auf seinem Handy eine Potsdamer Nummer. Er kannte sie auswendig, denn er hatte sie in den letzten Tagen häufig gewählt. Jedes Mal, wenn der Angerufene oder sein Anrufbeantworter sich meldete, legte er auf. Er durfte das nicht zu oft tun, denn er wollte keinen Verdacht erregen. Erst in ein paar Tagen, wenn Jonas die entscheidenden Schritte eingeleitet hatte, würde sein Widersacher sich an die Anrufe erinnern und sich einen Reim darauf machen. Ab diesem Zeitpunkt würde Jonas nicht mehr von seinem Handy aus anrufen, das war zu riskant. Er würde, zum ersten Mal seit langem, wieder eine Telefonzelle betreten, wie ein Ober-Gruftie.

»Hallo?« Bauers Stimme klang gereizt. »Wer ist da?« Jonas drückte auf die grüne Aus-Taste und begann zu essen. Die junge Frau, die am Tisch neben ihm eine Broccoli-Lasagne mit Sprossensalat aß und dabei in der »Bauwelt« blätterte, blickte kurz zu ihm hoch. Jonas unterdrückte ein Schütteln. Jedes Mal, wenn er Bauer selbst und nicht den Anrufbeantworter an der Strippe hatte, durchfuhr es ihn. Dieser Mensch machte ihm Angst, denn er war knallhart, und zwar in allem: wie er ging, wie er redete, wie er die Studenten anguckte und wie er argumentierte. Jonas beneidete ihn darum, denn für ihn war das knallharte Argumentieren die wichtigste Eigenschaft eines Juristen, und er selbst fühlte sich in diesem Punkt unterlegen. Sein Gehirn war einfach nicht so perfekt organisiert, die Gedanken schossen nicht von alleine zielstrebig auf die richtigen Bahnen, sondern verfingen sich gerne in Einzelheiten und verhedderten sich auf Nebenschauplätzen. Sicherlich war das nur ein vorübergehender Zustand, hielt er sich zugute, den er überwunden haben würde, noch ehe er Bauers Alter erreichte.

Doch es war gerade dessen knallharte Art, die ihn jetzt, bei dem, was er vorhatte, anspornte. War es nicht erhebend, einem solchen Menschen Angst einzujagen, ihn kleinzumachen, zu manipulieren? Während er einen Löffel Möhrencurry kaute, stellte er sich vor, wie Bauer, zitternd und mit verquollenen Augen, vor ihm auf die Knie gehen und ihn anwinseln würde. Er, Jonas, würde die Rolle des Richard Bluebaker spielen, des großen Intriganten in Lydia Ottones Roman »Nebelkerzen«, der seine Widersacher ohne ihr Wissen für die eigenen Zwecke einspannte, sie zur Verzweiflung trieb und sich durch nichts, weder durch Flehen noch durch Geldangebote, erweichen ließ. »Ich hab dich in der Hand«, würde er sagen, »du tust, was ich befehle. Von nun an schreibst du die Hausarbeiten nur noch für mich! Du wirst mein persönlicher Repetitor. Gib mir dein Brain und ich mache Karriere damit.« Erst jetzt begriff er, warum Lydia Ottone ihre Intriganten gerne mit den Zügen von Süchtigen versah: Dieses Gefühl, andere Menschen unbemerkt und von außen gewissermaßen fernzusteuern, war erregend. Und er war der Herr in diesem Spiel! Eva hatte ihm ja nur die Info geliefert, und das ganz zufällig. Die Öko-Mutter sollte ruhig weiter ihre Feldstudien über Anonymität und den ganzen Müll treiben. Er, Jonas, zog Konsequenzen.

Als er gerade, vertieft in den Anblick eines blitzblauen BMW-Cabriolets, einen Eßlöffel Basmati-Reis zum Munde führte, traf ihn ein kräftiger Schlag auf die Schulter. »Hej!« hörte er, »was machst denn du hier?« Jonas verschluckte sich. Ein Reiskorn tanzte in seiner Luftröhre und ließ ihn husten. Vor ihm stand Carlo der Ingenieur und strahlte.

»Siehst du doch«, antwortete Jonas ungnädig. »Ich esse.«

Carlo ließ sich durch seinen Ton nicht verunsichern. »Super«, sagte er, »ich hol mir 'nen Kaffee, dann können wir endlich mal quatschen.« Jonas fragte sich, wie der Ingenieur auf das Wort »endlich« kam; er selbst hatte noch keinerlei tieferes Bedürfnis gespürt, sich mit ihm auszutauschen. Aber während Carlo im Ladeninneren verschwand, hatte er eine Idee: Vielleicht konnte der Strahlemann ihm nützlich sein. Jonas nahm die coole Haltung des Richard Bluebaker an und betrachtete nachlässig den Möbelladen auf der anderen Straßenseite, in dessen Fenstern große und kleine Lampen in der Form von schreckerstarrten Gummibärchen standen. Eines Tages, dachte er, würde er ein ausgebautes Dachgeschoß in dieser Gegend besitzen und alle Zimmer mit designten Möbeln vollstellen, vom Sofa bis zur Klobürste. Und in einer Abstellkammer sitzt Bauer und schreibt mir meine Schriftsätze.

»Ich war gerade bei meinem Prof«, erklärte Carlo ungefragt, als er mit einem Espresso wieder an den Tisch kam. Die TU lag hier ganz in der Nähe, mit dem Rad vielleicht in drei Minuten Entfernung. Diese Lage war schon wesentlich cooler als die der FU, fand Jonas, unten im Südwesten zwischen Bäumen und Villen.

»Sag mal, du hast doch über die Intrigen an der TU geschrieben«, sagte Jonas, »haben die da auch mit anonymen Briefen gearbeitet?« Carlo strahlte. Er war stolz darauf, daß an der TU mit sämtlichen verfügbaren Mitteln gearbeitet wurde, auf höchstem technischem Niveau sozusagen.

»Klar«, sagte er und trank mit offensichtlichem Wohlbehagen seinen ersten Schluck Espresso, »auch mit anonymen Anrufen, Mobbing, Einschüchterung, Verleumdungen, Fälschungen, Aktenentwendung und Morddrohungen. Immerhin ging es um zehn Millionen Mark Drittmittel, die an den Fachbereich Verfahrenstechnik und nicht an die Produktionsingenieure gehen sollten, und gleich drei Professoren wollten auf diese Weise eine besser bezahlte Stelle ergattern. Da muß man sich schon was einfallen lassen. Ich hab dazu in meiner Arbeit jeweils einen Unterpunkt gemacht. Deswegen ist sie auch so lang geworden.«

Jonas schwieg. Einweihen konnte er Carlo natürlich nicht. Aber von seiner Fachkenntnis wollte er dennoch profitieren. Die junge Architektin vom Nebentisch räumte ihr Geschirr zusammen, ohne zu bemerken, daß noch eine Sprosse an ihrem Kinn klebte.

»Was ist denn so ein typischer Fehler?« fragte er.

»Wie meinst du, Fehler?«

»Auf welche Weise haben sich die Leute verraten?«

»Ach, ganz unterschiedlich. Manche haben immer vom selben Apparat angerufen und nicht bedacht, daß die Telekom das rauskriegen kann.« Jonas schluckte. Auf diesen Punkt war er schon selbst gekommen. »Andere haben zuviel rumerzählt und sind irgendwann an den Falschen geraten, einer hat sich auf frischer Tat ertappen lassen, als er eine Akte klauen wollte, einer hat so ungeschickt gefälscht, daß man es sofort sehen konnte undsoweiter.« Carlo kicherte vor Vergnügen. »Einer war sogar so superblöde, daß er einen anonymen Brief selbst unterschrieben hat, natürlich nicht mit seinem Namen, aber mit seiner normalen Schrift. Hast du auf ein Pfefferkorn gebissen?«

»Ja«, keuchte Jonas, der feuerrot geworden war. Ein Glück, daß er die Briefe noch nicht abgeschickt hatte! Der scheinbar so naive, mondgesichtige Carlo hatte es offensichtlich faustdick hinter den Ohren. Er wartete, bis die Boutiquenbesitzerin von nebenan mit ihrem Teller an ihnen vorbeigegangen war und sich an das Glastischchen vor ihrem Laden gesetzt hatte. Carlo blickte zwei Blondinen nach, die praktisch ohne Rock und bauchfrei, aber mit riesigen Plastiktüten bepackt, auf der anderen Straßenseite entlangstöckelten.

»Carlo«, sagte Jonas plötzlich energisch und stellte seinen Teller auf einem freien Stehtisch ab. Der Gedanke an Richard Bluebaker machte ihn mutig. »Hat dich Eva eigentlich schon angerufen?«

»Nein. Warum sollte sie?« Carlo konnte nicht viel mit Eva anfangen. Sie war undurchsichtig, fand er, und ziemlich humorlos.

»Sie macht eine Feldstudie über Studenten und will uns alle interviewen. Ich hab versprochen, daß ich ihr mit meinen connections helfe. Zum Beispiel braucht sie von jedem von uns eine Liste mit Namen von den Profs und Assis, die uns besonders an- oder abgetörnt haben. Das ist so 'ne Art Evaluation der Lehre, weißt du. Vielleicht kannst du mir die schon mal aufschreiben?« Er klappte das Aktenköfferchen auf, das er stets bei sich hatte, und zog unter seinem schwarzen Timer ein leeres Blatt Papier hervor.

»Oje«, sagte Carlo. »Ich kenn aber gar nicht viele, die mir gut gefallen.«

»Egal«, entschied Jonas und schob ihm das Blatt hin. Carlo ließ seine Zunge von Wange zu Wange wandern und notierte dann, in zwei Kolonnen, elf Namen, darunter auch »Kasimir Knospe«.

»Sehr gut«, sagte Jonas Bluebaker. »Das wird ihr sehr helfen. Wenn ich sie sehe, grüße ich sie von dir.«

Kammerdiener Sigmund

Sigmund fand in Rom nur mit Mühe seine Pension. Vom Flughafen Leonardo da Vinci fuhr er ohne größere Probleme mit dem Bus ins Zentrum, aber dann! Da er zuviel von italienischen Taxifahrern gehört hatte, um sich einem von ihnen anzuvertrauen, wanderte er viele Kilometer durch die heilige Stadt, überschritt mehrere ihrer sieben Hügel, erblickte auf seinem Weg Ruinen ohne Namen und Kirchen ohne Zahl, geriet in Handgemenge zwischen Auto- und Motorradfahrern, sah sich von pubertierenden Mädchen verhöhnt und von kleinen Dieben verfolgt und schwitzte ungefähr drei Liter warmen, klebrigen Schweiß.

Sogar die Nonnen liefen in Rom mit einem Handy herum, aber kein Mensch konnte Sigmund auf verständliche Weise erklären, wie man zum Albergo Giorgio gelangte, der billigsten Pension in dem Viertel, wo Lydia Ottone aufgewachsen war. Am ehesten konnte er sich noch mit den japanischen Touristen verständigen, die zielstrebig Roms Edelboutiquen leerkauften, aber keinerlei Ortskenntnis besaßen. Zweimal überquerte er aufgrund falscher Auskünfte den Tiber, dreimal kühlte er sein leidendes Gesicht im Wasser eines historischen Brunnens. Als er endlich in der Via Giorgio Pineta angekommen war, fühlte er sich so zerfleddert wie sein Stadtplan. Ruinen, Hunde, Kirchen, Pizzen, Papst und japanische Touristen verschwammen vor seinen Augen zu einem Bild des Fegefeuers. Er würde nicht mehr rausgehen, beschloß er und schleppte sich unter den mitleidigen Blicken der Pensionswirtin die enge Treppe hinauf. Er würde die nächsten Tage in seinem Zimmer bleiben und lesen. Direkt neben der Pension war ein kleiner Stand mit Paninos und Minipizzas; dort würde er sich einmal am Tag Verpflegung holen. Ansonsten würde er so tun, als wäre Rom nicht da.

Um sich in das ihm fremde Genre einzuarbeiten, hatte Sigmund mehrere Biographien in seine graue Reisetasche gepackt. Er guckte sich gar nicht erst im Zimmer um, sondern griff blind eines der Bücher heraus, eine voluminöse Lebensbeschreibung des französischen Schriftstellers Gustave Flaubert. Die folgenden zwei Tage verbrachte er, mal auf dem Bett, mal auf dem Boden liegend, mit diesem Buch. Während die Türen im Flur auf- und zuschlugen und amerikanische Touristen herein und heraus ließen, verschlechterte sich Sigmunds Laune von Stunde zu Stunde.

Es war genau wie er befürchtet hatte: Flaubert litt extrem unter Furunkeln. Er bekam sie an der Kniekehle, am Oberschenkel, in der Achselhöhle und, vor wichtigen Empfängen, auch unter dem rechten Auge. Einen Großteil seiner Lebenszeit vertat er in Bordellen, er hatte Geschlechtskrankheiten und Geldsorgen, Kopfschmerzen und epileptische Anfälle. Beim Schreiben brüllte er, und mit Ende 20 hatte er eine Glatze.

Sigmund grauste.

Ein Biograph mußte, wie ein Arzt, wie ein Seelsorger, ja wie ein persönlicher Kammerdiener, allen Zipperlein und Extravaganzen seines ausgewählten Menschen nachspüren, er mußte sich bedingungslos auf ihn einlassen wie eine Geliebte, Jahre mit ihm verbringen wie eine Ehefrau und sich für die geringsten seiner Regungen interessieren wie eine Mutter. So hatte sich Sigmund seine Rolle als Wissenschaftler nicht vorgestellt. Herrschen wollte er, nicht dienen! Ohne Rücksicht auf seine Zimmernachbarn verfluchte er lautstark Lorenz Feder. Klar, in seiner Eigenschaft als Psychologe mußte Feder sich für Biographien interessieren; für ihn geriet ja auch jede Verstopfung zum hoch bedeutsamen Ausdruck innerer Zwiespälte. Aber er, Sigmund, war zu Höherem bestimmt.

Zwar ging es ihm in mancher Hinsicht besser als dem bedauernswerten Flaubert-Biographen, versuchte sich Sigmund am Morgen seines dritten Rom-Tages zu trösten. Sein Objekt war eine gutaussehende Frau, und auf dem Foto, das er von ihr gesehen hatte, erschien ihre Haut makellos. Aber wieviel leichter hatte es jener Herbert Lottmann doch bei der Recherche gehabt! Fast alle Briefe Flauberts waren ediert; es gab bereits mehrere frühere Biographien, und zahlreiche Größen der damaligen Zeit wie George Sand und die Brüder Goncourt hatten ihre Erlebnisse mit Flaubert minutiös in ihren Tagebüchern festgehalten. Von Lydia Ottone dagegen gab es nur Zeitungsinterviews, ein paar Magazin-Reportagen über ihren aufwendigen Lebensstil, dürftige Informationen aus Lexika und Verlagsprospekten, einige hämische Äußerungen von Kollegen, womöglich juristisches Material in Sachen Steuerhinterziehung und staatstragende Leitartikel der englischen Presse aus der Zeit, als ein Tory-Politiker ihretwegen abdanken mußte. Man wußte nicht einmal, warum sie damals Italien verlassen hatte. In Interviews sagte sie, es sei aus Abenteuerlust gewesen, aber Sigmund hatte Zweifel. Konnte man dieser Frau überhaupt trauen? Auch wenn man ihr gegenüber saß, würde sie womöglich nicht die Wahrheit sagen.

Dennoch war es absolut unerläßlich, sie zu treffen. Sigmund stand vom Bett auf, zog sein graues Pyjama-Oberteil aus und strich sich energisch die Haare aus dem Gesicht. Er würde mit Lydia Ottone sprechen, das schwor er sich, auch wenn er dafür vor ihrem Landgut in Cornwall in Hungerstreik treten mußte. So leicht ließ er sich nicht von einem hergelaufenen Privatsekretär abwimmeln! Es mußte eine Lösung geben, auch das wirkliche Leben, der »Diskurs der Wirklichkeit«, wie Feder gesagt hatte, mußte sich von seinem überlegenen Hirn entziffern und neu schreiben lassen. Vielleicht könnte Professor Knospe, den er bald in Berkeley besuchen würde, ein paar seiner Beziehungen spielen lassen? Oder – dieser Gedanke kam ihm beim Zähneputzen und erschreckte ihn so, daß ihm die Zahnpasta wie ein Sturzbach aus dem Mund lief – vielleicht konnte man den guten Norton erpressen, ganz sanft erpressen, so daß er es gar nicht merkte?

Es könnte ja sein, daß er hier in Rom etwas Unangenehmes, wenig Schmeichelhaftes über Lydia Ottone herausfinden würde, von ihrer Familie zum Beispiel, über die Gründe ihres Fortgangs. Langsam schraubte Sigmund die Zahnpastatube wieder zu und wischte sich den Mund ab. Vielleicht war tatsächlich die einzige erfolgreiche Art, mit der Wirklichkeit umzugehen, sie zu überlisten. Er könnte zum Beispiel diese peinlichen Erkenntnisse an Norton weitergeben, vielleicht sogar ein bißchen übertreiben und einschwärzen, und dann ganz naiv schreiben, er könne sich das gar nicht vorstellen, bestimmt schütteten hier frustrierte Familienmitglieder ihre Mißgunst aus, ob Lydia Ottone ihm nicht ihre Version der Geschichte erzählen wolle?

Eigentlich lagen ihm solche Spielchen nicht. Das ganze Genre der Biographie paßte ihm nicht. Er handelte gegen seine Natur. Aber was blieb ihm anderes übrig? Er konnte nicht aufgeben, bevor er überhaupt begonnen hatte. Allmählich wuchs in Sigmund der Mut, sich erneut in das römische Fegefeuer zu begeben. Zum ersten Mal seit seiner Ankunft zog er die Vorhänge auf und blickte auf die Straße hinaus. Der Tag hatte kaum begonnen, die Sonne schien, und die Hitze hatte sich noch nicht wie eine Kaffeehaube über die Stadt gelegt. Gegenüber war eine Bar, in der junge Berufstätige ihren caffè con latte einnahmen, ein alter Schuhputzer saß neben dem Eingang und säuberte mangels Kundschaft seine Schuhputzdosen. Die Läden waren noch geschlossen, hier und da schlurfte ein Geschäftsbesitzer heran und machte sich an den schweren Rolladen zu schaffen, die ersten Kundinnen prüften die Schaufenster, ein fetter Hund schlief auf einer Haustreppe. Je träger die Stadt in ihrem August-Schlummer erschien, desto wacher fühlte sich Sigmund. Ein guter Moment, dachte er. Man wird mich in Frieden lassen.

Das Geburtshaus von Lydia Ottone mußte ganz hier in der Nähe sein. Die Adresse, Via di Marco Terreno Nummer 14, war der einzige Anhaltspunkt, den er in Rom für seine Recherchen hatte. Sigmund hoffte, daß dort noch Familienmitglieder von Lydia Ottone wohnten, die ihm Auskünfte über ihre Kindheit und Jugend geben könnten. Erst mußte er rechts gehen, dann zwei Straßenblöcke nach links und dann lange geradeaus. Sigmund prägte sich diese Vorgaben genau ein, steckte den Stadtplan in die Brusttasche seines Hemdes, sein Portemonnaie in den Geldgürtel und verließ vorsichtig das Zimmer.

Als er in der Via Marco Terreno 14 angelangt war, packte ihn eine neue Sorge. Das Haus sah nicht gerade so aus, als ob seine Bewohner englisch sprechen würden. Es war klein und alt, der Putz blätterte in großen ockerfarbenen Schichten ab, und im Hauseingang lag eine nur notdürftig verschlossene Mülltüte, der ein Geruch nach Hundefutter entströmte. An einigen der schmiedeeisernen Balkone hing Wäsche, aber vor vielen Fenstern waren schwarze Rolladen heruntergelassen, die von den Sommerreisen der Besitzer oder von der gänzlichen Unbewohnbarkeit der Wohnungen kündeten. Sigmund stellte sich neben die Mülltüte und versuchte, die Namen an der Haustür zu entziffern. Sie waren mit einem dünnen schwarzen Strich von Hand und kaum leserlich geschrieben. In der unteren linken Ecke glaubte er zu erkennen: Ottone.

Sigmunds Magen schien sich auf einen Schlag zu leeren, ihm wurde flau im Kopf. Erst jetzt bemerkte er, daß er noch nicht gefrühstückt hatte. Während er in einer Bar zwei Häuser weiter ein Glas Mineralwasser leerte und ein dolce verspeiste, überlegte er, ob er sich bei Lydia Ottones Familie lieber mit einem Brief anmelden sollte, für den er sogar seine mageren Italienisch-Kenntnisse zusammenkratzen könnte. Aber er hatte Sorge, daß ihm der Elan wieder abhanden kommen könnte, wenn er die nächsten Schritte hinauszögerte. Er wischte seinen Mund ab, legte dem Kellner einige tausend Lire auf den Tresen und verließ das Lokal. Zielstrebig schritt er auf die Nummer 14 zu, gab der Mülltüte einen kleinen Tritt und drückte auf den Klingelknopf. Niemand meldete sich. Sollten die Ottones verreist sein? Oder schliefen sie noch?

Er drückte noch einmal und preßte sein Ohr an die Sprechanlage. Wieder nichts. Aber in diesem Moment hörte er ein Geräusch auf der Treppe. Eine kleine ältere Frau kam, bepackt mit weiteren Mülltüten, die Stufen hinunter und lächelte ihn freundlich an. Sigmund schöpfte Mut und fragte, laut und deutlich: »Do you know anything about Lydia Ottone?«

Das Lächeln der Frau gefror auf ihren schmalen Lippen. »Como?« fragte sie, obwohl Sigmund durchaus das Gefühl hatte, daß sie ihn verstand. Er nahm sein ganzes Italienisch zusammen und stammelte: »Lydia Ottone, famosa scrittrice … sua famiglia … qui?«

Die Frau stellte die Mülltüten hin, wischte sich die Hände an ihrer Schürze ab und begann eine zehnminütige Rede, die Sigmund ratlos zurückließ. Als sie die nervösen Flecken auf seinem langen Hals bemerkte, hielt sie inne und musterte ihn aufmerksam von oben bis unten. Schließlich gab sie ihm mit einem Winken zu verstehen, daß er ihr folgen solle. Mit kurzen Schritten überquerte sie die Straße und klingelte an einem Haus, das noch stärker heruntergekommen aussah als die Nummer 14.

»Maria?« rief die Frau in Richtung eines der Fenster. Eine junge Frau mit hochgesteckten schwarzen Haaren erschien im Fensterrahmen und gähnte.

»Si? Cosa c'è?«

Die alte Frau wandte sich zu Sigmund und sagte: »Sua nipote«. Sigmund überlegte noch, ob »nipote« Tochter, Enkelin, Schwägerin oder Großmutter bedeutet, da hatte sie ihn schon mit einem Stups ins Treppenhaus befördert. Während er zögerlich die Stufen hinaufstapfte, hörte er noch, wie die junge und die alte Frau in einer Sprache, die nicht italienisch klang, einige Sätze austauschten, in denen, wie ihm schien, der Name »Lydia« fiel.

Im dritten Stock erwartete ihn Maria mit heruntergelassenen Haaren.

»Ciao«, sagte sie und lächelte. Ein dünnes weißes Sommerkleidchen umschmeichelte ihren Körper und hörte knapp über den Knien auf. »My name is Maria. And you? Where do you come from? You know Lydia Ottone?«

Sigmund öffnete den Mund, um die Fragen in der Reihenfolge ihres Gestelltwerdens zu beantworten, aber Maria hörte gar nicht hin, sondern drückte sich an ihm vorbei und schloß die Tür hinter ihm. Er spürte ihre Schulter an seinem Arm, und ein Duft von Aprikose stieg von ihrem Haar in seine Nase. Was soll das, dachte er, diese Frau ist viel zu jung, um mir etwas zu erzählen; als Lydia Ottone Italien verließ, war sie noch gar nicht geboren. Eine Enkelin konnte sie schon aus dem Grunde nicht sein, weil Lydia Ottone seines Wissens keine Kinder hatte. Die einzige Hoffnung war, daß Maria irgendwelche Verwandten Ottones kannte und ihm vorstellen konnte. Dafür mußte er ihr Vertrauen gewinnen.

Im Reiseführer hatte Sigmund gelesen, daß italienische Frauen eitel sind und Komplimente mehr lieben als Schokolade und ihre Ehemänner.

»Molto bella«, sagte er pflichtbewußt, als Maria ihn in ihr kleines Wohnzimmer führte. Ein rosa Sofa füllte die gesamte Querwand aus, auf einem Marmortisch davor stand eine Vase mit drei weißen Lilien. Maria drehte sich zu ihm um, und ein Lächeln breitete sich im Zeitlupentempo über ihr Gesicht aus. Mit beiden Händen griff sie in ihre Haare und hob sie hoch.

»Me beautiful or the room?« Ohne die Antwort abzuwarten, nahm sie eine Tonkanne, die auf der Kommode am Fenster stand. »A drink?« Sigmund folgte ihrer Handbewegung und setzte sich auf das rosa Sofa, Maria stellte einen Becher vor ihn hin. Sigmund fiel auf, daß diese Frau zwar viele Fragen stellte, aber offenbar keine Antworten erwartete. Vielleicht hielt sie ihn für dumm. Er mußte in die Offensive gehen. Das erwarteten italienische Frauen von Männern.

»My name is Sigmund Fleck. I am German. I want to write a biography of Lydia Ottone. I need information about her. Do you have it?«

Maria setzte sich neben ihn auf das Sofa, wobei ihr Kleidchen zehn Zentimeter hochglitt. Sittsam richtete sie ihr Schulterbändchen, das ebenfalls verrutscht war.

»First have a drink.« Wieder lächelte sie in Zeitlupe. Sigmund vermutete, daß es zum italienischen Ritual der Gastfreundschaft gehörte, vor dem Reden zu trinken. Geschäftsmäßig kippte er das kalte gelbe Getränk herunter, das merkwürdig bitter schmeckte. Eine der drei Lilien war schon fast verblüht und ließ lasziv ihre langen Blätter hängen. Sigmund blickte über sie hinweg auf die gegenüberliegende Wand.

»You are very beautiful, too«, sagte Maria. Sie sah ihm dabei nicht in die Augen, sondern ließ ihren Blick von seinem langen Hals bis zu seinem Nabel wandern. Sigmund verschluckte sich. Warum hatte ihn niemand vor einer solchen Situation gewarnt? Das Wort »schön« paßte zu ihm etwa so gut wie zu einem Abflußrohr. Die Frau mußte geistesgestört sein.

»Thank you«, sagte er ergeben, um sie nicht durch Widerspruch zu reizen. Eine Biographie von Karl dem Kahlen, dachte er, das wäre es. Keine Verwandten weit und breit, nur schriftliche Quellen und womöglich Gemälde. Mausetot, längst verwest. So muß ein Mensch sein, von dem man eine Biographie schreibt.

Maria spielte versonnen mit den Fingern an ihrem Rocksaum herum und legte auf diese Weise weitere zehn Zentimeter ihrer Oberschenkel frei. »All German men are very beautiful«, fuhr sie in ihren Überlegungen fort. »I like German men.«

Sigmund runzelte erbost die Stirn. Diese Frau hatte wahrhaftig keinen Sinn für die Wissenschaft. Mit ihr verglichen war sogar die pummelige Britta eine Intellektuelle. Wie konnte er die alberne Person zur Räson bringen?

»Listen«, sagte er energisch, »I want to write a biography of Lydia Ottone und ich brauche Informationen über sie ...« Er hielt inne, weil er merkte, daß er deutsch sprach. »Listen!« sagte er wieder, aber schwächer. Der Duft der drei Lilien zog durch seine Nase direkt ins Gehirn. »Listen!« Beim dritten Mal wurde seine Zunge schwer. »I want to ...« Er wußte selber nicht mehr, was er wollte. Sein Kopf fühlte sich an wie ein Parfumfläschchen, aus dem die Denkfähigkeit langsam, aber unerbittlich heraustropfte. Seit wann saß er auf diesem rosa Sofa? Er erinnerte sich nicht. Er sah nur noch, wie Marias Mund in Zeitlupentempo auf ihn zu kam. Hilfe, war Sigmunds letzter Gedanke. Dann wurde ihm sehr warm.

Deine warmen Lippen

Luigi, deine warmen Lippen, deine starken Hände, dein melancholischer Blick. Dein Kuß, dein Griff, deine weiche Haut. Luigi, du Wohltat, du Idealmann, so gutaussehend und so gebildet. Du Urenkel eines Freundes von Giuseppe Firenze, Luigi, ich bin total in dich verknallt.

Britta stand vor dem Badezimmerspiegel und betrachtete glücklich ihre Mängel, während der Wohltäter noch im Bett seine schönen Gliedmaßen streckte. Mein rundes Gesicht, dachte Britta mit wohliger Befriedigung, findet Luigi reizend, meine überflüssigen Pfunde erinnern ihn an seine geliebte Schwester. Natürlich übertreiben die Italiener immer ein wenig, aber was macht's? So einen tollen Urlaubsflirt – Arbeitsflirt, verbesserte sie sich sofort – habe ich noch nie gehabt.

Sie lächelte ihrem Spiegelbild zu, zufrieden mit sich, der Welt und ihrem Verhütungsmittel. Ihre Arbeit ging so gut voran, daß Sigmund der staubtrockene Geheimniskrämer vor Neid Hustenkrämpfe bekommen würde. Und wie beeindruckt Professor Knospe von ihrer Magisterarbeit sein würde! Eine ganz neue Britta würde ihm am Ende der Semesterferien entgegentreten. Seit sie täglich ins Archiv ging, sah sie irgendwie intellektueller aus. Sie war jetzt eine Spezialistin, und schon bald würden sich alle, die über die italienische Literatur der Jahrhundertmitte forschten, um Rat an sie wenden. Ein Sonnenstrahl fiel auf ihr orangefarbenes Haar und verlieh ihr für einen Moment das Aussehen einer Erleuchteten. Durch das Fenster des kleinen Badezimmers grüßte sie der weiß schimmernde Dom, dem sie sich in besonderer Weise verpflichtet fühlte. Britta warf dem gestreiften Glockenturm eine Kußhand zu. In dieser schönen Stadt mit ihren Kunstschätzen und Kirchen war schon manch ein

Pilger beglückt worden. Und sie, Britta, wurde gleich auf doppelte Weise beschenkt.

Ihre Überzeugung, daß Giuseppe Firenzes unveröffentlichte Romane eine wissenschaftlich bedeutsame Entdeckung waren, wuchs von Stunde zu Stunde. Daß seine Werke vergessen oder gar nicht erst publiziert wurden, war nicht nur ungerecht, es widersprach auch allen Gesetzen des Marktes, fand sie. Ein Buch wie »La fortuna dei panini«, das sie gerade begonnen hatte, würde sich doch auch heute noch gut verkaufen! Sie war erst auf Seite 54, als Luigi sie im Caffè dello Archivio unterbrach, und doch war sie schon so gefesselt von der Geschichte der jungen Bäckereiangestellten, die von dem Betrüger Franco verführt wird, daß sie sogar noch beim gemeinschaftlichen Hechtsprung aufs Bett daran gedacht hatte. Falls sie jemals eine Doktorarbeit schreiben sollte, würde sie sie »Das Gedächtnis als intrigante Struktur« oder »Die Intrigen der Nachwelt« nennen. Eine solch auffällige Leerstelle in der Erinnerung der Menschheit, das konnte kein Zufall sein.

Britta nahm auf dem Bidet Platz, stützte ihren Kopf in die Hände und schloß die Augen. Ah, Luigi! Wie lange hatte sie Zärtlichkeiten entbehrt, wie lange war keine Männerhand mehr ihren weichen Körper auf- und abgeglitten! In Berlin litt sie, was die körperliche Liebe betraf, aufgrund ihres Studienfachs unter einem eklatanten Mangel an Gelegenheit. In den Romanistik-Seminaren war immer nur ein Mann, und immer derselbe, der sanfte Gregor, wie sie ihn nannte. Er sprach mit leiser Stimme und einem leichten französischen Akzent, obwohl er in Gelsenkirchen gebürtig war. Im Hauptseminar Intrige waren zwar mehr Männer, aber sie kamen alle nicht in Frage. Carlo der Ingenieur hatte keinerlei Tiefgang, Jonas der Jurist liebte nur sein Handy. Hans der Philosoph war attraktiv, aber er nannte sie »die kleine Britta aus Salzgitta«. Außerdem war er, seitdem sie ihr ebenso brillantes wie unverständliches Referat über »Das Geschlecht der Intrige« gehalten hatte, ganz offenkundig hinter Sheila her, was diese aber gar nicht wahrzunehmen schien. Sigmund der Doktorand sah zwar ganz o. k. aus, aber er war staubtrocken. Für ihn schien es wirklich nur Bücher zu geben, je komplizierter, desto besser. Dagegen Luigi! Einfach saftig.

Wie er küssen konnte, wie er sie, begehrlich und doch zärtlich, zuerst mit den Augen, dann mit den Händen ausgezogen hatte, wie leidenschaftlich er sich dann in ihren vor Hitze beinahe flüssig gewordenen Pfunden vergraben hatte, welch wohlklingende Worte er dabei gemurmelt hatte! Und erst … (hier machte sie in Gedanken eine Leerstelle). Luigi war ein kleines Wunder der Liebeskunst, ein Profi im besten Sinne des Wortes, er verdiente einen Orden oder mindestens ein Zertifikat, er fetzte total. Sie mußte nur aufpassen, daß er sie in den nächsten Wochen nicht von der Arbeit ablenkte. Die Libido, einmal nach unten gelenkt, steigt nur schwer wieder in den Kopf, das hatte sie schon einige Male erfahren. Sie kannte aber auch das umgekehrte Phänomen: daß Kopf und Bauch sich gegenseitig anregten, beflügelten und zu Höchstleistungen trieben. Morgen würde sie selbstverständlich wieder pünktlich im Archiv sitzen und sich Giuseppe Firenze hingeben, während Luigi vielleicht vier Tische weiter an seinem eigenen Projekt arbeiten und hin und wieder beim Vorbeigehen mit seiner schönen Hand ihren Rücken streifen würde. Oder ob man sich zwischen zwei Regalen, in sicherer Entfernung von Gustavo dem Archivar, auch mal näher kommen konnte? Ein Quickie nicht neben der Kommode, sondern neben dem Regal mit den Werken Giuseppe Firenzes, das wäre das Höchste, dachte sie und streckte ihre Arme wohlig in Richtung Decke. Firenze würde sich in seinem Grab vor Vergnügen nicht mehr einkriegen.

Als sie vom Bidet aufstand, hörte sie ein Rascheln aus ihrem Zimmer. Suchte Luigi etwa schon seine Kleider zusammen?

Mußte alles immer so schnell gehen? Britta tupfte ein wenig Puder auf ihr erhitztes Gesicht und verließ lautlos das Badezimmer. Schöner Urenkel, ich überrasche dich und ziehe dich wieder ins Bett!

Als sie in der Tür stand, erstarrte sie. Der schöne Urenkel hatte zwar seine Kleider noch nicht wieder angezogen. Aber er durchwühlte gerade mit geübten Bewegungen ihre Tasche.

»He!« rief Britta empört. Luigi hielt sofort inne und drehte sich mit einem so reizenden Lächeln zu ihr, als wolle er für eine Boy-Group posieren. »Ah, bella, schon wieder da? Ich suche gerade …«

»Ich weiß schon, was du suchst, du Schleimscheißer!« schrie Britta. Als gelernter Romanistin war ihr klar, daß Männer in fremden Taschen immer nur das eine wollen. Alle ihre überflüssigen Pfunde zitterten vor Empörung, und in ihrer Wut schien sie an Körpermasse noch zu gewinnen. »Gib sofort mein Portemonnaie her!« Nackt wie sie war, stürzte sie auf Luigi zu und entriß ihm ihre Tasche samt den Kopien von Firenzes Roman, die er gerade in der Hand hielt. Luigi duckte sich vor dem Ansturm und bedeckte unnötigerweise seine Scham. Mit der Kraft eines Orang-Utans riß Britta die Tasche auf und griff in das Seitenfach, wo sie ihr Portemonnaie aufbewahrte. Es war noch da. Sie war dem Hund zuvorgekommen. Oder suchte er doch etwas anderes?

Luigi haßte es, wenn er unmittelbar nach vollzogenem Beischlaf schon wieder zu körperlicher Höchstform auflaufen mußte. Aber sein berühmter Dreisatz war ihm eigentlich noch jedes Mal gelungen. Er holte tief Luft und ging in Sprungstellung wie ein junger Panther, wobei sein muskulöser Oberkörper sehr schön zur Geltung kam. Britta fummelte noch immer aufgeregt in der Tasche herum, da spürte sie einen heftigen Luftzug und dann einen Ruck an ihrer Hand: Luigi hatte ihr mit einem gekonnten Zwei-Meter-Kopfsprung einen Teil der Kopien entrissen. Er hechtete gleich weiter zum Bett. Dort griff er sich seine Kleider, und der dritte Sprung führte ihn direkt durchs geöffnete Fenster auf die Straße.

Als Britta zum Fenster stürzte, sah sie nur noch einen schönen Popo um die Ecke biegen.

Gesunder Menschenverstand

Hans der Philosoph war über Urlaub erhaben. Die Leute, dachte er, suchen das Wesentliche und finden das Unwesentliche, sie flüchten vor einem öden Leben in Scheinparadiese und spielen sich dort gegenseitig das Glück vor, sie verdrängen ihre Probleme, statt darüber nachzusinnen. Und er gedachte der Arbeitslosigkeit, der Umweltverschmutzung und des jugendlichen Alkoholismus.

Hans hatte deswegen beschlossen, die gesamten Semesterferien in Berlin zu verbringen. Der Sommer in Berlin würde sonnig bleiben, sagte ihm seine innere Stimme, als er an einem heißen Nachmittag von der Arbeit kam und in die Oranienburger Straße einbog. Sofort umfing ihn eine Sandwolke, und er mußte husten. Schon wieder war ein altes Haus in silbrige Plane eingewickelt worden, die Bauarbeiten hatten gerade begonnen, und die Arbeiter fluchten in einer unverständlichen Sprache. Hans hatte sich schon viele philosophische Gedanken über das Bauen gemacht, darüber, wie der Stadt-Text neu geschrieben wird, wie mit Beton und Stahlrohren Spuren der Vergangenheit ausgelöscht werden, aber er erinnerte sich in diesem Moment nicht mehr daran. Er hatte Hunger.

Rasch stieg er die paar Stufen hoch, die ins »Freßco« führten. Hier, in einem mit Holz und blaugeblümten Kacheln ausgeschlagenen Verkaufsraum, wurde allerhand Biologisches und Alternatives über die Theke gereicht, Calzone mit Spinat-Ricotta-Füllung und Joghurt-Sauce oder Vollkorn-Baguette mit Schafskäse und Oliven, dazu frischer Kiwi-Saft und Getreidekaffee. Hans aß gerne hier, aber er hatte seine Bedenken, ob mit diesen Produkten nicht eine Ursprünglichkeit vorgetäuscht würde, die es in einer durch und durch verpesteten Welt gar nicht geben konnte. Die Gemüsetorten auf der Vitrine strahlten die schwere, urtümliche Würde eines holländischen Clogs aus, und die darüber gestreuten Haselnüsse erweckten den Eindruck, daß sie aus dem vorigen Jahrhundert stammten, so kernig und echt sahen sie aus. Hier kauften sich die Menschen das Natürliche im Unnatürlichen, schien ihm.

Hans bestellte eine wuchtige Spinattorte und setzte sich an einen der orangefarbenen Holztische draußen vor dem Lokal. Mit seinen Magensäften begannen auch seine Hormone zu arbeiten, denn am Tisch vor ihm saß eine Studentin mit einem knallengen, knallvioletten T-Shirt. Sie mußte das gute Stück ihrer zwölfjährigen Schwester entrissen haben, denn es kniff sie an Ärmeln, Dekolleté und Busen mit unnachgiebiger Strenge, als hätte es sich vorgenommen, seine Trägerin auf eine kleinere Konfektionsgröße zu schrumpfen. Hans reagierte eigentlich nicht auf derart plumpe Reize. Aber beim Anblick dieser Brüste geriet er ins Träumen. Der wahre Grund, warum es ihn in den Semesterferien nicht in die Ferne zog, hatte dunkle Haare und hieß Sheila. Die amerikanische Geschlechterforscherin faszinierte Hans außerordentlich, denn er hatte den Ehrgeiz, alle Gedankengänge dieser Welt zu verstehen, und Sheila konnte er bisweilen nicht folgen. Ohne mit der Wimper zu zucken, sagte sie, wahlweise auf englisch oder auf deutsch, Sätze wie »In dem Maß, in dem geschlechtlich definierte Subjektpositionen in einer und durch eine Logik der Verwerfung und Verwerflichkeit hergestellt werden, wird die Spezifität der Identität durch den Verlust und die Verringerung von Verbundenheit erkauft.« Bei Hans löste das einen Impuls aus, wie ihn wohl die Angehörigen frühzeitlicher Stämme beim Anblick starker Gegner empfanden: Sie aßen Teile seines Körpers auf, um sich die entsprechenden Fähigkeiten einzuverleiben. Nur, aufessen konnte Hans Sheila nicht. Also verliebte er sich in sie.

»Hallihallo!« Hans schreckte auf. Frau Westermann, Professor Knospes blonde Sekretärin mit dem perlenden Lachen, stupste ihn an die Schulter. Sie trug einen grünen Hosenanzug aus leichter Baumwolle, der sich auch als Tarnanzug im Dschungel gut gemacht hätte. »Sie hier? Ich dachte, Sie vergnügen sich im sonnigen Süden? Sie sollten sich erstmal drei Wochen in Italien an den Strand legen!« Frau Westermann kam gerne nach der Arbeit im Freßco vorbei und stellte sich dort ein frühes Abendessen zusammen, denn sie war alleinstehend und kochte ungern. Dazu trank sie dann einen naturtrüben Apfelsaft und unterhielt sich hin und wieder mit einem der Studenten, die auf den Holzbänken draußen die »Zweite Hand« oder auch ein Lehrbuch studierten. Mit Hans verband sie in erster Linie eine mütterliche Zuneigung, doch hatte sie mit weiblichem Kennerblick festgestellt, daß er – anders als die meisten Philosophen, die sie kannte – über einen kräftigen Körperbau, adlerscharfe Augen und eine schnell bräunende Haut verfügte. Drei Wochen Italien würden ein sehr schmuckes Mannsbild aus ihm machen, glaubte sie.

Hans lachte abwehrend. Frau Westermann meinte es natürlich gut, wie die meisten Frauen um die fünfzig, aber sie hatte keinerlei Verständnis für seine wahren Bedürfnisse. »Kein Geld«, sagte er, um das Thema Urlaub auf einfache Weise abzuschließen. Frau Westermann machte ein undefinierbares Geräusch, das fehlende Überzeugung ausdrückte, und ging in den Verkaufsraum.

Viel Geld hatte Hans wirklich nicht. Zur Aufbesserung seiner Finanzen arbeitete er in einem Copy-Shop im nördlichen Teil der Friedrichstraße. Hier stand er an drei Tagen in der Woche von 10 bis 16 Uhr, stellte Quittungen aus, legte Kopierpapier nach, verkaufte Farbstifte und Post-its und beguckte durch das Fenster die Passanten. Dies war der einzige Studentenjob, der zu ihm paßte, fand er, denn immerhin hatte er es hier mit Papier und nicht mit Kaffeebohnen zu tun. Außerdem regte ihn die Arbeit zwischen Kopierern und bücherbepackten Studenten zu weitreichenden Gedanken über geistiges Eigentum, Autorschaft, Originalität, Authentizität und die Entstehung neuer Ideen aus der Amalgamierung von alten an.

Hans hob seine Tasse Cappuccino und betrachtete nachlässig ein paar amerikanische Touristen, die in der Oranienburger Straße das Wesentliche suchten und nur Unwesentliches fanden. Sie liefen gutgekleidet und neugierig ins Kunsthaus Tacheles hinein, das, dunkel aufragend und mannshoch mit Plakaten beklebt, direkt gegenüber vom Freßco stand, und kamen mit ratlosen Gesichtern wieder heraus. Links auf dem Dach wuchs eine Birke, in Höhe des vierten Stocks prangte ein großes Transparent »Hier vernichtet Senat und Investor öffentlichen Raum«, über dem Eingang war das politische Statement »Mehr Koks – mehr Kunzt – MAOAM« zu lesen. Im Abstand von Sekunden fuhren große und kleine Laster Getränke, Sand, Mietwäsche, wärmetechnische Anlagen und unterkühltes Federvieh vorbei. Wenn mal eine Minute kein Betonmischer oder Touristenbus kam, dann dröhnte die Straßenbahn Nummer 1 Richtung Heinersdorf oder der BVG-Doppeldecker 157 an den Holzbänken und der geblümten Markise des Freßco vorbei. Es war verdammt laut.

»Gehen Sie eigentlich öfters in die Seminare von Professor Knospe?« fragte Hans neugierig, als der grüne Anzug von Frau Westermann wieder in seinem Blickfeld erschien. Er hatte es bisher noch nicht erlebt, daß Sekretärinnen in den Kursen ihrer Chefs auftauchten und sich auch noch, wie Frau Westermann, lebhaft beteiligten.

»Hin und wieder«, antwortete Frau Westermann und legte Hand an ihre Artischocken-Torte. »Während der Arbeitszeit ist es ja eigentlich schlecht möglich, aber Knospe ist sehr großzügig.« Hans fiel auf, daß sie »Knospe« sagte und nicht, wie viele Sekretärinnen, zwanghaft den Titel ihres Chefs mit nannte. Sie hat ein gesundes Selbstvertrauen, dachte er anerkennend und fühlte sich bestätigt: Hatte er doch während des Seminars nicht nur Sympathie für Frau Westermann entwickelt, sondern, mehr noch, er studierte an ihr das Wirken des gesunden Menschenverstands. Was ein echter Philosoph ist, dachte er, der muß den gesunden Menschenverstand zumindest kennen, um sich dann über ihn zu erheben. Sein Eindruck war, daß diese Ausprägung des menschlichen Verstandes seine Blüte bei Frauen um die fünfzig erlebt, wenn sich Resignation in den Geist gemischt hat wie eine Portion süßbitterer Ingwer in ein Gericht.

»Knospe hatte mir erzählt, daß in dem Intrigen-Seminar im Sommersemester auch von Lydia Ottone die Rede sein würde«, fuhr Frau Westermann in Unkenntnis ihrer bedeutenden Funktion in Hans' Gedankenwelt fort, »da dachte ich mir: Da kann ich mitreden! Schließlich lese ich schon seit über 30 Jahren ihre Romane. Ich habe sie damals auf meiner ersten Reise nach Mallorca entdeckt, kurz nachdem ich aus dem Osten rüber bin. Damals wurde viel über ihren Roman ›Ein Sommer zu dritt‹ geredet, und ich habe mir dann alle ihre Bücher gekauft, auch die allerersten, die sie noch in Kalifornien geschrieben hat und die keiner mehr kennt.« Eine Wespe war in ihren Apfelsaft gefallen, und Frau Westermann beeilte sich, sie mit der Gabel herauszufischen.

Hans stellte sich zum wiederholten Mal die Frage, warum gerade Personen mit einem so kerngesunden Menschenverstand wie Frau Westermann oft eine solche Neigung zur beinahe suchthaften Lektüre von angeblich »spannenden« Romanen hatten. Merkten sie denn nicht, daß die Intrigen künstlich aufgebaut, die Handlungen unwahrscheinlich, die Figuren holzschnittartig waren, daß, kurz, im Unwesentlichen etwas Wesentliches vorgetäuscht wurde?

Ihm, Hans, war das ganze Konzept der »Spannung« suspekt. Er haßte es, wenn seine Gefühle manipuliert werden sollten. Im Kino, wenn alles um ihn herum begann zu schniefen und triefen, dann setzte Hans ein stoisches Lächeln auf: So leicht machte er es drittklassigen Drehbuchautoren nicht!

Sollte doch das Liebespaar durch zwei Ozeane getrennt sein! Sollte doch das niedliche kleine Kind an Leukämie erkranken! Was ging es ihn an?

Stoisch lächelnd begegnete er Frau Westermanns Blick. »Von Lydia Ottone«, sagte sie mit Nachdruck, »habe ich mehr gelernt als von allen Knospes zusammen.« Warum nur neigten gerade Personen mit pappgesundem Menschenverstand so oft zur Übertreibung? Allerdings, das mußte er zugeben, hatten ihn die Romane von Lydia Ottone und das Intrigen-Seminar von Professor Knospe, ähnlich wie die Arbeit im Copy-Shop, zu weitreichenden Gedanken über geistiges Eigentum, Originalität und Autorschaft angeregt, die sich dann in seinem Referat »Die Intrige: Authentizität und Kopie« niedergeschlagen hatten. Steckte hinter jeder Intrige tatsächlich ein Intrigant? War sie das »Werk« eines Einzelnen, mehrerer Personen oder aber das Ergebnis eines Zusammenspiels von Zufällen? Erhielt die Intrige ihre scheinbare Zwangsläufigkeit vielleicht nur aus der Sicht eines – von Verfolgungswahn geplagten – Opfers? War insofern vielleicht das Opfer der wahre Autor der Intrige und die scheinbaren Urheber nur Mitspieler, ja sozusagen Kopien?

Drei kindliche Touristen winkten ihm aus einem Stadtrundfahrt-Bus zu, aber Hans bemerkte es nicht. Nicht einmal die Brüste der Studentin am Tisch vor ihm konnten sich noch in sein Bewußtsein vorarbeiten.

Frau Westermann schlürfte ihren naturtrüben Apfelsaft und betrachtete zärtlich den Philosophen, dessen jugendliche Stirn in Denkerfalten gelegt war. Sie war überzeugt, daß er zu jenen fünf Prozent der Philosophie-Studenten gehörte, die irgendwann einmal ihren Abschluß schaffen würden. »Haben Sie übrigens von der kleinen Britta gehört? Wissen Sie, wann Sie aus Italien zurückkommt?« Die kleine Britta aus Salzgitta! Sie war richtig süß gewesen in ihrer Begeisterung für diesen merkwürdigen italienischen Autor, den sie irgendwo ausgegraben hatte. Hans schüttelte den Kopf.

»Knospe hat mir einen Brief an sie geschickt, den ich an ihre Berliner Adresse weitergeleitet habe«, erklärte Frau Westermann und wischte sich ihre Hände am Holztisch ab. »Wenn sie ihn findet, wird sie sich wundern.«

Ein vertrautes Gesicht in der Fremde

Eigentlich setzte sich Britta nie auf die Piazza del Campo, den muschelförmigen Hauptplatz von Siena, auf dem sich Tauben und Touristen sammelten und wo in wenigen Tagen der berühmte Palio, der Reiterwettbewerb der einzelnen Stadtbezirke, ausgetragen werden würde. Erstens fand sie die Cafés dort zu teuer, zweitens betrachtete sie sich als Forscherin und nicht als Touristin, und drittens hatte sie von Professor Knospe gelernt, daß das Interessante im Leben nicht in den Zentren zu finden ist, sondern an den Rändern, oder, wie Britta lieber sagte: den Leerstellen. Aber an diesem heißen August-Dienstag konnte sie nicht anders, als sich ebenfalls unter die shortstragenden Touristenscharen zu mischen. Sie dürstete danach, Menschen zuzuhören, die sich gegenseitig Helga oder Matthias nannten. Sie brauchte Heimat.

In der Bar »Il Palio« waren noch zwei, mit weißen Tischdecken belegte Tische unter blaugestreiften Sonnenschirmen frei. Sie setzte sich an den vorderen, von dem man bequem auf den nach unten hin abfallenden, mit rötlichen Ziegeln belegten Platz blicken konnte. Die Fläche der von prächtigen Stadtpalästen umrahmten Piazza war so groß, daß die Touristen, die in Grüppchen über sie hinwegliefen, beinahe vereinzelt wirkten. Weiße Striche unterteilten den Platz in neun Teile und liefen spitz, wie ein Fächer, vor dem Palazzo Pubblico zusammen, dessen Inneres Britta immer noch nicht besichtigt hatte. Sie war nur auf seinen schlanken Turm, den Torre di Mangia oder »Freßsack-Turm«, geklettert und hatte von dort aus den Blick auf die roten Dächer der Stadt und die umliegende Hügellandschaft genossen. Heute wirkte der massige Palast abweisend auf sie, obwohl zahlreiche bunte Fähnchen seine Fenster schmückten und eine Schar von Kleinkindern vor ihm herumtobte. In seiner zinnengekrönten Wucht verkörperte er die Unüberwindlichkeit der Hindernisse, die sich vor ihr auftaten.

Nicht nur war Luigi, splitternackt und überstürzt, mit einem Teil ihrer Kopien entflohen; das war, wie Britta sich formelhaft immer wieder vorsagte, zwar persönlich hart, aber wissenschaftlich irrelevant. Man mochte es für die verirrte Tat eines Kleinkriminellen halten, der, in Ermanglung des begehrten Portemonnaies, sich irgendetwas anderes griff, womit er dem Opfer schaden konnte. Viel schlimmer war im Grunde das Verhalten von Gustavo, dem weißhaarigen Archivar. Er wollte ihr nicht erlauben, das Manuskript von »La fortuna dei panini« noch einmal zu fotokopieren! Es schade dem Papier, wenn es zu häufig kopiert werde, sagte er, und im Übrigen sei genau dieses Manuskript, zusammen mit einem weiteren unveröffentlichten Roman Firenzes, gerade beim Restaurator, um auf Verfallserscheinungen überprüft zu werden. Nur einen Band mit Erzählungen und zwei unvollendete Theaterstücke rückte er noch raus. Auch die Briefe und Adreßbücher könne sie studieren, aber was nutzte ihr das, wenn sie nicht an die Romane herankam? Sollte sie etwa eine Magisterarbeit über die Adreßbücher Giuseppe Firenzes schreiben, mit der Begründung, dies sei eine bisher unerforschte Textgattung?

Mißmutig kaute Britta auf einem Weißbrot herum, das ihre Tisch-Vorgänger hatten stehen lassen. Eine Gruppe von Schulkindern spielte Fangen auf dem Platz und quietschte dabei im obersten Frequenzbereich, vor dem Eingang des Palazzo Pubblico hatte sich eine Menschenschlange gebildet, da die Schließzeit kurz bevorstand. Ein kaum bekleidetes Liebespaar befummelte sich vor dem Brunnen, der Fonte Gaia, deren Skulpturen sinnigerweise die Tugenden verkörperten, und verstärkte noch Brittas schlechte Laune. »Was wird jetzt aus meiner Magisterarbeit?« fragte sie laut in eine Runde von schwedischen Touristen, die gutmütig zurücklächelten. Ob Professor Knospe ihr helfen konnte? Aber sie wußte nicht einmal, wie sie ihn von hier aus hätte erreichen sollen, angeblich hielt er sich im Sommer in Kalifornien auf. Sollte sie Frau Westermann anrufen und um seine Adresse bitten? Sie konnte ihm aber doch unmöglich erzählen, daß ein Lover ihr die Unterlagen geklaut hatte!

Lag nicht eine eigenartige Symbolik darin, daß das zerfetzte Manuskript von Firenze jetzt ganz reale Leerstellen hatte? Britta griff in ihre Tasche, als könnte sie die verlorenen Papiere darin wiederfinden. Während ihre Finger unschlüssig durch das Tascheninnere wanderten, spürte sie einen kleinen festen Zettel. Es war die Visitenkarte von Anselm Klinke. Sie erschrak. Genau im Moment ihrer größten Verunsicherung tauchte dieser Zettel auf. War das ein Zeichen, ein Zufall, eine teuflische Verlockung? Als sei die Karte mit Gift beträufelt, stopfte sie sie energisch wieder in die Tasche. Nein, sie würde den Ghostwriter nicht anrufen. Aber wegwerfen wollte sie die Adresse auch nicht. Sie sehnte sich nach irgendeiner netten Helga, der sie von ihrem Unglück erzählen konnte. Suchend drehte sie sich im Stuhl um und sah: Drei Tische weiter saß, mit dem Rücken zu ihr und einem fliederfarbenen Halstuch, Sigmund der staubtrockene Doktorand.

»Siggi!« Vor lauter Begeisterung stieß Britta einen Kosenamen aus, von dem sie gar nicht wußte, ob er auf ihn hörte. »Das fetzt ja total! Was machst du denn hier? Bist du nicht in Rom? Was machen deine Forschungen?« Bei der zweiten Frage begriff Sigmund, daß er gemeint war, bei der dritten versagte sein Augenlicht, denn Britta hatte ihm einige ihrer überflüssigen Pfunde ins Gesicht geworfen. Als sie sich wieder von ihm löste und ihn ansah, hatte sie den Eindruck, daß seit ihrem Treffen am Schlachtensee etwa zwei Schichten Staub von ihm abgerieselt sein mußten. Seine Haut war gebräunt, und seine Augen glänzten.

»Wie gern erblickt man doch ein vertrautes Gesicht in der

Fremde«, sagte Sigmund altmodisch und durchaus verlegen, denn er war nicht nur aus Liebe zur Renaissance nach Siena gekommen. Nach dem Schock, den er in Rom erlebt hatte, war in ihm die Sehnsucht nach einem bekannten Gesicht, zum Beispiel Brittas, aufgekeimt. Er hatte sich in einen eiskalt klimatisierten Omnibus gesetzt und war in die Toskana gefahren, vorbei an ausgedehnten Vorstädten, kleinen mittelalterlichen Ortschaften, Thermen, Olivenhainen, Souvenirfabriken und, kurz vor Siena, Hügeln aus Tonerde, auf denen jeweils ein einziger Baum in den Himmel ragte, vertieft in eine Biographie von Thomas Mann, dessen Verdauungsprobleme ihn zutiefst bekümmerten.

In Siena angekommen, atmete er auf: Diese Stadt war klein und überschaubar, es gab in der Altstadt so gut wie keine Autos, unter deren Räder man geraten, und keine Frauen, von denen man überfallen werden konnte. Friedlich erschien ihm der Ort, und so kreisförmig angeordnet, daß man einer gesuchten Person früher oder später einfach begegnen mußte. Die Kirchen hatte er sich erst gar nicht angeguckt, denn in einem Gotteshaus würde Britta ohnehin nicht zu finden sein. Aber in einem Buchladen hatte er eine Stunde verbracht und zwei Stunden im Caffè dello Archivio, wo ihm jedoch nur eine Dame mit einem starren Lächeln und ein zerstreuter alter Kellner aufgefallen waren. Rein ins Archiv durfte er nicht, denn der weißhaarige Archivar bestand auf einem Empfehlungsschreiben. Auch seine Auskunft, er arbeite über Lydia Ottone, hatte keineswegs geholfen; im Gegenteil, der Alte war danach sogar noch verschlossener. Auf der Piazza del Campo muß Britta aber doch irgendwann auftauchen, dachte er dann. Er hatte genauestens die Eingänge zum Platz in den Blick genommen, kleine Treppen unter Arkaden, auf denen Souvenirhändler ihre Keramikvasen ausgebreitet hatten. Daß sie drei Tische hinter ihm sitzen konnte, darauf war er nicht gekommen.

»Wie läuft's mit Giuseppe Firenze?« fragte er. Brittas Gesicht verdüsterte sich, und auf ihr orangefarbenes Haar legte sich ein grünlicher Schimmer. »Man hat mir meine wichtigsten Unterlagen geklaut«, antwortete sie böse.

»Diese Italiener!« sagte Sigmund empört, obwohl er ein Gegner nationaler Vorurteile war. Sein Mineralwasser hatte er noch gar nicht angerührt, denn es sollte für mehrere Stunden Wartezeit reichen.

»Wo ist das passiert?«

Britta schwieg einen Moment. »In meinem Zimmer«, sagte sie dann.

»Ein Einbruch?«

Britta riß sich ein Haar aus und drehte es um ihren Ringfinger. Das Liebespaar am Brunnen war jetzt fast schon in der Horizontalen angelangt.

»Nicht direkt.«

»Wie denn dann?«

»Naja ...« Sie war die Druckserei leid. »Es war ein Lover von mir.« Mußte man diesem Menschen erst das ABC des Urlaubsflirts erklären? Klar, so etwas wäre ihm nie passiert. Aber sie war nun mal keine Heilige und staubtrocken schon gar nicht. »Und du?« fragte sie gleich zurück, um von ihrem Fehltritt abzulenken. »Hast du in Rom was erreicht?«

Sigmund zögerte. Wollte er die alte Geheimniskrämerei um sein Dissertationsthema fortsetzen?

»Ich bin auch hereingelegt worden.«

Britta blickte ihn mit großen grünen Augen fragend an. Anstelle einer Antwort löste Sigmund sein fliederfarbenes Halstuch und drehte den Kopf nach links. An der Seite seines langen Halses prangte, rötlich-violett und grotesk oval, ein überdimensionaler Knutschfleck.

Es dauerte fünf Sekunden, bis Britta begriff. »Wow«, sagte sie dann, »so einen schönen habe ich lange nicht mehr gesehen. Sie war wohl sehr leidenschaftlich, wie?« Aus irgendeinem Grunde gefiel es ihr nicht, daß Sigmund sich in Rom mit einer Frau eingelassen hatte. Es paßte nicht ins Bild.

»Ich weiß nicht, ob sie leidenschaftlich war«, sagte Sigmund. »Ich kann mich an den Vorfall nicht erinnern.«

»Was??« Britta starrte fassungslos auf Sigmunds Knutschfleck. Konnte ein Mensch derart vergeßlich sein? Sie selbst hatte noch alle one- und two-night-stands ihres Lebens in zentimetergenauer Erinnerung.

Sigmund schwankte zwischen Beschämung und dem Wunsch, sein Erlebnis einer mitfühlenden Seele zu offenbaren. »Ich war beim Geburtshaus von Lydia Ottone und wollte mit Verwandten von ihr sprechen«, erklärte er dann langsam. Er blickte Britta dabei nicht an, sondern fixierte einen unbeteiligten bayrischen Touristen. »Eine Frau hat mich dann zu ihrer angeblichen Enkelin geführt –«

»Enkelin?« unterbrach Britta. »Lydia Ottone hat doch gar keine Kinder!« Was für ein merkwürdiges Dissertationsthema Sigmund offensichtlich hatte, daß er dafür die Verwandten von Lydia Ottone befragen mußte! Einen Moment lang wünschte sie, sie könnte ihre ganze Magisterarbeit nur über Lydia Ottone schreiben. Giuseppe Firenze war doch eine harte Nuß. Zwar war er zu Unrecht vergessen, aber seine Manuskripte waren beim Restaurator, und Lydia Ottone war ein persönliches Vorbild für sie. Sie stammte aus ganz kleinen Verhältnissen und hatte dennoch mit ihren Geschichten die ganze Welt erobert. Zu dumm, daß sie trotz römischer Geburt eine englische Schriftstellerin und somit für eine romanistische Abschlußarbeit untauglich war.

»Eben«, sagte Sigmund. »Vermutlich war es gar nicht ihre Enkelin. Jedenfalls hat sie mir was zu trinken gegeben und nur dummes Zeug geredet. Nachher bin ich irgendwie eingeschlafen, und als ich aufwachte, hatte ich diesen Knutschfleck am Hals.« Daß er außerdem keine Kleider mehr anhatte, erwähnte er nicht.

Britta konnte sich kaum einkriegen vor Lachen. »Das kannst du deiner Großmutter erzählen!« japste sie. So rasend begehrenswert war Sigmund ja nun nicht, daß eine Frau ihn sofort einschläfern würde, um sich an ihm zu vergehen. »Unbefleckte Empfängnis, was?«

Sigmund war ernsthaft beleidigt. »Wenn du mir nicht glaubst, kann ich ja gleich aufhören«, sagte er und blickte stumm zur Torre di Mangia hoch. Oben waren, ganz klein, ein paar Menschen zu sehen, die sicherlich Selbstmordabsichten hatten.

Eine Weile lang schwiegen sie beide, dann legte Britta ihre Hand auf Sigmunds Arm. »Entschuldige. Erzählst du nun weiter?«

»In dem Getränk war bestimmt was drin«, murmelte Sigmund. »Ich bin nach ungefähr drei Stunden, kurz nach Mittag aufgewacht. Die Frau war immer noch da und ein Mann. Sie wollten Geld von mir, weil wir ja angeblich zusammen geschlafen hatten. Zum Beweis haben sie mir einen Spiegel vorgehalten.«

»Und du? Was hast du gemacht?«

»Ich habe ihnen das Geld gegeben.« Sigmund blickte Britta so kläglich an, daß sie Mitleid mit ihm hatte. »Ich war ja noch völlig benommen. Und wie sollte ich denn beweisen, daß ich nicht mit ihr geschlafen hatte? Sag mir mal ein Argument gegen einen Knutschfleck.«

»Vielleicht hast du ja mit ihr geschlafen«, sagte Britta und bereute es sofort. Sigmund war offenkundig nicht in der Verfassung, um Sticheleien zu erdulden. »Du hättest doch zur Polizei gehen können. Vielleicht macht die Tussi sowas öfter.«

Sigmund stellte sich vor, wie er auf einem römischen Polizeirevier drei gelangweilten Carabinieri halb auf englisch, halb auf italienisch erklärte, er sei von einer jungen, hübschen Frau gegen seinen Willen zum Geschlechtsverkehr genötigt worden. »Die hätten mich doch für verrückt erklärt«, sagte er schwach.

»Stimmt«, gab Britta zu. »Machst du denn jetzt weiter mit deinen Recherchen?«

»Und du?«

Das Liebespaar am Brunnen war verschwunden und setzte seine Zärtlichkeiten offenkundig an geeigneterer Stelle fort. Sigmund band sich wieder das fliederfarbene Halstuch um und trank sein Mineralwasser.

»Komm!« sagte Britta und stand auf. »Ich zeige dir Siena.«

Kleiner Kampfhund

»Sie wissen ja, daß das nur ein unverbindliches Vorgespräch ist. Sie erzählen mir ein bißchen was von sich, und dann überlegen wir gemeinsam, wie es weitergehen soll. Sie sollten ganz offen sein, damit wir möglichst schnell die beste Lösung finden. Ich bin gegen Zeitverschwendung, auch in diesen Dingen.«

Der Angesprochene nickte. »Ganz in meinem Sinne«, sagte er. »Ich bin schon immer für Effizienz gewesen. Sonst hätte ich es auch nie so weit gebracht.«

»Wie weit?«

»Machen Sie sich über mich lustig?«

»Um Gottes willen, warum sollte ich?«

»Sie fragen, wie weit ich es gebracht habe. So weit, daß ich jetzt vor Ihnen sitze. Das ist eher ein Armutszeugnis als eine Auszeichnung, wenn Sie es genau wissen wollen. Ich hätte nie gedacht, daß ich einmal hier sitzen würde.«

Lorenz Feder glättete mit beiden Händen seine schwarzen Locken und betrachtete sein Gegenüber mit psychoanalytischer Ruhe. »Hören Sie«, sagte er. »Sie sollten sich wahrhaftig nicht schämen, daß Sie in dieser konkreten Situation Ihres Lebens die Hilfe eines Fachmannes benötigen. Ich weiß, daß es gerade Universitätsangehörigen oft schwerfällt zuzugeben, daß sie psychische Probleme haben. Es ist geradezu typisch für diese Berufsklasse, daß sie glaubt, mit allem, was ihr Geist an Ängsten hervorbringt, durch verstärkte Betätigung desselben Geistes ganz allein fertigwerden zu können. Das ist ein Irrtum.«

Der Mann trommelte mit den Fingern auf die Armlehne seines Stuhls.

»Ich habe oft mit Wissenschaftlern zu tun, die ihre Ängste nicht einmal vor sich selber zugeben möchten«, fuhr Lorenz

Feder fort, um den potentiellen Klienten aufzulockern und gleichzeitig seine Kompetenz, was psychisch angeknackste Uni-Menschen betraf, darzustellen. Mit dieser Methode hatte er schon in vielen Werbegesprächen Erfolg gehabt. »Dabei ist es doch ganz normal, daß man im Zeitalter der Globalisierung, der weltweiten Konkurrenz unter Druck gerät! Meine Erfahrung mit dutzenden, ja hunderten Beschäftigten aller drei Berliner Universitäten, der Hochschule der Künste und diverser Fachhochschulen hat mich immer wieder gelehrt, daß man diese Ängste am besten bekämpft, indem man sie sich eingesteht, nicht indem man sie verleugnet. Globalisierung als Chance!«

»Mein Problem ist nicht der globale Wettbewerb«, sagte der Mann gereizt. »Ich bekomme anonyme Briefe.«

»Was?« Auf derart konkrete Probleme war Feder nicht eingestellt.

»Ich werde bedroht«, wiederholte der Mann. »Jemand will mich kaputtmachen.«

Feder blickte ihn durchdringend an. »Sollten Sie sich dann nicht lieber an die Polizei wenden – oder an Ihren Anwalt?« Anonyme Briefe fielen nur dann in seine Zuständigkeit, wenn sie eingebildet waren. Der kleine Mann mit dem scharfen Blick, der kerzengerade in seinem Stuhl saß und mit den Fußspitzen Feders wertvolles Parkett bearbeitete, wirkte aber nicht wie der klassische Paranoiker. Eher wie ein Staatsanwalt oder ein ausgehungerter Kampfhund.

»Das geht nicht«, sagte der Mann. »Der Inhalt der Briefe soll nicht bekannt werden. Ich möchte auch mit Ihnen nicht darüber sprechen. Ich möchte lediglich wissen, wie man dieses Gefühl der Bedrohung am effizientesten neutralisiert. Ich denke, Sie sind Fachmann.«

Lorenz Feder fühlte sich in seiner Berufsehre getroffen. Er ließ seinen Blick durch das geräumige Sprechzimmer schweifen und verweilte kurz auf der schwarzen Couch, bevor er antwortete.

»Sie mißverstehen die psychologische Arbeit vollkommen, fürchte ich. Wir sind keine Seelenklempner, die den Hammer an einem kaputten Rohr ansetzen und mit wenigen Griffen die ganze Kanalisation wieder in Ordnung bringen. Dann könnte man uns Psychologen schon bald durch ein Computerprogramm ersetzen. Psychische Abläufe sind weitaus komplexer. Die Heilung dauert eine gewisse Zeit, und Sie müssen selbst mitarbeiten.« Er hielt kurz inne. »Wer schreibt Ihnen denn die anonymen Briefe?«

»Woher soll ich das wissen?« schnauzte der Mann. »Sie sind anonym.«

Feder beging, peinlich berührt, eine Übersprungshandlung und legte seinen Füller zehn Zentimeter weiter nach links. Natürlich zeichneten sich anonyme Briefe genau dadurch aus, daß der Autor unbekannt war.

»Ich meine ja nur«, sagte er, um sich zu retten, »vielleicht steht ja ein falscher Name darunter.«

»Stimmt«, sagte der Mann zögernd. »Die Briefe sind alle unterzeichnet. Ich habe die Namen im Telefonbuch gesucht, manche stehen drin, andere nicht. Es sind ein paar TU-Professoren dabei, auch einer von der Humboldt, ein Kasimir Knospe. Aber ich kann mir nicht vorstellen, daß diese Leute etwas damit zu tun haben.«

Kasimir Knospe, dachte Feder. Den Namen kannte er. Irgendeiner seiner Klienten mußte ihn mal erwähnt haben.

»Haben Sie denn einen Verdacht, wer der Autor sein könnte?«

»Es könnte einer meiner Studenten sein.«

»Wieviele Studenten haben Sie?«

»Ungefähr hundert. Wenn man die vom Klausurenkurs meines Chefs dazurechnet, dreihundert.«

»Was könnte der Briefeschreiber gegen Sie haben?« Feder bemühte sich, seine Stimme neugierig und unschuldig klingen zu lassen, so als wäre sein Gegenüber der netteste Mensch auf der Welt, gegen den man unmöglich etwas haben könnte. Das fiel ihm nicht leicht, denn er mochte diesen Hubertus Wiesner nicht. Als Psychologe war er sich aber bewußt, daß derartige negative Empfindungen mehr über ihn selbst als über Wiesner aussagten und daß sie in seiner eigenen Psyche bearbeitet sein wollten. Allerdings empfand er es mit steigenden Berufsjahren zunehmend als lästig, seine Abneigungen gegen bestimmte Klienten immer aufs neue reflektieren zu sollen. Er mochte ihn nicht, punktum.

»Einige Studenten haben etwas gegen mich, weil ich ihnen nicht die Einsen hinterherwerfe«, sagte Wiesner. »Warum sollte ich auch? Die meisten von ihnen sind überhaupt nicht studierfähig. Man fragt sich, was sie sieben Jahre lang auf dem Gymnasium getrieben haben. Sie können weder lesen noch schreiben noch denken. Wandelnde Tamagotchis, sozusagen.«

Feder äußerte sich dazu nicht. Er kannte Tamagotchis nur aus den Erzählungen von Kollegen.

»Zur Sache. Was empfehlen Sie nun gegen Bedrohung? Ich kann nachts nicht mehr schlafen, ich lasse die Kaffeetasse fallen, wenn jemand das Treppenhaus hochkommt. Das kann nicht so weitergehen. Was empfehlen Sie?« Wiesners Stimme knarrte fast vor Ungeduld.

»Ich sagte Ihnen doch bereits: Es gibt keine Pille gegen derartige Zustände. Wenn Sie eine Behandlung bei mir beginnen wollen, müssen Sie bereit sein, ihre ganze psychische Einstellung zu ändern. Das kann Monate, Jahre« – Feder holte tief Luft – »Jahrzehnte dauern. Überlegen Sie sich in Ruhe, ob Sie nicht doch lieber zur Polizei gehen. Ich könnte Ihnen auch die Adresse eines Kollegen geben, der gleichzeitig Detektiv ist. Ehemaliger Stasi-Mann.« Feder war nicht daran gelegen, Wiesner zu einer Behandlung in seiner Praxis zu überreden. Er konnte gut auf ein Wiedersehen verzichten. Aus seiner Schreibtischschublade kramte er eine Visitenkarte seines Kollegen Pflaume heraus und reichte sie dem kleinen Kampfhund.

»Ich überleg's mir und sage Ihnen Bescheid«, sagte Wiesner und stand auf. »Ach übrigens«, setzte er hinzu, als er schon in der Tür stand, »falls Sie eine Notiz über unser Gespräch schreiben, schicken Sie es nicht an meine Adresse oder meine Krankenkasse. Die Chipkarte, die ich Ihrer Hilfe gegeben habe, gehört nicht mir.«

Feder atmete auf, als Wiesner die Wohnung verlassen hatte. Der würde wohl kaum wieder auftauchen. Wieviel angenehmer war es doch, mit normalen Uni-Klienten umzugehen, etwa mit dem jungen Philosophiestudenten, der heute vormittag zu ihm gekommen war. Er hatte Probleme, wie sie Feder kannte und liebte: Er zweifelte am Sinn des Universitätslebens, litt darunter, daß seine eigenen Gedanken womöglich nicht von ihm selber, sondern von Denkern früherer Jahrzehnte und Jahrhunderte stammten, fragte sich, ob er vielleicht »gar kein Original, sondern nur eine Kopie« sei und hatte Sorge, ob seine Angebetete möglicherweise lesbisch war. Angst vor Arbeitslosigkeit hatte er zwar nicht direkt geäußert, aber Feder war sich schon nach einem halbstündigen Gespräch sicher, daß sie die Wurzel all seiner Leiden war. Dem Mann konnte geholfen werden.

»Liebling«, sagte Lorenz Feder am Abend zu seiner Frau, »manchmal hätte ich Lust, die ganzen Psychopathen an die Wand zu klatschen.« Almuth Fischer-Feder nickte. Dieser Wunsch war ihr nur allzu vertraut. Sie war Lehrerin und hatte jeden Vormittag mit einem Haufen schief gewachsener, unverschämter Opfer der Pubertät zu tun, die vor lauter Hormonschüben keinen klaren Gedanken fassen konnten. Nachmittags fragte sich Almuth Fischer-Feder dann entmutigt, wie diese Bravo-lesenden Giftzwerge wohl jemals zu global konkurrenzfähigen Individuen werden sollten. Die tägliche Konfrontation mit ihnen hatte jedenfalls jeglichen Kinderwunsch schon frühzeitig in ihr erstickt. In dieser Haltung traf sie sich glücklicherweise vollständig mit ihrem Mann, der ohnehin der Meinung war, der Mensch sei heutzutage ein auslaufendes Modell, und die Produktion eines weiteren, bereits in jüngsten Jahren veralteten Wesens lohne den Aufwand nicht.

»Zu dumm, daß wir von ihnen leben, von Psychopathen und Schülern«, sagte sie und nahm einen Eßlöffel Krabbensalat. »Vielleicht sollte man statt dessen ein Bestattungsunternehmen aufmachen. Dann könnte man sich über jeden verstorbenen Kunden freuen. Absolut krisensicheres Business. Gestorben wird immer, das läßt sich nicht wegrationalisieren.«

»Genau«, sagte Feder. Der schwarze Humor war einer der besten Eigenschaften seiner Frau und gerade in diesen schwierigen Zeiten eine notwendige Überlebenstechnik. Verliebt guckte er sie an. Mit dieser Frau – es war seine dritte – hatte er den besten Griff seines Lebens getan. Sie war absolut krisensicher und außerdem eine Wonne im Bett. »Weißt du, worauf ich jetzt Lust hätte?« begann er. Aber weiter kam er nicht. Das Telefon klingelte.

»Hallo?« sagte Feder uninteressiert. Er ging immer zuerst an den Apparat, für den Fall, daß ein Selbstmordkandidat zu beruhigen war oder ein versetzungsgefährdeter Clearasil-Jünger obszöne Beleidigungen gegen seine Frau ausstieß. »Hallo?« rief er noch einmal, wacher. Offenbar versuchte sich jemand über Hunderte von Kilometern verständlich zu machen. Womöglich wollte sich einer seiner Klienten im Urlaub von einem Kirchturm stürzen, es wäre nicht das erste Mal. Dann entspannten sich seine Gesichtszüge. »Ach, Sie sind es, Herr Fleck!« rief er. »Wie geht es Ihnen? Habe ich Recht gehabt mit meiner Vorhersage?« Almuth Fischer-Feder beobachtete, wie sich der Mund ihres Mannes, je länger er zuhörte, zu einem immer dünneren Strich zusammenpreßte. »Nein«, hörte sie ihn dann energisch sagen. »Das dürfen Sie auf keinen Fall tun!«

Molto, molto

Sigmund nahm den schwarzen Plastikhaar-Streifen, zwirbelte ihn ein wenig zwischen Daumen und Zeigefinger und setzte seine Mitte dann genau in die Kuhle zwischen Nase und Oberlippe. Von dort strich er ihn bis zu den Mundwinkeln glatt. So war es richtig. Nichts stand ab, alles hielt, der Abstand zur Oberlippe war an jeder Stelle gleichmäßig. Nun kam der Hut, den er ebenfalls in dem Geschäft für Party-Artikel gekauft hatte, ein schwarzes Filzungetüm, das man bis zu den Augenbrauen ins Gesicht ziehen konnte und das außerdem noch Ohren und Nacken zuverlässig von der Außenwelt abschirmte. Auf sein fliederfarbenes Halstuch konnte er noch immer nicht verzichten, denn Marias Lippenabdruck hielt sich auf seinem Hals mit höhnischer Hartnäckigkeit. Kritisch überprüfte er seine Erscheinung im Spiegel des kleinen Pensionszimmers. Er sah aus wie ein Mafioso in einem alten Film.

Jetzt kam es darauf an, unauffällig an der Pensionswirtin vorbei das Haus zu verlassen, damit sie nicht auf den Gedanken kam, ein neuer Gast habe sich eingeschlichen. Sigmund nahm den Hut noch einmal ab. Er würde ihr auffallen. Den Schnurrbart mußte er dranlassen, weil er ihn niemals wieder so gut würde ankleben können, ohne Spiegel schon gar nicht. Aber sein graues T-Shirt mit dem Aufdruck »Humboldt-Universität« und das fliederfarbene Halstuch, die kannte sie und müßten sie beruhigen. Er würde das Hemd in irgendeiner Bar austauschen. Lautlos verließ er das Zimmer und ging auf Zehenspitzen die Treppe hinunter. Da stand sie, in ihrer kleinen Rezeptionshütte mit Plastikblume. Sigmund nahm Anlauf und stürmte an der kleinen Frau vorbei, indem er angestrengt auf die ihr gegenüberliegende Wand guckte.

»Buon giorno, Signor Fleck«, hörte er sie noch sagen.

»Buon giorno«, antwortete er der Wand, und schon war er draußen. Die Sonne traf ihn mit der Wucht einer Keule, und er bedeckte seine Augen mit den Händen. Rom war wieder einmal unverschämt hell. Zum ersten Mal in seinem Leben hatte Sigmund das Gefühl, das Tageslicht sei ihm feindlich gesonnen. Es ist für die anderen da, dachte er. Ich bin ein dunkles Element.

Kurz vor der Via Marco Terreno kehrte er in einer Bar ein. Auf der Toilette zog er das T-Shirt aus, das ihn als Touristen auswies, und kleidete sich statt dessen mit einem kurzärmligen schwarzen Hemd.

Das Haus Nummer 14 war nur noch hundert Meter entfernt. Sigmunds Herz begann mit einer Geschwindigkeit zu schlagen, als wollten sich die Herzschläge gegenseitig überholen. »Das dürfen Sie auf keinen Fall tun, Herr Fleck!« hörte Sigmund Lorenz Feders Stimme in sich widerhallen, während er angestrengt die Hauseingänge nach menschlichen Wesen absuchte. »Sie dürfen Ihre Recherchen nicht aufgeben! Wenn Sie das tun, weigere ich mich, Sie weiter zu behandeln!« Und gleich danach ertönte in ihm Brittas erstaunter Satz: »Aber wenn du Schiß hast, daß dir diese Tussi über den Weg läuft, warum verkleidest du dich nicht einfach?« Als wenn das so einfach wäre. Nicht im Traum wäre Sigmund auf die Idee gekommen, sein Äußeres bewußt zu verändern, um andere Menschen zu täuschen. Aber heute gab es keinen anderen Weg. Weder die Frau mit der Schürze noch Maria durften ihn wiedererkennen.

Diesmal lag keine Mülltüte im Eingang des Hauses. Mit zusammengebissenen Zähnen drückte Sigmund auf die Klingel der Familie Ottone und wartete. Der Hut wärmte sein Gehirn und verlangsamte seine Gedanken. Was würde er tun, wenn wieder niemand antwortete? Vermutlich den ganzen Tag in einer Bar verbringen und jede Stunde aufs neue sein Glück versuchen. Von dem Schnurrbart stieg ein süßlicher Geruch nach Klebestreifen in seine Nase. Endlich hörte er ein Brummen. Es waren die Reste der alten Klingelanlage, die jedoch keinerlei Einfluß auf das Verhalten der – ohnehin angelehnten – Tür hatte. Sprechen konnte man durch die Anlage offenkundig auch nicht. Sigmund stieß die Tür auf und trat ein. Das Treppenhaus sah so ähnlich aus wie das bei Maria, allerdings war es noch dunkler, und ein Lichtschalter war nirgends zu erkennen. Sigmund zog seinen Hut hoch, um besser sehen zu können. Die Wohnung im Erdgeschoß wurde offenbar von einem Gianna-Nannini-Fan bewohnt, jedenfalls war die ganze Tür mit Fotos von ihr zugepflastert. Alle Augen der Sängerin blickten Sigmund nach, als er langsam die Treppe emporstieg. Im dritten Stock entdeckte er ein krakeliges Pappschild mit dem Namen »Ottone«.

Bevor er klingelte, strich er noch einmal über seinen Schnurrbart und nahm den Hut ab. Ich heiße Arno Federkern, dachte er, ich schreibe eine Biographie von Lydia Ottone und habe schon die entscheidenden Vorarbeiten erledigt. Ich weiß sehr viel über sie, und Sie, signore, signora, können mich nicht täuschen. Bemühen Sie sich erst gar nicht, mich hinters Licht führen zu wollen. Danke nein, Orangensaft trinke ich nicht. Und nehmen Sie doch bitte die Lilien weg, sie beeinträchtigen mich in meiner Konzentration. Die Klingel machte ein klirrendes Geräusch. Leichte schnelle Schritte waren zu hören. Die Tür ging auf, und zum Vorschein kam eine hübsche junge Frau. Sigmund schreckte zurück. Nicht schon wieder!

»Vorrei parlare con il signore o la signora Ottone«, sagte er, als er sich gefaßt hatte. Das stand so ähnlich im Reiseführer. Die junge Frau lächelte. »Un momento«, sagte sie und rief etwas Unverständliches in den Flur. Sigmund bemerkte, daß ein Eimer mit Wasser und ein Besen in der Zimmertür standen. Vielleicht war sie eine Putzfrau? Seine Vermutung erhärtete sich, als sie ihn in eines der zwei kleinen Zimmer winkte. Dort saß, zwischen Putzmitteln, Staubtüchern und einem zurückgeschlagenen Teppich, ein kleines runzliges Männchen.

Sigmund stellte sich als Arno Federkern vor und sagte sein Sprüchlein über Lydia Ottone in einer Mischung aus Italienisch, Englisch und Zeichensprache. Die junge Frau beachtete ihn nicht mehr. Der Alte nickte. »Ah, Lydia, bella, povera«, sagte er mit dünner Stimme. Seine ausgemergelte Hand deutete auf einen Sessel. Sigmund setzte sich. Sollte er tatsächlich auf einen echten Verwandten Lydia Ottones gestoßen sein? Dann mußte er sein Vertrauen gewinnen. Wohlerzogen lächelte er den Alten an. Vielleicht sollte er seinen Schnurrbart abreißen, um normaler auszusehen? Er brannte ihm auf der Oberlippe.

»Sono suo zio Ricardo«, sagte der Alte und zeigte überflüssigerweise mit der Hand auf sich selbst.

Sigmund holte sein Wörterbuch aus der Plastiktüte. »Zio«, das hieß Onkel. »Do you speak English?« fragte er ohne große Hoffnung.

Die junge Frau hob den Kopf. »He only speak Italian«, sagte sie. »I speak a little bit of English.« Das Schicksal war ihm wohlgesonnen, frohlockte Sigmund. Es führte ihm, auf einen Schlag und ohne Täuschungsmanöver, einen Verwandten und eine Übersetzerin zu.

»That's wonderful«, sagte er. »What do you know about Lydia Ottone?«

Der Alte summte ein paar Töne vor sich hin, spielte mit den riesigen Knöcheln seiner linken Hand und begann dann zu erzählen. Es war gar nicht nötig, ihm weitere Fragen zu stellen, denn die Erinnerungen flossen aus ihm heraus wie ein dünner, aber nie versiegender Bach. Hin und wieder unterbrach ihn die junge Frau, ohne sich dadurch vom Putzen abhalten zu lassen, und faßte in brüchigem Englisch seine Erzählung zusammen. Sigmund saß wie gebannt auf dem Sessel und notierte ihre Worte. Es war kaum zu glauben. Was gestern, ja heute morgen noch so unerreichbar erschienen war, das breitete sich jetzt großzügig vor ihm aus. Der scharfe Geruch des Putzmittels erhöhte noch seine Spannung.

Lydia Ottone war Onkel Ricardos Lieblingsnichte gewesen. »In the family, many people don't like her«, sagte die Putzfrau. »She was too wild and she ran away from her husband.« Her husband? Sigmund wußte nichts von einem italienischen Ehemann, dem Lydia Ottone davongelaufen sein sollte. Onkel Ricardo hatte ihr die Flucht offensichtlich nicht übelgenommen. Lydia sei schon in jungen Jahren sehr freiheitsdurstig gewesen, erzählte er, und das, was heute normal sei, habe damals bei vielen Empörung ausgelöst. Manchmal habe sie sich einfach in den Zug gesetzt und sei für zwei oder drei Tage zu Freundinnen nach Siena oder Florenz gefahren. Niemand habe gewußt, was sie dort trieb. Die Vorhaltungen ihres ebenfalls noch sehr jungen Ehemanns hätten sie davon nicht abbringen können. Dann jedoch sei ihr Gatte Giulio Trevi molto, molto gewalttätig geworden. Er habe sie geschlagen und sogar öffentlich gedroht, sie umzubringen. Und von einem Tag auf den anderen sei Lydia verschwunden.

»She went to America«, sagte die Putzfrau, für die die Geschichte offenbar neu war, mit einem bewundernden Unterton. »She became a famous writer.«

Ihre Mutter und ihr Vater, Onkel Ricardos älterer Bruder, seien inzwischen gestorben, und sie habe auch keinen Kontakt zu ihnen gehalten. Nur ihm, Ricardo, habe sie von Zeit zu Zeit Postkarten geschickt, aus Kalifornien, Indien oder Mexiko. Der Alte deutete auf das Regal, in dem neben Büchern, Familienfotos und einem alten Heizkissen auch eine hellbraune Ledermappe zu sehen war.

»Lydia's letters and postcards«, sagte die Putzfrau stolz.

Sigmund schluckte. Briefe und Postkarten, die noch kein Wissenschaftler zu Gesicht bekommen hatte! Möglicherweise steckte in dieser alten Mappe noch eine Sensation, die den Privatsekretär Norton das Fürchten lehren würde! Jetzt kam es darauf an, nichts zu überstürzen. Er mußte erst das Vertrauen des Alten gewinnen, bevor er darum bitten konnte, die Briefe einsehen – und zwecks späterer Übersetzung kopieren – zu dürfen.

»Can I come again tomorrow?« fragte Sigmund. Er hatte bemerkt, daß der Alte tiefer in seinen Sessel gerutscht war. Die Putzfrau nickte.

»I help him every morning between ten and eleven«, sagte sie und führte ihn hinaus. Benommen zog Sigmund die Tür hinter sich zu. Als sich seine Augen an die Dunkelheit gewöhnt hatten, bemerkte er einen Schatten auf dem Treppenabsatz. Es war die kleine, ältere Frau mit Schürze. Sie musterte ihn streng und öffnete erstaunt den Mund, um ihn gleich wieder zu schließen. »Buon giorno«, sagte Sigmund zum Treppengeländer und stürzte an ihr vorbei nach unten.

Do you want to talk about it?

Sheila hatte ihre Bettdecke schon vor Wochen auf den Hängeboden verbannt, dorthin, wo früher, in barbarischen Zeiten, angeblich das Dienstmädchen seine kurzen Nächte verbrachte. Als sie von dieser Urberliner Sitte zum ersten Mal hörte, hatte sie nicht glauben wollen, daß Menschen zu solch einer Lieblosigkeit in der Lage waren. In verspäteter Solidarität hatte sie sich selbst einmal auf dem Hängeboden zur Ruhe gelegt, das staubige Loch jedoch schon nach einer Stunde wieder verlassen. Nun hielt immerhin ihre Bettdecke die Stellung, und sie selbst schlief nur unter Laken, denn die Hitze hatte sich in Berlin eingenistet und ballte sich unerbittlich in ihrer kleinen Wohnung im vierten Stock. Als sie von einer ausgedehnten Kneipentour mit Eva nach Hause kam, stellte sie als erstes den Ventilator an und schlang sich ein nasses Handtuch um den Kopf. Keine air conditioning in diesem Land! Und der Computer würde noch zusätzliche Wärme produzieren. Trotzdem schaltete sie ihn ein. Sie ging nie ins Bett, ohne zumindest ihre E-Mails überprüft zu haben.

Wenn Sheila, in der Regel nicht vor Mitternacht, nach Hause kam, setzte sie sich gerne noch einige Stunden an den Computer, um Aufsätze für verschiedene Zeitschriften ihrer Heimat-Uni zu schreiben, die »Berkeley Humanities Review« zum Beispiel oder »Gender Issues«. Von besonderem Interesse waren für die kalifornischen Herausgeber Sheilas Beobachtungen und Erfahrungen in Deutschland, die sie kunstvoll mit allerlei kulturwissenschaftlichen Theorien verband und dann per E-mail über den Atlantik schickte. Drüben wartete Jamie, ihre Freundin, und sog mit gierigen Blicken Sheilas Überlegungen vom Bildschirm ab. Halt! Es war tatsächlich ein E-Mail von Jamie da. Sheila klickte ein paar Mal, nahm einen Schluck Wasser und las. Jamie hatte ihre Mutter in San Diego besucht, ein gebrauchtes Auto für 1000 Dollar gekauft und bei einem faculty meeting Professor Knospe kennengelernt. »Ich habe versucht, mit ihm über Berlin zu sprechen und über das Seminar, an dem Du teilgenommen hast. Aber er wirkte ziemlich zerstreut, oder vielleicht wollte er auch nicht darüber reden. Offenkundig sind die Deutschen, vor allem die Männer, nicht besonders kommunikativ, wie Du in Deinem ersten Aufsatz geschrieben hast. Statt dessen fummelte er ständig in seiner Sakko-Tasche an einem Stück Papier herum, ein Brief oder eine Rechnung. Ich glaube, er ist ziemlich neurotisch.« Sheila wunderte sich über diese Worte ihrer ansonsten scharfsichtigen Freundin. Ihr selbst war Knospe nicht neurotischer erschienen als andere Geistesarbeiter auch. Das schrieb sie ihr schnell zurück, arbeitete noch eine Stunde an ihrem Aufsatz über »Die Inszenierung der Geschlechterrollen in Deutschland« und legte sich, mit dem frisch eingetauchten Handtuch auf der Stirn, schlafen.

Jamies E-Mail ging ihr nicht aus dem Kopf. Wie kam sie darauf, daß Knospe ein Neurotiker war? Durch das geöffnete Fenster drang das Klagen einer Katze. Sheila wälzte sich zwischen den heißen Laken. Waren die Deutschen wirklich nicht kommunikativ? Sie hatte diese frühe These eigentlich schon revidiert. Es war eine Winter-These. Im Sommer sah das Leben anders aus. Sie lief gerne an den warmen Abenden durch die Straßen, lauschte dem Gelächter, das von den Balkonen drang, setzte sich in eines der vollbesetzten Straßencafés und guckte die Hauswände hoch, wo alte Frauen und kleine Hunde auf großen Kissen in den Fensterrahmen lagen. Tagsüber saßen die Ladenbesitzer auf Korbstühlen vor ihren Schaufenstern, Kleingärtner tranken Kaffee unter Birnbäumen, und junge Mütter drängelten sich auf den Plätzen um die wenigen Brunnen, die die verarmten Bezirksämter noch nicht abgestellt hatten. Kommuniziert wurde überall, sogar die Körper selbst, von fast allen Verhüllungen befreit, schienen miteinander zu reden: Auf Oberschenkeln und Armen glänzten Tätowierungen im Sonnenlicht, krumme Beine und Krampfadern konnten sich endlich der Außenwelt mitteilen, und in der S-Bahn hatten 50jährige Müßiggänger ihre Hemden über mächtigen Bäuchen aufgeknüpft. Ihr nächster Aufsatz, hatte Sheila beschlossen, würde sich mit dem Thema »Körper-Dialoge: männlich und weiblich« beschäftigen und genau diese Trommelbäuche analysieren, die ihrer Meinung nach der Inbegriff einer selbstzufriedenen, gedankenlosen, abstoßenden Männlichkeit waren. Welche Frau würde jemals, sofern sie nicht schwanger war, ihren Bauch so vor sich hertragen? Daher definierte Sheila den Trommelbauch als primäres Geschlechtsmerkmal und hielt die häufigsten Varianten in einem Zeichenblock fest. Einer davon erschien ihr im Traum und begann auf einmal zu klingeln.

»Fucking hell!«

Der Bauch war weg, aber das Klingeln blieb. Sheila wälzte sich in den Laken hinüber zu ihrem Bananenkisten-Nachttisch und griff nach dem Wecker. Er war unschuldig, das Klingeln kam vom Telefon.

»Who is it?« fragte sie müde in die Muschel. Sollte es etwa der Philosoph sein, der sie schon einmal in aller Herrgottsfrühe angerufen hatte? Dieser Mensch benahm sich auf eine ganz und gar undurchsichtige Weise. Während des Semesters wollte er sich immer nach dem Seminar mit ihr über Authentizität oder Maskerade unterhalten. Seit dem Ende des Seminars traf sie ihn alle paar Tage in der Nähe ihrer Wohnung, obwohl er eigentlich in Neukölln wohnte. Manchmal saß er in ihrem Lieblingscafé, dem Café Mental, und hatte dabei ein Buch von Sheilas Ziehmutter Judith Butler auffällig neben sich liegen, ohne jedoch jemals darin zu lesen. Beim letzten Mal hatte er ihr sogar eine Copy-Card geschenkt, mit der sie in seinem Copyshop kostenlos kopieren konnte. Dieses Verhalten war für Sheila unerklärlich.

Am anderen Ende der Leitung war nur ein Schluchzen zu vernehmen. Zu einer solchen Verstellung war selbst Hans nicht in der Lage. Es war, schloß Sheila messerscharf und war plötzlich hellwach, das Schluchzen einer Frau in Not.

»Sheila«, wimmerte die Stimme, »du mußt mir helfen. Du hast doch viel mehr Erfahrung als ich mit der ganzen Wissenschaft ...« Es war Britta.

»Was ist denn los? Ich denke, du bist in Italien?« Sheila schüttelte ihre dunkle Haarpracht, damit das Handtuch zu Boden fiel und sie besser hören konnte.

»Ach was, Italien«, mit einem verächtlichen Schnauben blies Britta alle Luigis und Gustavos dieser Welt in den Orkus. »Italien war beschissen. Aber was hier abgeht, ist noch viel beschissener.«

»Okay«, sagte Sheila, die an ihrer Heimat-Uni schon zahlreiche Krisengespräche zu den Themen Prüfungs- und Versagensangst, Dissertationskoller, Überforderung und Orientierungslosigkeit durchgestanden hatte, »do you want to talk about it?« Das letzte Grundsatzgespräch hatte sie erst gestern mit Eva geführt. Die Ethnologin hatte Sorge, daß ihre neue Feldstudie keine interessanten Ergebnisse bringen würde. Sheila hatte ihr eine Stunde lang gut zugesprochen, denn sie hielt Eva für eine fähige Ethnologin. Sie hatte ihr viel über die Inszenierung der Geschlechterrollen in Deutschland erzählt, wobei sie es jedoch auffällig vermied, jemals über ihre eigene, gescheiterte Ehe zu sprechen. Von Eva hatte Sheila auch die Technik mit dem Zeichenblock gelernt. Eva fertigte mit großem Geschick, sogar aus dem Gedächtnis, Zeichnungen an: von tanzenden Balinesen, durstigen schleswig-holsteinischen Landjugendlichen und erstaunlicherweise sogar von den Teilnehmern des Hauptseminars Intrige. Die Fähigkeit dazu habe sie bei ihren Feldstudien entwickelt, erklärte sie, als sie Sheila ihre Mappe gezeigt hatte, ohne jedoch zu erläutern, warum gerade Jonas in fünf verschiedenen Varianten vorhanden war, einmal schreibend, dreimal telefonierend und einmal sogar in der Badewanne mit einem Messer in der Hand. »Do you want to talk about it?«

»Nein«, sagte Britta und hörte auf zu schluchzen. »Ich will dir was vorlesen. Ich habe einen Brief von Professor Knospe bekommen.«

Wie sie sich gefreut hatte, als sie ihn nach ihrer überstürzten Rückkehr aus Italien zwischen Pizza-Service-Angeboten und Bibliotheksmahnungen im Briefkasten fand! Fast war ihr das Herz stehengeblieben beim Anblick des hochseriösen Absenders, »Prof. Dr. Kasimir Knospe, Institut für Kulturwissenschaft, Humboldt-Universität«. Noch im Treppenhaus hatte sie den Brief aufgerissen und sofort festgestellt, daß er in Kalifornien geschrieben, aber in Berlin abgestempelt worden war. Und ein Gefühl des Triumphs erfüllte sie, als sie ihn dann ungelesen wieder in den Umschlag stopfte und die Treppen hinauflief. Jahrelang habe ich mir den Hintern vor den Türen der Profs abgesessen, um fünf Minuten ihrer Sprechstundenzeit gewährt zu bekommen, hatte sie gedacht, jahrelang hat mich keiner von ihnen wahrgenommen, und jetzt wendet sich der brillanteste aller Profs in einem persönlichen Schreiben an mich, um sich mit mir als Firenze-Expertin auszutauschen! Auf dem Sofa kam dann die Ernüchterung. Und seitdem lag Anselm Klinkes hellgrüne Visitenkarte direkt neben ihrem Telefon.

»Go ahead, I'm listening.«

Britta räusperte sich. »Nach reiflicher Überlegung bin ich zu der Überzeugung gelangt, daß das von Ihnen gewählte Thema für eine Magisterarbeit nicht geeignet ist«, las sie. »Ich muß zugeben, daß ich in der letzten Sprechstunde vor den Semesterferien, als Sie mir das Thema vorstellten, voreilig meine Zustimmung gegeben habe. Aber bedenken Sie doch bitte selbst: Welchen Erkenntniswert soll es haben, eine weltberühmte englische Schriftstellerin mit einem« – hier versagte ihre Stimme beinahe – »obskuren italienischen Autor zu vergleichen? Sie werden allenfalls ein paar zufällige Parallelen herausarbeiten können. Ich traue Ihnen aber wesentlich mehr zu und möchte Sie daher bitten, ein anderes Thema zu wählen. Ich jedenfalls stehe für die Betreuung Ihres ursprünglichen Themas nicht zur Verfügung. Das wollte ich Ihnen möglichst früh mitteilen, damit Sie nicht noch mehr wertvolle Zeit mit unnötigen Recherchen vertun.«

»That's incredible«, murmelte Sheila. »Das müssen wir mit den anderen besprechen. Ich telefoniere rum, wenn du willst. Heute 16 Uhr Strandbad Mitte?«

Unechter Schein

FRAGE: Frau Ottone, Sie gelten als eine der erfolgreichsten Schriftstellerinnen Großbritanniens. Verarbeiten Sie in Ihren Werken auch Ihr eigenes Leben?

ANTWORT: Das ist eine dumme Frage, Harry. Natürlich verarbeite ich mein Leben. Alle Schriftsteller tun das. Ich verarbeite aber auch das Leben aller meiner Bekannten sowie der lebenden und toten Prominenz. Ihre merkwürdige Krawatte werde ich auch verarbeiten. Kein Journalist sollte so eine Krawatte tragen. Sie sehen damit aus wie ein Pekinese.

FRAGE: Ich habe die Frage aus einem bestimmten Grund gestellt. Vor wenigen Wochen ist durch Indiskretion einer ehemaligen Kollegin bekannt geworden, daß Sie in jungen Jahren nicht als Tänzerin gearbeitet haben, wie Sie einmal behauptet haben, sondern als Striptease-Tänzerin ...

ANTWORT: Ich sehe zwischen beiden Tätigkeiten keinen großen Unterschied.

FRAGE: Wieso haben Sie es dann nicht offen gesagt?

ANTWORT: Wenn ich alles offen sagen würde, was ich in meinem Leben getan habe, würden Sie rote Ohren kriegen, Harry. Ich mag mir gar nicht ausmalen, wie das zu Ihrer Krawatte aussähe.

FRAGE: Außerdem haben Sie damals in San Francisco als katholische Seelsorgerin gearbeitet. Damit sind Sie wahrscheinlich der einzige Mensch, der gleichzeitig Striptease-Tänzerin und Seelsorgerin war ...

Antwort: Nein.

Frage: Nein?

Antwort: Die meisten Frauen in diesem Business betätigen sich nebenbei als Seelsorgerinnen. Ich habe es nur fertiggebracht, dafür nochmal extra bezahlt zu werden. Noch dazu von der Kirche, die natürlich nichts von meiner anderen Tätigkeit wußte.

Frage: Wieso haben Sie sich für Striptease-Tänze hergegeben?

Antwort: Mein Gott, Harry, Sie langweilen mich mit Ihrer Moralisiererei. Was sollte ich denn sonst machen? Ich war jung, ich sah gut aus, ich hatte kein Geld und ich konnte kein Englisch. Die Bezahlung war nicht schlecht, ich habe viele Menschen kennengelernt und unzählige Ideen für meine Romane mitgenommen. Bedenken Sie, es waren die späten fünfziger Jahre, und in San Francisco kündigte sich schon die Beat Generation an. Das war eine aufregende Zeit. Ich betrachte mich in gewisser Hinsicht als eine Vorläuferin von Carol Doda, der ersten topless Tänzerin, allerdings ganz ohne Silikon. Mit einigen meiner Kolleginnen habe ich noch jahrelang Kontakt gehalten, die von Ihnen erwähnte und von mir wenig geschätzte Sally Newman gehört allerdings nicht dazu. Bei der Seelsorge konnte ich mich auf italienisch verständigen, aber das reichte nicht zum Lebensunterhalt. So viele Italiener und seelische Probleme gab es damals ja gar nicht. Außerdem gibt es in diesem Bereich immer die Konkurrenz, die ehrenamtlich arbeitet.

Frage: Kamen Sie sich nicht etwas merkwürdig vor, wenn Sie nach einer Seelsorge direkt ins Striptease-Lokal gingen?

Antwort: Nicht sehr. Man gewöhnt sich an alles. Das eine ist die Fortsetzung des anderen mit weniger Kleidern.

Frage: Gibt es etwas im Leben, was Sie bedauern?

Antwort: Einiges, aber darüber möchte ich nicht sprechen. Jedenfalls nicht das, was Sie wahrscheinlich annehmen, Harry. Im übrigen ist mein Leben noch nicht vorbei. Da kann noch viel kommen!

Frage: Fühlen Sie sich heute noch als Italienerin?

Antwort: Nein. Mit Italien verbindet mich nichts mehr. Ich betrachte mich als eine reizende, etwas exzentrische englische Lady. Ich spreche sogar mit britischem Akzent, wie Sie hören.

Frage: Kommen wir zu einem Mißerfolg in Ihrem Leben. Ihr jüngster Roman ist von der Kritik verrissen worden.

Antwort: Ich habe mich nie für die Kritik interessiert. Ich interessiere mich nur für Auflagenzahlen. Die verfolge ich wie andere Leute ihre Aktienkurse.

Frage: Schreiben Sie denn nur, um Geld zu verdienen?

Antwort: Sagen wir so: Ich schreibe gerne und ich verdiene gerne Geld. Vergessen Sie nicht, daß ich zweien meiner ehemaligen Ehemänner Unterhalt zahlen muß. Kein Spaß bei dem Lebensstil, den sie sich angewöhnt hatten.

Frage: Ich habe das Gefühl, daß Sie mir und der Öffentlichkeit generell etwas vormachen. Inszenieren Sie sich, spielen Sie eine Rolle, die der großen Lydia Ottone, die nichts erschüttern kann?

ANTWORT: Sie mißverstehen mich vollkommen, mein Lieber. Ich spiele grundsätzlich keine Rollen. Ich bin in meinem tiefsten Inneren genauso unecht wie ich scheine.

»Flight 258, Delta Airlines to San Francisco, passengers are requested to pass to gate 23 –« Sigmund steckte die Kopien wieder in seine Tasche und stand auf. Er hatte dieses englische Interview, das in Onkel Ricardos Ledermappe steckte, schon fünfmal gelesen, es war einer der wenigen Texte, die Aufschluß über das frühe Leben von Lydia Ottone gaben. Jedes Mal identifizierte er sich heftig mit dem bedauernswerten Harry, der Lydia Ottone zufolge aussah wie ein Pekinese. Was würde sie erst über ihn sagen? Er fürchtete sich davor, diese alte Dame mit der spitzen Zunge zu befragen. Und dennoch mußte es sein. Auch nach seinem Erlebnis mit Maria war er entschlossen, bis zu einem Hungerstreik vor den Toren ihres Landguts sämtliche Mittel einzusetzen, um mit ihr sprechen zu können. Schließlich hatte er seit den Gesprächen mit Onkel Ricardo auch schon einiges in der Hand. Zärtlich fuhr er über seine Tasche, in der die Kopien von Lydia Ottones Briefen lagen. Ihren Inhalt konnte er bisher nur erahnen, denn sie waren ausnahmslos auf italienisch und darüber hinaus schwer leserlich geschrieben. Am Gate 8 ging ein Flug nach Kalkutta. Sigmund war schon fast durch die Sicherheitskontrolle durch, als ihn ein Beamter darauf hinwies, daß er hier falsch war. »Ventitre!« Er sprintete los. Auf seinem Weg ruinierte er die Nylonstrümpfe mehrerer römischer Damen, denen er sein Handgepäck um die Beine schlug. Er kam gerade noch rechtzeitig, der schmucke Flugbeauftragte wedelte schon aufgeregt mit seiner Mütze und bleckte die Zähne.

Sigmund atmete tief durch. Am Abend vorher hatte er, mühsam mit den italienischen Telefonkarten ringend, in einer öffentlichen Telefonzelle nahe der Pension wieder einmal Lorenz Feder angerufen, um sich moralische Unterstützung zu holen. Diesmal hatte er ihm auch von Maria erzählt, was er sich beim ersten Anruf nicht getraut hatte. Merkwürdigerweise war der Analytiker gar nicht entsetzt gewesen. »Sehr gut, Herr Fleck«, hatte er sogar gesagt, »nur weiter so. Die Wege der psychischen Heilung sind manchmal verschlungen.« Vielleicht hatte Feder ihn mißverstanden. Immerhin hatten Maria und ihr Kumpan ihm mehr Geld abgeknöpft, als die Solidargemeinschaft der Krankenversicherten für eine seiner Sitzungen bei Feder zahlte. Seinen Ausflug nach Siena und das Zusammentreffen mit Britta erwähnte Sigmund nicht. Das war für die psychische Heilung wahrscheinlich nicht relevant.

»Selbstverständlich müssen Sie mit ihr persönlich sprechen!« hatte der Analytiker mehrfach in die Muschel gerufen. »Ihr Buch muß ein Hit werden! Sonst kriegen Sie hinterher keinen Job! Vergessen Sie nie, daß das das Wichtigste im Leben ist. Erst der Job, dann die Psyche.« Diese Überzeugung war Lorenz Feder aus jenen goldenen Tagen verblieben, als er, mit schulterlangen Haaren und zerrissenen Hosen, »Erst das Sein, dann das Bewußtsein« auf Transparente malte. Sigmund stimmte mit seinem Analytiker in dieser Radikalität nicht überein; er war der Meinung, daß die geistigen Dinge, die Wissenschaft, die Kunst und die Seele, durchaus eine Existenzberechtigung auch jenseits des Arbeitsmarktes hätten. Aber Lorenz Feder hatte Recht, wenn er sagte, daß Sigmund sein ganzes Projekt an den Nagel hängen konnte, wenn Lydia Ottone ihm kein Interview gewährte. Seine Idee, sie und Phil Norton mit angeblichen Enthüllungen aus ihrer Jugendzeit zu erpressen, schien ihm jedoch, je länger er darüber nachdachte, so gut wie nicht zu verwirklichen. Zwar hatte er eine interessante Entdeckung gemacht und wußte jetzt als einer von wenigen Menschen auf der Erde von Lydia Ottones erster Ehe. Doch was könnte einer Frau, die nichts dabei fand, als Striptease-Tänzerin gearbeitet zu haben, wirklich peinlich sein? Vermutlich würde sie jeden denkbaren Vorwurf ebenso kühl abschütteln, wie sie es gegenüber Pekinesen-Harry getan hatte. Während Sigmund als letzter Passagier, von dem blaugekleideten Angestellten rüde vorwärtsgetrieben, durch den Verbindungsschlauch vom Gebäude ins Flugzeug lief, glaubte er eine rauchige, tiefe Frauenstimme zu hören, die da sagte: »Ach, Sigmund, Sie kleiner Moralist! Wenn Sie wüßten, was ich in meinem Leben alles getan habe, würden Sie aus Ihrem langen Hals eine Schlinge machen und sich selber daran aufhängen. Dagegen ist das, was Sie mir da vorwerfen, doch ein Klacks.«

Drei am Eingang des Flugzeugs aufgereihte Stewardessen lächelten Sigmund säuerlich an. Er ging wortlos an ihnen vorbei, schob sich durch den engen Gang, in dem noch die Taschen und Füße der anderen Passagiere ungeordnet herumlagen, und kletterte auf Platz 16 F. Noch immer klopfte sein Herz von dem Sprint über den Flughafen. Sobald es sein hustender und raumgreifender Nachbar zuließ, holte er wieder die Kopien hervor. In dem ganzen Interview gab es nur einen Satz, der ihm gefiel. Mit dieser Äußerung bewies Lydia Ottone seiner Ansicht nach, daß sie theoretisch auf dem neuesten Stand war. »Ich bin im tiefsten Inneren genauso unecht, wie ich scheine«, hatte sie gesagt. Von einem solchen Menschen konnte man vielleicht doch eine postmoderne Biographie schreiben, dachte er, bevor er einschlummerte.

Unter Seepferdchen

Auch wenn Frau Westermann sich in den Seminaren mit großer Selbstverständlichkeit unter die Studenten mischte, zögerte sie doch ein wenig, bevor sie das Strandbad Mitte betrat. In dieser Kneipe, die auf einem kleinen Platz unweit des Instituts lag, saßen nur Menschen unter 27, wie ihr schien, draußen auf Holzbänken oder drinnen hinter geöffneten Fenstern. Die Tische draußen waren schon alle besetzt mit Jugendlichen, die abgeklärt in den Rauch ihrer Zigaretten starrten und sich bemühten, genauso fertig auszusehen wie die drogensüchtigen Models auf den Plakatwänden. Drinnen baumelten zwei meterhohe graue Seepferdchen von der Decke herab und sollten wohl die Illusion eines echten Strandbads vermitteln. Frau Westermann stieß mit dem rechten Fuß eine Cola-Dose in den Rinnstein und trat ein. Alle anderen waren schon da.

Am Kopfende eines langen Tisches saß Britta und knetete vor Aufregung eines ihrer überflüssigen Pfunde. Sheila hatte sich in weiblicher Solidarität direkt neben sie gesetzt, ihr gegenüber Hans, der versuchte, in Sheilas klugen braunen Augen Hinweise auf ein außer-diskursives Interesse am anderen Geschlecht zu entdecken. Carlo hatte bereits dem Rotwein zugesprochen und verströmte gute Laune aus allen Poren, während Jonas liebevoll seinen zackigen Nacken betastete. Er rasierte ihn täglich, damit er von hinten stets leistungsbereit aussah und bei seinen Spaziergängen über den FU-Campus jedem potentiellen Head Hunter auffallen konnte. In der rechten hinteren Ecke des Tisches saß Eva mit einem Zeichenblock vor sich und beobachtete die anderen aus grauen Augen. Frau Westermann setzte sich auf den freien Stuhl neben Eva und bestellte ein Erdbeer-Shake. Hans lächelte ihr zu. In so einer Situation kommt der gesunde Menschenverstand wie gerufen, dachte er. Außerdem kennt sie Knospe besser als wir alle.

»Also strafrechtlich läßt er sich nicht belangen«, sagte Jonas mit Bestimmtheit. »Es ist zwar nicht cool von ihm, eine einmal gegebene Betreuungszusage zurückzuziehen, aber er hat das Recht dazu. Die Frage ist, ob er dir einen Teil deiner Auslagen für den Flieger erstatten muß. Aber da könnte er gegenhalten, daß du ja einen anderen Betreuer finden kannst.« Er lehnte sich zurück und stellte sich vor, wie er später einmal, in ähnlich differenzierten Worten, einem Unternehmensvorstand das Pro und Contra eines Rechtsstreits mit dem Konkurrenten erläutern würde.

Britta seufzte. Die juristischen Aspekte waren ihr ganz gleichgültig, und geflogen war sie ja sowieso nicht. Sie wollte eigentlich nur wissen, ob sie eine Versagerin war, die kein anspruchsvolles Magisterarbeits-Thema formulieren konnte. Was würde wohl Sigmund zu dem Brief von Knospe sagen? Er mußte jetzt schon in Kalifornien sein, um dort sein geheimnisvolles Thema weiter zu recherchieren. Sie wünschte, er wäre jetzt auch hier im Strandbad Mitte. Oder zumindest telefonisch erreichbar. Bei ihrem gemeinsamen Spaziergang durch Siena hatte er ihr aufmerksam zugehört, als sie von Giuseppe Firenze erzählte, und sogar kluge Kommentare abgegeben. Unter anderem hatte er eine These entwickelt, auf die sie selbst nicht gekommen wäre: Er meinte, man müsse zwischen modernen und postmodernen Leerstellen unterscheiden. Wenn Giuseppe Firenze bestimmte Erzählstränge unvollendet lasse, dann eventuell deshalb, weil er von einem Zensor oder aufgrund des Drucks der Seneser Bürger daran gehindert worden sei, sie auszuführen. Lydia Ottone dagegen setze die Leerstellen spielerisch ein, ohne Druck von außen, und das sei typisch für die Postmoderne, in der sämtliche Instanzen des guten Geschmacks oder der rechten Gesinnung das Zeitliche gesegnet hätten, von der katholischen Kirche bis zur alten DDR. Britta hatte diese

These gut gefallen, und Sigmund hatte ihr sogar großzügig das Nutzungsrecht daran übertragen. »Wenn du das in deiner Magisterarbeit brauchen kannst, schreib es einfach auf, du brauchst mich auch nicht zu zitieren. Für meine Arbeit ist das nur am Rande relevant.« Professor Knospe, hatte Britta noch gedacht, liebte solche Thesen. Und nun wollte er gar nichts mehr davon wissen? Ihr Kopf sperrte sich noch immer gegen diese Einsicht.

»Sie haben doch den Brief weitergeleitet«, sagte sie zu Frau Westermann. »Hat er Ihnen noch etwas dazugeschrieben? Können Sie sich das erklären?«

Frau Westermann schüttelte den Kopf. »Ich habe mich auch sehr darüber gewundert«, sagte sie. »So etwas ist noch nie vorgekommen. Normalerweise ist Knospe zuverlässig, auch wenn er sich mit der Korrektur der Arbeiten oft ziemlich Zeit läßt. Dafür ist er aber gründlich.«

Das Wort »gründlich« versetzte Britta einen Stich. Hatte Anselm Klinke ihr im Zug nicht prophezeit, ihr Prof würde die Arbeit gar nicht angucken? Und hatte sie nicht noch hochnäsig behauptet, Knospe sei anders als andere Professoren? Daß er sie noch viel schwerer enttäuschen würde, hätte sie sich damals nicht vorstellen können. Und daß sie selbst einmal Anselm Klinke eine Nachricht auf seinen Anrufbeantworter sprechen und um Rückruf bitten würde, wie sie es heute nachmittag kurz vor Verlassen ihrer Wohnung getan hatte, auch nicht.

»Knospe hin, Knospe her«, sagte Carlo der Ingenieur, und der Rotwein in ihm ließ ihn leise lispeln, »die entscheidende Frage ist doch: Worauf hatte es dieser hinkende Fünfzigjährige abgesehen, der dich im Café beklaut hat? Wollte er tatsächlich nur dein Geld oder die Kopien?« Britta zuckte die Schultern. Daß der hinkende Fünfzigjährige in Wahrheit jung, schön und ein ausdauernder Beischläfer gewesen war, tat in dieser Runde nichts zur Sache, fand sie.

Ein warmer Luftzug drang durch das geöffnete Fenster

und wies darauf hin, daß eine ganze Gruppe von Studenten von einem der Tische draußen aufgestanden war. Die Kellnerin sammelte die Biergläser und Aschenbecher ein, der Schweiß lief ihr in dicken Tropfen über den Hals. Eva hatte beobachtet, daß sie sich in freien Minuten vor einen Ventilator auf der Theke stellte und trocknen ließ, und hielt die Szene auf ihrem Zeichenblock fest. Nicht daß das ein ethnologisch interessantes Detail war. Es ging ihr vielmehr darum, ihren Blick abzulenken, der sich immer wieder, wie von selbst und in einer Weise, die den anderen auffallen mußte, auf Jonas richtete. In seinen Augen hatte sie einen fiebrigen Glanz bemerkt, der große Hoffnungen in ihr nährte.

Hans hatte den ganzen Tag im Copy-Shop gearbeitet und fühlte sich vom Ozondampf der Kopierer noch einigermaßen benebelt. Als er das Wort »Kopien« hörte, gelangen ihm jedoch trotz des Hormon-Ausstoßes, den Sheilas dunkelhaariger Anblick in ihm auslöste, einige theoretische Überlegungen. Ihn faszinierte der Gedanke, daß im Zeitalter unbegrenzter Vervielfältigungsmöglichkeiten, von Disketten, E-mails und Internet, in dem Texte längst ortlos und virtuell omnipräsent geworden waren, daß in dieser unserer vernetzten Zeit ein Mensch einem anderen eine Kopie stehlen sollte und die Beklaute auch keine Möglichkeit sah, erneut in den Besitz des Textes zu kommen. Die Brittasche Kopie gewann auf diese Weise den Status und die Aura des – einzigartigen, begehrten, authentischen – Originals. Er äußerte seinen Gedanken, der Britta wenig tröstete, aber Sheila zu einem anerkennenden Nicken veranlaßte.

Frau Westermann war das alles zu kompliziert. »Worum ging es denn in dem Manuskript von Giuseppe Firenze?« fragte sie. »Einen Teil davon hatten Sie ja schon gelesen.«

»Es war die Geschichte einer jungen Frau, die vom Lande nach Rom kommt und in einem Bäckerladen arbeitet«, erklärte Britta ohne Begeisterung. »Sie findet in den Brötchen immer kleine Botschaften, die ihr irgendwelche schlimmen

Ereignisse ankündigen. Dann verliebt sie sich in einen Motorradfahrer, Franco hieß er wohl, der ihr angeblich einen besseren Job verschaffen will. Er verführt sie ...«

Britta stockte, weil Frau Westermann in Atemnot zu geraten schien. Ganz ähnlich wie die Teilnehmer des Ekstase-Seminars bei ihrer letzten Sitzung wiegte sie ihren Oberkörper rhythmisch hin und her, wobei sie die Augen schloß und ihre Hände ineinander verkrampfte. »Deine warmen Lippen«, stöhnte sie. »Deine starken Hände, dein melancholischer Blick!«

Alle starrten die Sekretärin an. »Was gucken Sie denn so?« fragte sie beleidigt zurück. »Die Story kenne ich. Sie ist aber nicht von Giuseppe Firenze. Das ist ›Das Rad der Fortuna‹ von Lydia Ottone.«

Nichts für Stubenhocker

Als Sigmund in San Francisco aus dem Flugzeug stieg, war der Knutschfleck schon fast vollständig abgeklungen, und er konnte der fremden Kultur, die da auf ihn wartete, ohne Halstuch und Hemmungen begegnen. Er war noch nie in den USA gewesen und wäre von sich aus auch niemals gefahren. Zwar gab es hier angeblich, versteckt in den Schutzräumen der Colleges und Universitäten, viele interessante postmoderne Theoretiker. Aber es reichte völlig aus, sie zu lesen, sagte er sich, während er seine mausgraue Reisetasche vom Laufband klaubte. Wozu sollte man sie auch noch persönlich kennenlernen? Wozu ein riesiges Land bereisen, in dem nur alle paar tausend Kilometer mal ein Elfenbeinturm aufragte? Dazwischen lagen Steppe, Prärie, McDonalds-Schuppen, Ignoranz und Fettleibigkeit. Ein Land von einer solchen Ausdehnung mußte den Geist, den sich Sigmund wie eine stark konzentrierte Flüssigkeit vorstellte, verwässern und auflösen, er konnte hier nicht dieselbe Dichte erfahren wie im engen Europa.

»Hi«, sagte eine frischgefönte Flughafenangestellte und stellte sich ihm in den Weg, nachdem er Paßkontrolle und Zoll passiert hatte. »You look lost. How can I help you?« Sigmund ging nicht auf ihren plumpen Annäherungsversuch ein.

»No thank you«, sagte er nur brüsk und dirigierte seinen Gepäckwagen zielstrebig auf eine männliche und überdies schwarze Reinigungskraft zu. »Please, where stops the bus?« fragte er und beneidete einmal mehr Sheila um ihre fehlerfreie Aussprache.

Die Reinigungskraft blickte vom Reinigen auf, musterte ihn mißtrauisch und knurrte etwas Unverständliches. Sigmund wagte nicht nachzufragen. Statt dessen sagte er wieder »thank you«, fuhr sich nervös über den Rest seines Knutschflecks und dachte: Vielleicht ist es hier nicht üblich, daß weiße Leute schwarze Leute nach dem Weg fragen. Ich als Kulturwissenschaftler muß auf derartige Kulturschocks gefaßt sein. Er zückte eine blaßblaue Karteikarte und notierte unter den Augen der Reinigungskraft die Begegnung. Er hielt auch fest, was ihm gleich beim ersten Schritt aus dem Flugzeug aufgefallen war: Es roch hier anders. Ein bißchen nach Benzin, aber vor allem süßlich, lieblich, benebelnd, befreiend, dieser Geruch schien von weit her zu kommen und über der ganzen langen Küste zu liegen, die Sigmund noch kurz vorher, schwarz und blinkend, unter sich gesehen hatte.

Der Perspektivwechsel, der darin bestand, zuerst ein Land übersichtlich ausgebreitet zu sehen und dann, innerhalb einer halben Stunde, selbst zu einem kleinen Floh zu werden, der sich unter Häusern und Bäumen fortbewegt, faszinierte ihn. Wie in der Wissenschaft, dachte er. Detailstudien sind viel mühsamer als die großen Überblickswerke; man verliert sich im Unwichtigen. Nur der Blick von oben erlaubt es, die entscheidenden Konturen zu erkennen. Bei seiner eigenen Arbeit kam es aber leider gerade auf die Details an. Lorenz Feder hatte ihm auch im letzten Telefongespräch noch einmal eingeschärft, daß er, um viel Geld zu verdienen, eine spannende, eine packende, ja eine sinnlich erfahrbare Biographie schreiben sollte, »kein wissenschaftliches Traktat für Stubenhocker. Riechen, schmecken, hören, fühlen Sie! Achten Sie auf Details, mit denen Sie Ihre Erzählung anreichern können! Wo Sie auch sind, versetzen Sie sich in die Lage ihrer Figur! Werden Sie zu Lydia Ottone!«

Während er seine Tasche auf einen Karren hievte und den Bus-Symbolen durch die Flughafenhalle folgte, überlegte Sigmund, wie sich Lydia Ottone wohl gefühlt haben mochte, als sie 1956 in San Francisco ankam, praktisch mittellos, auf der Flucht vor einem gewalttätigen Ehemann und dem erdrückenden Katholizismus im Nachkriegsitalien. Den ganzen

Flug hindurch, über dem Atlantischen Ozean, der amerikanischen Ostküste, dem Mittleren Westen und den Rocky Mountains, hatte Sigmund versucht sich vorzustellen, er sei eine mißhandelte Frau auf der Flucht. Nun, da er zusammen mit vier aufgeregten Chinesen im Dunkeln auf den Bus wartete, erfüllte ihn seine nächste Aufgabe mit Sorge. Denn Lydia Ottone hatte in San Francisco ja nicht nur mit dem heute kaum mehr bekannten »Rad der Fortuna« ihren ersten Roman veröffentlicht; sie hatte nicht nur die englische Sprache so intensiv gelernt, bis sie sie wie ihre Muttersprache schreiben konnte; nein, und Sigmund seufzte laut auf, sie hatte auch als Striptease-Tänzerin gearbeitet. Wie um alles in der Welt sollte er sich in eine Striptease-Tänzerin hereinversetzen? Und wie sollte er recherchieren? Die Vorstellung, Frauen ohne High-School-Abschluß Fragen zu stellen und anzügliche Antworten aus silikongeblähten Lippen zu erhalten, bekümmerte ihn zutiefst.

Der Bus kam, und Sigmund schob genau wie die vier Chinesen eine Dollarnote durch den Schlitz der Kasse neben dem Fahrer. Drinnen saßen ein paar junge Schwarze und ein weißer Mann, der etwa das Vierfache seines Idealgewichts mit sich herumtrug. Er summte einen Schlager und kratzte sich in regelmäßigen Abständen am Oberschenkel. Sigmund setzte sich möglichst weit weg von allen anderen Fahrgästen. Zwanzig Minuten lang sah er nichts als Fast-Food-Läden, Motels und Autoreparaturstätten, die sich auf der Straße parallel zur Autobahn aneinanderreihten. Dann fuhr der Bus in die Stadt ein. Kleine Läden, hell gestrichene Holzhäuser mit Erkern und einige schreiend bunte Wandmalereien versöhnten Sigmund ein wenig. Angeblich war San Francisco eine wirklich schöne Stadt. Sheila jedenfalls schwärmte bei jeder Gelegenheit davon. Trotzdem wäre er viel lieber direkt nach Berkeley gefahren, denn es dürstete ihn nach Universität. Er wollte intelligente Gesichter sehen, Vortragsankündigungen, Bücher und Lehrpläne. Endlich einmal wieder in einer Bibliothek sitzen und ein theoretisch anspruchsvolles Buch lesen, statt durch die Lande zu reisen und sich mit greisen oder widerspenstigen Interviewpartnern herumzuschlagen! Professor Knospe, der die Sommersemesterferien regelmäßig hier verbrachte, hatte ihm seine Adresse gegeben und würde ihm sicherlich behilflich sein; schließlich war es in USA üblich, daß die Profs ihre Doktoranden nach Hause einluden und überhaupt ein enges Verhältnis mit ihnen pflegten, hatte Sigmund von Sheila gehört. Wenn sie das nicht täten, würden sich ihre Gedanken in der Weite des Raumes verlieren, dachte er. Die Intellektuellen in diesem Land müssen einen Schutzwall um sich herum aufbauen und im Inneren eine künstliche Nestwärme erzeugen, sonst werden sie aufgesogen von der Mittelmäßigkeit um sie herum.

Je weiter der Bus die Mission Street in Richtung Zentrum hinauffuhr, desto ärmlicher erschien Sigmund die Gegend. Obdachlose mit Einkaufskarren voller Plastiktüten bahnten sich ihren Weg durch kleine Gruppen von Schwarzen, die in abgerissenen Kleidern vor den Bars standen und tranken. Ein großer dünner Mann lief die Straße entlang und wirbelte laut redend die Arme durch die Luft, als wollte er einem imaginären Gegner die Augen ausstechen. Sigmund hielt sich an seiner Reisetasche fest und blickte nach unten. Erst als der Bus seine Endhaltestelle im zentralen Busbahnhof erreicht hatte, sah er wieder auf. In dieser Gegend mußten die Pensionen billig sein. Beim Aussteigen drängelte er sich direkt hinter den schwergewichtigen Schlagersummer und folgte ihm in dichtem Abstand. Die feindlichen Elemente auf den Straßen sollten denken, daß er zu diesem Ur-Amerikaner gehörte, der mit Sicherheit nicht in der Lage war, seinen Kopf zu drehen und den heimlichen Verfolger zu bemerken. Als Sigmund rechts von sich einen Eingang mit der Aufschrift »Liberty Inn« sah, zögerte er nicht lange und sprang in die Tür.

Die traurige alte Bedienstete an der Rezeption, deren spärliches Haar von einer Neonlampe beschienen wurde, reichte ihm einen Zettel zum Ausfüllen. »For how many nights?«

»Two, maybe three«, sagte Sigmund vorsichtig. Er wollte sich noch nicht festlegen, ob er seinen ganzen Aufenthalt in San Francisco in diesem Loch verbringen wollte. Die Bedienstete zeigte auf eine enge Treppe, die geradewegs in die Hölle zu führen schien.

»Room 220, on the second floor«. Ihre Stimme klang gleichgültig. An der Wand hing ein verblichenes Poster, auf dem die Golden Gate Bridge im Nebel abgebildet war. Sigmund fühlte sich verlassen und dem Neonlicht hilflos ausgesetzt. War es Lydia Ottone damals, vor 41 Jahren, ähnlich ergangen?

Das Zimmer war nicht so schlimm wie erwartet, es hatte zwar keinen Tisch und kein Bad, aber dafür eine Gardine. Als er ausgepackt hatte, stellte sich Sigmund vor den Spiegel über dem bräunlichen Waschbecken. Einige Minuten lang sprach er sich innerlich Mut zu. Dann lächelte er seinem Spiegelbild zu, wackelte verführerisch mit den Schultern und zog auf drei verschiedene Weisen sein T-Shirt aus.

Ein Hauch von Aftereight

In ihrer engen Ein-Zimmer-Wohnung hielt Britta es nicht mehr aus. Große Entschlüsse können nicht in kleinen Räumen gefaßt werden, dachte sie und lief das abblätternde Treppenhaus hinunter. Die Oranienburgerstraße sprang ihr lärmend und stinkend ins Gesicht. Britta holte Luft und fluchte, weil sie husten mußte. Obwohl bis zu ihrer Verabredung mit Frau Westermann noch über eine Stunde Zeit war, drängelte sie sich durch die Autos, die sich auf der Fahrbahn stauten, als wären zwei Dutzend Polizisten hinter ihr her. Sie hastete die Straße herunter, ohne einen Blick auf Kneipen und Geschäfte, auf Postfuhramt, Synagoge und das Café Orange zu werfen. Nicht einmal der Billig-Bäcker, dem sie so manches überflüssige Pfund verdankte, konnte sie diesmal aufhalten. Erst am Monbijoupark verlangsamte sie ihren Schritt. Diese Gegend galt einmal als der »Schlupfwinkel des Verbrechens«, wie sie in ihrem Seminar über die Geschichte des Scheunenviertels gelernt hatte. Und ich, Britta Lischinski, bin einem Verbrechen auf der Spur, dachte sie triumphierend.

Nie im Leben hätte sie geglaubt, daß die Wissenschaft, daß ihre eigene Forschung derart handfeste Ergebnisse an den Tag bringen sollte. Es konnte kein Zweifel daran bestehen: »Das Rad der Fortuna« von Lydia Ottone war praktisch identisch mit »La fortuna dei panini« von Giuseppe Firenze. Britta hatte sich sofort das Buch von Frau Westermann ausgeliehen; es war, wie Frau Westermann sagte, ein »unbekanntes Frühwerk«, aber immerhin das erste Buch, das Lydia Ottone damals in Kalifornien veröffentlicht hatte. 1959 war es erschienen, neun Jahre nach dem Tode Giuseppe Firenzes.

Britta hatte Seite für Seite verglichen; zwar gab es in ihrem Firenze-Manuskript aufgrund von Luigis nacktem Dreisatz massive Leerstellen, aber sämtliche vorhandenen Textteile fanden sich in dem Buch von Lydia Ottone wieder, nicht einmal die Namen waren verändert. Das konnte nur heißen: Die große Lydia Ottone hatte den Roman abgeschrieben. Eine weltberühmte Schriftstellerin verdankte den Beginn ihrer Karriere einem, laut Knospe, »obskuren« italienischen Autor, und sie, Britta, hatte das mehr oder weniger per Zufall herausgefunden. Was heißt hier Zufall, korrigierte sie sich sogleich und tadelte sich dafür, daß sie, wie Sheila sagen würde, in typisch weiblicher Manier ihr eigenes Licht unter den Scheffel stellte. Es war kein Zufall: Ich habe die Verwandtschaft von Ottone und Firenze von Anfang gespürt. Ohne meine Intuition, meine Neugier, ohne mein erkenntnisleitendes Interesse wäre es nie zu der Entdeckung gekommen. Anstelle einer simplen Magisterarbeit hatte sie einen Plagiatsskandal aufgedeckt. Sigmund und Professor Knospe würden sich umgucken!

Britta ließ die Oranienburger Straße links liegen und lief auf einem weißen Kiesweg in den Monbijoupark. Auf dem Gras lagerten zwei halbnackte Pärchen und einige Angestellte des Grünflächenamtes in blauen Arbeitsoveralls, die Cola aus anderthalb-Liter Flaschen tranken und Schnellpizza verzehrten. Ihre Arbeitsutensilien, eine Schubkarre und Harken, standen auf der Mitte des Gehwegs, an einen großen grünen Container gelehnt. Von weiter hinten war der Lärm tobender Kinder aus dem Kinder-Freibad zu hören. Britta ließ sich auf eine Bank fallen und seufzte. Der Anblick des Pärchens auf der Liegematte erinnerte sie an den Nachmittag mit Sigmund am Schlachtensee. Damals hatte er sie überhaupt nicht ernst genommen, der staubtrockene Kerl. In Siena war er dann erträglicher gewesen und hatte mehr Interesse für ihre Arbeit gezeigt. Jetzt sollte er eigentlich vor ihr auf die Knie fallen! Und Knospe müßte seine Weigerung, ihre Magisterarbeit zu betreuen, sofort rückgängig machen. Müßte er sich nicht sogar bei ihr entschuldigen? Sie könnte ja jetzt ganz anders auftreten als noch vor wenigen Monaten, als sie wie ein verschrecktes Huhn in seine Sprechstunde geschlichen war. Jawohl! Gleich, im Institut, würde sie von Frau Westermann seine Adresse in Kalifornien erbitten und ihm seine ganze Ignoranz in einem langen Brief vor Augen führen.

Auf der S-Bahnbrücke, die mitten durch den Park führte, rauschte eine rotgoldene Bahn vorbei. Am anderen Ende der Wiese floß die Spree grünschwarz um die Museumsinsel herum. Dort, am Ufer, hatte Britta oft gesessen und den Touristenbooten mit Namen wie »Kaiser Friedrich« und »Brigitte« zugeschaut, in der stillen Hoffnung, daß eines von ihnen einmal einen Brückenpfeiler rammen und vor ihren Augen untergehen würde. Man konnte vom Ufer aus zuhören, wie die Fremdenführer die vielen Museen auf der Insel erklärten, die Britta immer noch nicht auseinanderhalten konnte, und manchmal kam auch ein schwerer, langgestreckter Lastkahn vorbei, auf dem braungebrannte Männer in ärmellosen T-Shirts arbeiteten. Es war ein schönes, ruhiges, melancholisches Plätzchen. Melancholisch war ihr auch jetzt zumute. Woran lag es wohl, daß sie sich gar nicht richtig freuen konnte? Während sie die Angestellten des Grünflächenamtes beim Verzehr ihrer Schnellpizzen beobachtete, wurde ihr klar, daß durch ihre Entdeckung ein Traum zerplatzt war. Lydia Ottone, ihr großes Vorbild, die, aus so kleinen Verhältnissen stammend, mit ihren Geschichten die ganze Welt erobert hatte, diese starke, originelle, exzentrische Frau sollte eine Fälscherin sein? Es war zum Heulen.

Eine Taube segelte im Tiefflug an ihren Waden vorbei. »Deine warmen Lippen«, stöhnte Britta, »deine starken Hände, dein melancholischer Blick!« Der Penner auf der nächsten Bank guckte sie aus wäßrigen Augen erstaunt an und schnalzte erwartungsfroh mit den Lippen.

»Tschuldigung«, sagte Britta, verärgert, daß sie aus ihren Überlegungen gerissen wurde. »Ich dachte, Sie hören nicht gut.« Daß Luigi es an jenem seligen Nachmittag nicht auf ihr Portemonnaie abgesehen hatte, war ihr mittlerweile sonnenklar. Und auch Gustavo, der weißhaarige Archivar, hatte ihr wohl nicht aus Zufall gerade dieses Manuskript vorenthalten. Aber warum hatte er es ihr dann überhaupt gegeben? Und woher wußte Luigi, daß sie an diesem Thema arbeitete? Hatte er womöglich bei seinen eigenen Forschungen über die Autorengruppe um Giuseppe Firenze schon dieselbe Entdeckung gemacht und fürchtete, daß sie ihm zuvorkommen würde? Dann mußte sie sich beeilen.

Gerade noch rechtzeitig bemerkte sie, daß der Penner mit allen äußeren Anzeichen der Verliebtheit auf sie zuwankte. »Blödmann«, schnauzte Britta wütend, »mach's dir selber, Mann. Ich hab' heute schon.« Dieser Park war auch nicht der richtige Ort, um große Entschlüsse zu fassen.

Sie schüttelte ihre orangefarbenen Haare und machte sich auf den Weg zum Institut. Stroh-Sophie saß wie immer vor dem Kunstgewerbegeschäft aus dem Erzgebirge und sah sie unbeteiligt an. »Hi, Sophie«, sagte Britta beim Vorbeigehen. »Wünsch mir Glück.« Am Zaun vor der Sophienkirche lehnte ein Mann, der sie dunkel an den Mann mit der Knautsch-Nase erinnerte. Als sie gerade die Straße überqueren wollte, um in den Hofeingang der Sophienstraße 22 A zu gehen, wurde sie aufgehalten.

Eine kleine, grauhaarige Dame mit stechenden dunklen Augen trat ihr in den Weg. »Are you Ms. Britta Leischeinskei?« fragte sie mit einem britischen Akzent, hauchdünn wie ein Täfelchen Aftereight. Als Britta bejahte, verzogen sich ihre Lippen zu einem dünnen Lächeln. »Could I talk to you for a while?«

Richard Gartenzwerg

Als Anselm Klinke nach seiner Italienreise wieder zurück in seine Göttinger Wohnung kam, fand er auf dem Anrufbeantworter zwölf Nachrichten. Über zwei davon wunderte er sich. »Guten Tag, Herr Klinke«, hörte er, während er seine Post sortierte, die trotzige Stimme einer jungen Frau, »ich weiß nicht, ob Sie sich noch an mich erinnern. Wir sind uns im Zug begegnet, auf der Fahrt nach Italien. Ich habe orange Haare, falls Ihnen das hilft. Sie haben damals gesagt, Sie könnten mir vielleicht helfen, wenn ich ... ähm ... Probleme mit meiner Magisterarbeit bekomme. Naja. Ich weiß nicht, ob ... oder vielmehr wie ... egal, jedenfalls, ich habe Probleme, und zwar große. Vielleicht können Sie mich mal zurückrufen? Meine Nummer in Berlin ist ...«

Die zweite unerwartete Nachricht stammte von einem Mann. »Grüß dich, Anselm. Hier ist Ralf. Du hast mich da in was reingeritten, daß ich dir am liebsten den Hals umdrehen würde. Entweder du hilfst mir da raus, oder es knallt. Melde dich umgehend.«

Der Briefumschlag, den Klinke gerade öffnen wollte, segelte aus seiner Hand auf den Teppich. Ralf! Was meinte er nur? Und warum klang seine Stimme so flattrig? Das war für seinen eloquenten Freund ganz ungewöhnlich. Klinke hörte sich die letzten drei Nachrichten an und ging dann in die Küche, in der noch immer die Blümchentapete seines Vormieters hing. Minutenlang starrte er auf eine der verhaßten, bräunlichen Rosen. Dann setzte er Wasser auf, kramte einen Teebeutel hervor und beschloß, nach Berlin zu fahren.

Im kleinen Park »Am Schwarzen Grund« beim U-Bahnhof Thielallee, ganz in der Nähe des Fachbereichs Jura der Freien Universität, sonnten sich tagsüber die Studenten während einer verlängerten Mittagspause, und sehr gepflegte Dahlemer Damen führten ihre Windspiele spazieren. Jonas hatte nur selten Zeit, sich dort zu entspannen. Aber er kannte den Park genau, denn eine Weile lang hatte er sich dort zwischen den Vorlesungen mit seiner damaligen Flamme getroffen, um ihr ein bißchen näherzukommmen – nur ein bißchen natürlich, denn als Jurist wußte er genau, wo die Liebelei aufhört und das öffentliche Ärgernis anfängt. Inzwischen war die alte Flamme out und die neue, eine blonde Betriebswirtschaftlerin mit coolen langen Beinen, noch nicht richtig weichgeklopft. In den letzten Tagen hatte er sich aber auch kaum um sie bemüht. Er hatte zuviel anderes im Kopf.

Jonas fröstelte. Der Tag war grau und windig gewesen, und jetzt, in der Dunkelheit, zwischen zwei Buchen und einem Busch auf kühler Erde stehend, zog ihm die Kälte von den Beinen bis zum Hals. Er hatte nicht damit gerechnet, so lange warten zu müssen. Fast zwei Stunden stand er nun schon hier, und das war echt *tough*. Nicht nur wegen der Kälte. Bei jedem vorbeistreunenden Hund zitterte er: Würde ihn das Tier im Gebüsch aufspüren und anschlagen? Und jedes Mal sah er im Geist das schreckerstarrte Gesicht einer Dahlemer Bürgerin vor sich, die ihn des Exhibitionismus verdächtigen würde. Warum, verdammt nochmal, kam Bauer nicht?

»Ralf Bauer: Sie haben von uns nun schon zehn Briefe bekommen. Das ist genug. Sie haben viel Zeit gehabt, um nachzudenken. Aus sicherer Quelle wissen wir alles über Ihre Machenschaften. Bisher haben wir still gehalten. Wenn Sie wollen, daß es dabei bleibt, brauchen Sie uns nur einen kleinen Gefallen zu tun. Kommen Sie am Mittwoch abend nach 23 Uhr in den Park am Schwarzen Grund. Gehen Sie, wenn Sie vom U-Bahnhof kommen, auf dem Hauptweg bis zu dem Waldstück in der Mitte. Setzen Sie sich auf die zweiten Bank rechts. An ihrer Unterfläche finden sie einen aufgeklebten grünen Umschlag. Er enthält unseren unwiderruflich letzten Brief und eine Aufforderung. Wenn Sie tun, worum wir Sie bitten, brauchen Sie nichts zu befürchten. Wenn nicht, werden wir Ihrem Dekan und dem Präsidenten der FU mitteilen, was wir wissen. Überlegen Sie sich, was Ihnen lieber ist. Ihr Kasimir Knospe.«

Als Jonas den Brief geschrieben hatte, war er sich vorgekommen wie der große Richard Bluebaker. War es nicht genial von ihm, Bauer auf diese Weise zu testen, bevor er mit seinem eigentlichen Anliegen herausrückte? Denn eines war ihm schon bald nach dem Gespräch mit Eva klargeworden: Er konnte unmöglich in einem der anonymen Briefe fordern, ausgerechnet die Arbeit von Jonas Neumann großzügig zu bewerten. Selbst wenn er zur Tarnung noch vier oder fünf Namen von Kommilitonen hinzufügte: Ein eventuell unschuldiger und mit Recht aufgebrachter Bauer würde alles daran setzen, aus diesen Namen den Übeltäter herauszufinden und von der Uni werfen zu lassen. Andererseits war es auch sinnlos, den stadtbekannten Einpeitscher zu bitten, sämtliche Arbeiten des Kurses mit guten Noten zu versehen, denn Bauer setzte seinen erklärten Ehrgeiz darein, mindestens vierzig Prozent der Kandidaten durchfallen zu lassen, und das wußten auch seine Kollegen. Es kam also darauf an, ihn zu einer Art Schuldgeständnis zu bewegen. Wenn Bauer den grünen Umschlag holte, war etwas dran an Evas Gerücht. Es reichte allerdings nicht, am nächsten Morgen nachzugucken, ob der Umschlag weg war, denn dann hätte er nicht ausschließen können, daß ein Penner sich dafür interessiert hätte. Jonas sog die feuchte Luft ein und kratzte sich am Po, wo ihn ein Zweig belästigte. Wie Richard Bluebaker fühlte er sich schon lange nicht mehr. Eher wie ein schimmelnder Gartenzwerg. Und je tiefer die Dunkelheit um ihn herum wurde, desto mehr wuchs in ihm die Angst. Hatte er nicht doch irgend etwas falsch gemacht, irgend etwas nicht bedacht, woraus Bauer ihm einen Strick drehen könnte? Der Mensch war ein formidabler Feind. Wenn dieser Hardliner etwas gegen ihn in der Hand hätte, wäre nicht nur sein Freischuß-Examen, sondern seine gesamte Karriere futsch.

In dem grünen Umschlag standen zehn Namen von Kommilitonen, sein eigener an der strategisch günstigen siebten Stelle. Noch bis vor kurzem war er sehr stolz auf diesen Dreh gewesen: Ein schuldiger Bauer würde auf keinen Fall all diese Leute anrufen und fragen, ob sie ihm anonyme Briefe schrieben, und ein unschuldiger Bauer würde die Liste gar nicht in die Hand bekommen, weil er nicht wegen irgendwelcher lächerlicher Briefchen nachts in eine Grünfläche laufen würde. Oder doch? Die Möglichkeit, daß Bauer trotz einer möglichen Unschuld, aus purer Bösartigkeit in den Park kommen könnte, um Hinweise auf den Briefschreiber zu finden, hatte Jonas bisher nicht in Betracht gezogen. Plötzlich, während er unter den Zweigen ängstlich auf das Rascheln von Kleintieren lauschte, schien ihm dies sehr wahrscheinlich. Es paßte zu Bauer, den Dingen auf den Grund gehen, seine Gegner stellen zu wollen. Das Risiko war einfach zu hoch. Jonas hielt den Atem an, denn er fand ihn so laut wie eine Windkraftanlage. Er mußte den Umschlag entfernen.

Vorsichtig bog er die Zweige vor seinem Gesicht auseinander und machte einige Schritte in Richtung Gehweg. Die Undurchdringlichkeit der Nacht erschreckte ihn. Als eingefleischtes Stadtkind war er an die Allgegenwart von Straßenlaternen gewöhnt und hatte sich auch nie für das Pfadfindertum, nicht mal für seine coolere Variante, survival training, begeistern können. Seine kaltgefrorenen und steifgestandenen Füße gehorchten seinem Willen nur zögerlich und taten so, als wären sie Schwimmflossen. Beinahe hatte er den schützenden Blätterwald verlassen, so daß ihn nur noch zwanzig Meter Rasenfläche vom Gehweg trennten, da hörte er Schritte. Er fuhr zurück. War das ein verspäteter Spaziergänger? Ein Liebespaar? Angestrengt spähte er nach rechts und vermied jegliche Regung. Trotzdem hatte er das Gefühl, die Zweige um ihn herum brächen reihenweise ab und knisterten böswillig, um ihn zu verraten. Er wartete, bis die Umrisse einer kleinen, stämmigen Gestalt erkennbar wurden. Tatsächlich. Es war Bauer. Sein zackiger Schritt, seine dampfwalzenartige Massigkeit waren nicht zu verkennen. Aber viel schlimmer war etwas anderes. Bauer war nicht allein. Er hatte einen Hund dabei.

Verdunkelung, hellgelb

Knospe wirkte übernächtigt, als er Sigmund die Tür öffnete. »Mona!« rief er als erstes. Als keine Antwort kam, wandte er sein bleiches Gesicht Sigmund zu. »Kommen Sie herein, Herr Fleck. Mona ist meine Frau. Sie ist in der Dunkelkammer und zieht alte Frauen ab. Eigentlich ist sie immer in der Dunkelkammer. Sie ist Fotografin, wissen Sie. Haben Sie schon einmal über das seltsame Paradox nachgedacht, daß gerade die Künstler des Lichts so viel Zeit in der Dunkelkammer verbringen? Erleuchtung im Dunkeln. Wie die blinden Seher in der Antike. Gottseidank macht die Technik das bald überflüssig. Zu Hause ist Mona natürlich digital ausgerüstet.«

Sigmund war ein wenig außer Atem von einem halbstündigen Fußmarsch durch die Hügel von Berkeley; öffentliche Verkehrsmittel waren in diesem besseren Viertel, in dem sich Villen, teilweise mit Blick auf die Bucht von San Francisco, aneinanderreihten, unbekannt. Knospes Begrüßung befremdete ihn. Er wußte nicht, daß der Professor zum Monologisieren neigte, wenn er zuwenig geschlafen hatte. So wie die Füße von Marathonläufern in unbeobachteten Momenten zu zucken beginnen, so liefen in Knospes übermüdetem Gehirn die Reflektionen, Parallelen, Metaphern quasi von alleine los und teilten sich ohne weitere Filter seinen Sprechwerkzeugen mit. Es war eine Art Leerlauf auf hohem Niveau.

Sigmund trat ein und sah sich neugierig in dem Haus um. Es war konsequent hellgelb eingerichtet und strahlte auf den ersten Blick eine gelassene Heiterkeit aus; bei längerem Verweilen entpuppte sich die Farbe jedoch als eine unerbittliche Aufforderung an die Sinne, keine Sekunde in der Aufmerksamkeit nachzulassen. Es gab so gut wie keinen dunklen Punkt, auf dem sich das Auge ausruhen konnte. Kein Wunder, daß Knospe hier nicht gut schlafen kann, dachte Sigmund und konstatierte kurz das seltsame Paradox, daß sich offenbar das Gemüt in allzu hellen Räumen verdunkelt.

»Setzen Sie sich doch.« Knospe wies ihm einen Platz auf dem hellgelben Sofa zu und setzte sich selbst auf einen hellgelb bezogenen Biedermeier-Stuhl. Auf dem Couchtisch stand bereits eine Teekanne, dazu einige Chocolate Chip Cookies auf einem hellgelben Teller. »Schön daß Sie uns besuchen kommen. Wie gefällt Ihnen San Francisco?«

»Sehr gut«, sagte Sigmund. Er hatte nicht den Eindruck, daß sich Knospe für eine ausführliche Antwort interessierte. Was hätte er auch groß erzählen können? Natürlich war die Stadt, außerhalb des Gebietes, wo seine Pension lag, sehr schön. Ganz gegen seine Absicht hatte er die ersten Tage damit verbracht, ihre Hügel auf- und abzulaufen, statt sich unverzüglich seinen Recherchen hinzugeben. Er hatte im Financial District die Angestellten beobachtet, die vor ihren Hochhäusern standen und rauchten, weil sie es drinnen nicht durften, er hatte sich erschreckt, als in dem kleinen Park am Washington Square plötzlich drei alte Chinesinnen mit Hut und Blazer einen seltsamen langsamen Tanz begannen, den er dann als Tai-Chi identifizierte, er war sogar im Hippie-Viertel Haight-Ashbury gewesen. Die Golden Gate Bridge hatte er bis zur Hälfte zu Fuß überquert und war dann umgekehrt, als er das »Crisis Counseling Telephone« sah, mit dem alle fünfzig Meter potentielle Selbstmörder ihre Absichten einer Sozialarbeiterin mitteilen konnten. Es gab in San Francisco Menschen, die Engelsflügel umgebunden hatten, und andere, die Schlangen umhertrugen oder eine Haarbürste im Mund hielten. In den Souvenirläden von Chinatown wurden kleine fette lachende Buddhas verkauft, im lateinamerikanischen Viertel konnte man Heiligenbilder im DIN-A-4-Format erstehen, denen, zwecks größerem praktischem Nutzen, ein Ziffernblatt mit Uhrzeigern aufgeklebt war. All dieses war neu für Sigmund. Aber der Professor kannte das seit Jahren. »Sehr gut«, wiederholte Sigmund.

Knospe spielte mit einem Bleistift, den er vom Couchtisch genommen hatte. »Hören Sie etwas von den anderen Seminarteilnehmern?« fragte er und deutete auf die Teekanne. Sigmund war nicht sicher, ob sein Gegenüber sich diesmal für eine Antwort interessierte oder nicht. »Nicht viel, ich bin ja schon eine Weile unterwegs«, sagte er. »Ich habe mich nur kurz in Italien mit Britta Lischinski getroffen. Sie arbeitet im Archiv über Giuseppe Firenze. Offenbar kommt sie gut vorwärts.«

»Wann war das?«

Sigmund wunderte sich über die präzise Nachfrage. »Vor ... ungefähr zwei Wochen. Sie müßte jetzt schon wieder in Berlin sein.« Ob er Knospe von dem geklauten Manuskript erzählen sollte? Das wäre ihm wie ein Vertrauensbruch gegenüber Britta vorgekommen. Schließlich brauchte der Professor nicht zu wissen, auf wie unkonventionelle Weise Britta mitunter recherchierte.

»Ja, wahrscheinlich ist sie wieder in Berlin«, sagte Knospe wegwerfend. »Aber sagen Sie: Wie gehen Ihre Forschungen voran?« Seine dunkel unterlaufenen Augen blickten auf einmal sehr konzentriert.

»Ach«, sagte Sigmund und dachte an seine kläglichen Striptease-Versuche vor dem Pensions-Spiegel. Davon konnte er Knospe unmöglich erzählen. Er goß sich eine Tasse Tee ein und erinnerte sich, wie er auf dem Weg nach Berkeley, in einem überfüllten Wagon des Bay Area Rapid Transit, im Geist die Antwort an Knospe vorformuliert hatte. Man mußte das Problem abstrakt darstellen. »Ich habe gewisse Schwierigkeiten mit dem Genre der Biographie«, gestand er. »Ich frage mich, inwieweit ich mich als Wissenschaftler mit dem Gegenstand meiner Untersuchung identifizieren, ja mich in ihn hineinversetzen soll. Es ist ja nicht auszuschließen, daß man auf diese Weise Erkenntnisse gewinnt, die einem bei einem distanzierteren Zugang verschlossen blieben. Andererseits …«

Knospe ging gar nicht auf sein Problem ein. »Werden Sie mit Lydia Ottone sprechen?« fragte er.

Sigmund schüttelte den Kopf. »Ihr Privatsekretär hat mir geschrieben, daß sie zur Zeit keine Interviews gibt.«

»Ja«, sagte Knospe. Es klang erleichtert. »Wissen Sie, ich finde, Sie sollten es sich gut überlegen, ob Sie tatsächlich eine Biographie von Lydia Ottone schreiben möchten. Vom wissenschaftlichen Standpunkt aus gesehen war Ihr altes Thema, Intrige und Diskurs der Heimlichkeit, viel interessanter. Sie haben ja selbst schon den Zwiespalt angesprochen, in dem sich jeder Biograph befindet. Da werden Sie nicht herauskommen.«

»Aber …« Sigmund war sprachlos. Wie wenig Respekt die Professoren vor der Lebenszeit ihrer Studenten hatten! Schließlich hatte er ein Stipendium mit dieser Fragestellung beantragt und erhalten, er hatte bereits in Rom recherchiert, war um die halbe Welt geflogen – und jetzt sollte er einfach so sein Thema aufgeben? Er öffnete den Mund und es war, als spräche Lorenz Feder aus ihm: »Das kommt überhaupt nicht in Frage. Mit einer theoretischen Arbeit habe ich keine Chance auf dem Arbeitsmarkt. Nur eine Biographie eröffnet mir den Einstieg ins Verlagsgeschäft.«

Knospe wischte sich einen hellgelben Schweißtropfen von der Stirn und lehnte sich nach vorn. »Hören Sie«, sagte er eindringlich. »Mr. Norton hat auch mir einen Brief geschrieben. Er hat mir darin etwas mitgeteilt, was er Ihnen nicht sagen konnte und was strikter Geheimhaltung unterliegt. Ich rate Ihnen dringend, Ihr Vorhaben aufzugeben.«

In Sigmund rumorte Lorenz Feder ganz gewaltig. Laut rief der Analytiker durch Sigmunds Mund in den Raum: »Ich denke nicht daran!«

»Also gut.« Knospe lehnte sich zurück. Er sprach jetzt ganz langsam, seine Handflächen glitten die Sessellehne auf und ab. »Wenn Sie es unbedingt wissen wollen: Lydia ist, ich meine, Lydia Ottone ist nicht mehr die jüngste. Offenbar leidet sie in den letzten Jahren zunehmend an Wahnzuständen. Sie glaubt, sie sei eine Figur in einer ihrer eigenen Geschichten.« Seine Finger krallten sich um die Lehne.

Sigmund sagte nichts.

»Sie hatte schon immer eine Abneigung gegen Wissenschaftler, die literarische Werke analysieren oder – in ihrer Sprache – töten«, fuhr Knospe fort. »Um zu verhindern, daß ihre Romane seziert werden, ist sie zu allem in der Lage, schreibt Norton. Sie wissen ja, wie blutrünstig einige ihrer Geschichten sind. Diese Frau ist gefährlich.« Knospe blickte entkräftet auf den brutal hellgelben Couchtisch.

Sigmund sagte immer noch nichts. Einen Moment lang faszinierte ihn die Vorstellung, daß sich das Objekt seiner Untersuchung gegen ihn selbst erheben könnte. Aber dann durchfuhr ihn ein ganz anderer Gedanke: Wo war Britta?

Kaninchenhirn

Eva mochte es eigentlich gar nicht, wenn Kommilitonen, zum Beispiel Britta oder Hans, sie als »Kräuterhexe« bezeichneten. Das Wort rief in ihr die Erinnerung an Jahrhunderte weiblicher Ausbeutung und an die nach wie vor bestehende Diffamierung weiblichen Heilungswissens wach. Aus der Lektüre zahlreicher Bücher wußte sie, daß in früheren Jahrhunderten gerade alte Frauen über weitreichende medizinische Kenntnisse verfügten und mit ihren Kräutern die Leiden der Dorfgemeinschaft heilten. Erst als die Männer die Herrschaft über Krankheit und Gesundheit an sich rissen, wurden die bisher geachteten Heilerinnen als »Hexen« verschrien, verfolgt und ermordet. Bei ihren Feldstudien auf Bali – und vereinzelt sogar in Schleswig-Holstein – hatte Eva Dörfer gefunden, in denen Frauen mit derartigen Kenntnissen nach wie vor in hohem Ansehen standen. In den Städten dagegen hatte überall auf der Welt schon die männliche Apparatemedizin Einzug gehalten.

Wer heutzutage noch von »Kräuterhexen« sprach, der wertete in Evas Augen die Tätigkeit der frühen Medizinerinnen ab und brachte sie mit obskuren Ritualen, Satanstänzen, Liebeszauber und Fegewerkzeugen in Verbindung, er sah sie um Schornsteine herumfliegen und mit düsteren Beschwörungen, über einem Kessel brodelnder Suppen aus Spitzwegerich und Kaninchenhirn, ihre wehrlosen Opfer gewissermaßen fernsteuern. Solche Vorstellungen fand Eva infantil.

Trotzdem wünschte sie sich nach ihrem Tiefeninterview mit Jonas manches Mal, sie sei eine Hexe im klassisch infantilen Sinne. Beim morgendlichen Frischkornmüsli schloß sie die Augen, konzentrierte sich auf Jonas' Schultern samt Anzugjacke und stellte sich vor, sie könne ihn ohne sichtbare Einwirkung wie eine Zinnfigur verrücken und verschieben.

Ein bißchen Erfolg hatte sie mit ihm schon gehabt, ganz ohne Kaninchenhirn, darin war sie sich sicher. Sein fiebriger Blick bei dem Treffen im Strandbad Mitte, sein Zusammenzucken, als sich ihm die Kellnerin von hinten näherte, die Nervosität, die von seiner üblichen Großmäuligkeit nur notdürftig überdeckt wurde, all das ließ Eva hoffen, daß ihre Hinweise auf fruchtbaren Boden gefallen waren. Vielleicht hatte Jonas längst begonnen, sich stellvertretend für sie an dem verhaßten Bauer zu rächen. Eine Hexe hätte ihn dabei in ihrer Kristallkugel beobachten können. Eva dagegen hatte so gut wie keine Möglichkeit, den Fortgang der Dinge zu überprüfen. Es gab eigentlich nur einen Ort, wo sie eventuell eines oder sogar beide Objekte ihrer Hexenkunst beobachten konnte: den FU-Campus in Dahlem.

Eva kaute ihren letzten Bissen nachdenklich durch und erhob sich. Die nächsten Interview-Termine für ihre Feldstudie »Beziehungsfelder und Kommunikationsstrategien an der Universität: Ist Interdisziplinarität möglich?« hatte sie erst in der nächsten Woche, mit Carlo am Dienstag und Hans am Donnerstag. Sheila hatte ihr schon einiges über universitäre Beziehungsfelder in den USA erzählt, Sigmund und Knospe waren verreist, Britta machte im Moment einen aufgelösten Eindruck, und ob Frau Westermann für ihre Studie wichtig war, hatte sie noch nicht entschieden. Kurzum, sie hatte Zeit. Eva packte sich für die einstündige U-Bahnfahrt nach Dahlem einen Aufsatz ihres Profs über »Verhaltensänderungen bei Treptower Verkäuferinnen nach Verlängerung der Ladenschlußzeiten« ein und verließ das Haus.

In der Juristischen Bibliothek der FU war es trotz Semesterferien voll, denn viele Studenten schrieben Hausarbeiten, bereiteten Klausuren vor oder hatten sich von der Humboldt- oder der Potsdamer Universität eingeschlichen, weil ihre jeweiligen Fachbereiche noch keine ausreichende Bibliothek aufgebaut hatten und dazu aufgrund der Sparzwänge wohl auch zukünftig nicht in der Lage sein würden. Eva nahm nur ihren Zeichenblock mit hinein. Sie ging langsam durch die Regale und zog hin und wieder ein Buch hervor, wobei sie sich zunächst für Erbschaftssteuerrecht, dann für die völkerrechtliche Verbindlichkeit von mündlichen Abmachungen und zuletzt für das geteilte Sorgerecht bei getrennten lesbischen Pärchen interessierte. Gleichzeitig prüfte sie unauffällig, ob Jonas unter den Anwesenden war. Schließlich setzte sie sich an einen Tisch nahe beim Eingang und zeichnete ein ihr Herz wärmendes Bild, in dem Jonas zwischen zwei Bibliotheksregalen einen lächerlich kleinen Bauer mit zwei Schönfeldern erschlägt. Wäre ich eine Hexe, dachte sie, würde er jetzt gleich durch die Tür kommen. Da sie keine Hexe war, kam er nicht.

Gegen Mittag beschloß sie, andere Jagdgründe aufzusuchen. Im Keller des Gebäudes gab es eine Cafeteria. Dort ließe sich die Sucherei mit einer notwendigen Nahrungsaufnahme verbinden. Als sie sich gerade bemühte, zwischen einem Salat mit Konservierungsstoffen und einem Joghurt mit Farbstoffen eine leidige Wahl zu treffen, hörte sie hinter sich in der Schlange ein lautes Schniefen und Husten. Erbost über diesen sorglosen Umgang mit Krankheitserregern wandte Eva sich um. Der unverschämte Schniefer war hinter einem dicken roten Schal kaum zu erkennen. Aber beim zweiten Blick wurde Eva klar: Es war Jonas.

»Hej«, sagte sie zu ihm, als sie beide die Kasse passiert hatten, »wieso bist du denn zu dieser Jahreszeit erkältet?«

Jonas hustete. »Sag mir lieber, was du hier machst«, wich er aus. »Ist ja nicht gerade deine faculty hier.«

»Stimmt. Aber ich muß hier was recherchieren über das Rechtssystem auf Bali.« Diese Antwort hatte sie sich vorher überlegt. Jonas begriff eh nicht den Unterschied zwischen traditioneller und europäischer Ethnologie. »Wie geht's dir denn so?«

»Siehst du doch.« Jonas schniefte. »Keine Ahnung, wo ich

mir das geholt habe. Eigentlich müßte ich im Bett bleiben und total relaxen. Geht aber nicht. Too much work, wie immer.« Er wußte, daß es im Berufsleben zum guten Ton gehörte, immer über zuviel Arbeit zu klagen, um die Zuhörer von der eigenen Unentbehrlichkeit zu überzeugen. Je früher er mit diesen Klagen begann, desto natürlicher würden sie später klingen. »Haste vielleicht irgendein Kraut gegen Erkältung?«

»Hol dir lieber was Chemisches, das wirkt bei dir garantiert besser«, antwortete Eva spitz. Sie mochte den Ton nicht, in dem Jonas über Kräuter sprach. »Und sonst? Wie läuft's so?« Sie mußte ihn zum Reden bringen. An irgendeinem Punkt würde er sich vielleicht verraten.

»Geht so«, sagte Jonas hustend, und eine Hundertschaft Bazillen flog von seinen Mundschleimhäuten in Evas Richtung. Die Ethnologin wich zwei Schritte zurück. Mein Gott, war der Kerl heute wortkarg! Sie setzten sich.

»Arbeitest du in den Semesterferien?«

»Jobben nicht, diesmal nicht.«

»Ich meine, an der Uni?«

»Klar, siehst du doch.«

»Mußt du Arbeiten für irgendwelche Kurse schreiben?«

»Eine, ja. Ist schon halb fertig.«

»Wer korrigiert diese Arbeiten eigentlich? Die Profs selbst oder Assistenten?«

Jonas setzte seinen Kamillentee ab und blickte geradewegs in Evas graue Augen. »Ist das schon wieder ein Interview, oder was? Wieso interessiert dich das?« Von Arbeiten und deren Korrektoren wollte er heute wahrhaftig nicht sprechen. Beim Gedanken an seine kalten Stunden im Schwarzen Grund mußte er gleich wieder husten. Ein Glück, daß Bauer seinen Hund in gewohnt autoritärer Manier so kurz angeleint hatte, daß er vermutlich knapp vor dem Ersticken war und keine menschlichen Duftstoffe wahrnehmen konnte. Aber das Ergebnis der Nacht-und-Nebel-Aktion war eben, daß Bauer den grünen Umschlag nun unwiderruflich in der Hand hatte. Und Jonas schauderte, wenn er sich vorstellte, auf welch unvorhersehbar gemeine Art der Assistent wohl reagieren könnte.

»Nur so«, sagte Eva. »Könnte alles für meine Feldstudie interessant sein. Für Ethnologen ist ja jedes kleine Detail wichtig.« Sie blickte sich in der Cafeteria um und sah zwei Studentinnen, die das Logo der FU auf der Brust trugen. »Guck mal diese T-Shirts zum Beispiel«, erläuterte Eva. »Die werden doch nur verkauft, damit sich die Studenten mit ihrer Uni identifizieren und Corps-Geist entwickeln. Das hat genau dieselbe Funktion wie die Lederhose in Bayern oder eine Stammestracht in Afrika. Jedes Phänomen läßt sich ethnologisch analysieren.«

Jonas betrachtete sich selber weder als Phänomen noch als kleines Detail, und ethnologisch analysieren lassen wollte er sich auch nicht. Aber während er wortlos seinen Kamillentee schlürfte, kam ihm eine Idee. »Sag mal, du kennst doch diesen Dozenten Bauer«, sagte er. Eva horchte auf. Angebissen, dachte sie. Jetzt wird's interessant.

»Nur vom Hörensagen«, antwortete sie vorsichtig.

»Egal«, sagte Jonas und fühlte sich zum ersten Mal seit dem Schwarzen Grund wieder ein bißchen wie Richard Bluebaker. »Du könntest mir einen großen Gefallen tun, wenn du mal in sein Dienstzimmer beziehungsweise zu der Sekretärin seines Profs gehen und fragen würdest, wann er das nächste Mal in die Uni kommt. Mich kann sie nicht ausstehen, aber ich muß das wissen.«

Eva stocherte in ihren Konservierungsstoffen herum. »Und wenn ich ihm begegne?«

»Macht doch nichts, er kennt dich ja nicht«, sagte Jonas drängend. Das war ja gerade der Vorteil, daß Eva hier unbekannt war. Er wollte vor allem vermeiden, selbst Bauer zu begegnen oder die Sekretärin auf sich aufmerksam zu machen.

»Du fragst halt nur, wenn nicht gerade ein kleiner Typ mit im Raum ist.«

»Nee, mach ich nicht.« Eva blickte auf den Tisch.

»Warum nicht?« Vor lauter Anspannung war Jonas' Nase frei geworden, und er atmete schnell und flach. »Warum nicht? Kostet dich doch nur fünf Minuten. Und hinterher erzähle ich dir noch ein paar interessante facts für deine Studie.«

Eva legte ihre Plastikgabel hin und sah hoch. Erstaunt stellte Jonas fest, daß ihre Augen und Wangen rot waren. So schnell konnte sie sich doch nicht angesteckt haben! »Was hast du?«

»Nichts.« Eva stand auf. »Aber es geht wirklich nicht.« Sie hatte keine Kraft mehr zum Lügen. Daß Jonas ausgerechnet Frau Appelt erwähnte, die alle Erinnerungen wieder in ihr hochbrachte! »Ich kenne nicht nur Bauer persönlich, ich kenne auch die Sekretärin. Ich kenne sie sogar sehr gut. Sie haben meine Ehe zerstört.« Und weil dieser Satz in einer Studenten-Cafeteria so unerhört pathetisch klang, verließ sie im Eilschritt das Lokal.

Striptease postmodern

»Hier ist der automatische Anrufbeantworter von Britta. Pech gehabt. Ich bin nicht da oder habe keine Lust, zum Telefon zu kommen. Wenn ihr mir eine Nachricht ...«

Sigmund legte auf. Diesen Spruch hörte er nun schon zum vierten Mal. In Deutschland war es jetzt drei Uhr nachts, ein stinknormaler Mittwoch. Konnte sie so lange unterwegs sein? Vielleicht war sie ein paar Tage zu ihren Eltern nach Salzgitter gefahren. Oder war sie bei einem Lover, wie sie sich auszudrücken pflegte? Sigmund mochte weder das Wort noch die Vorstellung. Seit ihm Professor Knospe von den Wahnzuständen Lydia Ottones erzählt hatte, wurde er den Gedanken nicht los, daß ihr etwas zugestoßen sein könnte. In Brittas Direktheit lag auch etwas Schutzloses, dachte er, und in ihm regte sich ein männlicher Beschützerinstinkt, zart wie das Trippeln einer Maus auf Linoleum. Sie würde eine Gefahr nicht erkennen, wenn sie sich in ihr befand, sondern womöglich noch »das fetzt!« sagen.

Sigmund hing den Hörer des öffentlichen Telefons ein und starrte auf den Rinnstein, als könnte er ihm zu einer Erleuchtung verhelfen. Was konnte er, aus tausenden Kilometern Entfernung, unternehmen? Die anderen anrufen? War es nicht unglaublich peinlich, mitten in der Nacht aus USA anzuklingeln und zu sagen, liebe Leute, ich mache mir Sorgen um Britta, eine wahnsinnige Autorin könnte sie entführt haben? Sie würden ihn für verrückt halten. Er mußte es auf andere Weise versuchen.

Mit unsicheren Händen wählte er Sheilas Nummer. Sie war als Nachtarbeiterin bekannt und wußte um die Zeitunterschiede zwischen USA und Europa. »Hallo Sheila«, sagte er, als sich die Geschlechterforscherin putzmunter und bester Laune meldete. »Stell dir vor, ich bin gerade in San Francisco und habe auch schon deine Uni besucht. Ja, great city, genau. Jaja, unheimlich nice people. Relaxed, genau, das ist das Wort. Aber hör mal, Sheila ...«, ihr Redefluß war schwer zu bremsen, »hast du in den letzten Tagen was von Britta gehört? Ich brauche unbedingt eine bibliographische Angabe von ihr und kann sie nicht erreichen.«

Am anderen Ende der Leitung wurde es still. »Am Montag haben wir uns noch alle im Strandbad Mitte getroffen«, hörte Sigmund dann. »Weißt du, Britta hat eine irre Entdekkung gemacht. Sie hat festgestellt, daß Lydia Ottone vielleicht einen Roman von Giuseppe Firenze abgeschrieben hat.« Sigmunds Telefonohr lief rot an. »Sie wollte das erst noch genau überprüfen und mir heute Bescheid sagen.« Sheila schwieg. »Hat sie aber nicht gemacht.«

In Sigmund wirbelte eine Staubwolke auf. Sollten sich seine düsteren Ahnungen bestätigen? »Meinst du, ihr könnte etwas zugestoßen sein?« fragte er rasch.

»Wie bitte??« Sheila war platt. »Wieso sollte ihr denn ...«

Sigmund tadelte sich für seinen Ausbruch. »Ich meine ja nur ... ich brauche doch unbedingt diese bibliographische Angabe von ihr ... und kann sie nicht erreichen ... könntest du rausfinden, wo sie steckt, und mir Bescheid sagen? Vielleicht weiß Eva was, oder Hans oder Carlo, oder man kann über die Auskunft ihre Eltern erreichen.«

Sheila fand das alles ein bißchen übertrieben. Sie wollte erst noch ihren Aufsatz fertigschreiben, dann wollte sie ausschlafen, im Café Mental frühstücken, und erst danach würde sie sich um Brittas Verbleib kümmern. »Call me again tomorrow around this time!«

Enttäuscht ließ Sigmund den Telefonhörer sinken. Die Zeit drängte. Wieso hatte er sich nicht klarer ausgedrückt?

Seufzend ging er zurück in den City Lights Bookstore, den berühmten Buchladen, der seit 1953 an der Kreuzung von Columbus Avenue und Broadway stand und eines der Zentren der Beat-Bewegung, von Rauschzuständen und Lebenshunger, gewesen war. Auf drei Stockwerken war er vollgepackt mit Büchern, oben gab es einen kleinen, fensterlosen Poetry Reading Room mit Werken von Beat-Autoren wie Lawrence Ferlinghetti und Allen Ginsberg. Bestimmt war auch Lydia Ottone in den fünfziger und sechziger Jahren hier ein- und ausgegangen und hatte hier, mit den Drogen der ersten Hippies, womöglich den Keim zu ihren jetzigen Wahnzuständen gelegt. Wie um alles in der Welt interviewte man eine Wahnsinnige?

Sigmund stellte sich vor den Stand »Latinamerican Literature/Criticism« im Erdgeschoß und nahm ein Buch in die Hand. Ohne hinzusehen, blätterte er darin herum. Dies war der ideale Ort, um sich unauffällig den Objekten seiner Recherche zu nähern, denn durch das Fenster hatte man einen Blick auf die Striptease-Lokale am Broadway. Schräg gegenüber lag das »Condor«, in dem 1964 Carol Doda als erste topless Tänzerin mit stetig wachsendem Silikon-Busen die Zeitgenossen erregt hatte. Heute war es ein »sports restaurant« mit Billardtischen und Videoleinwänden, auf denen Football-Spiele übertragen wurden, für Sigmunds Zwecke uninteressant. Aber rechts und links vom »Condor« lagen Lokale wie »Big Al's« und »Hungry I«, deren riesige, gekurvte Leuchtreklamen eindeutig von ihrer Bestimmung kündeten. In eines dieser Lokale würde Sigmund heute abend gehen. Es fehlte ihm nur noch ein bißchen Mut.

Als der Buchladen um neun Uhr schloß, riß sich Sigmund von seinem Beobachterposten los. Im Geiste trug er wieder den Schnurrbart und den schwarzen Hut, die ihm in Rom zu mehr Selbstbewußtsein verholfen hatten. Er überquerte die Staße und mischte sich unter die Touristen vor dem »Condor«, die auf die Fotos von Carol Doda im Inneren des Lokals starrten.

Es war noch zu früh für Striptease. Vor dem »Big Al's« stand ein Türsteher in dunkelblauem Anzug mit Gel im Haar und betrachtete seine langsam wachsenden Fingernägel. Sigmund ging an ihm vorbei, wobei er versuchte, einen Blick auf die Eintrittspreise zu erhaschen, die auf einer Tafel am Eingang klitzeklein angeschrieben standen. Er hatte keine Ahnung, wieviel der Besuch eines solchen Lokals kosten mochte. Ob sein Stipendiengeber die Quittungen wohl als Spesen akzeptieren würde?

Über dem Eingang des »Hungry I« lockten große schwarze Lettern mit einer »Exotic Strip Revue«. Direkt darunter stand eine junge Frau, die in Sigmunds Augen wohltuend nach Studentin aussah. Sie war klein, hatte die langen schwarzen Haare zu einem dünnen Pferdeschwanz nach hinten gebunden und trug eine mächtige braune Brille. Gekleidet war sie für einen Betriebsausflug der Ortskrankenkasse oder ein Seminar an der Humboldt-Universität, mit einer schwarzen, nicht sehr eng anliegenden Hose und einem praktischen Rolli von undefinierbar dunkler Farbe.

»Hi!« Sie lachte ihn an, und ihre kleinen Augen verengten sich hinter den Brillengläsern zu beinahe großmütterlicher Herzlichkeit. »Why don't you come in?«

Ja, dachte Sigmund, warum eigentlich nicht? Diese Frau sah aus, als wenn sie eine ähnlich wissenschaftliche Einstellung zu dem Dargebotenen einnehmen könnte wie er. Der Eintritt koste zehn Dollar, klärte sie ihn auf und führte ihn durch einen Schlitz im schweren Vorhang herein. Der Raum, den er betrat, war schmal und langgezogen, nur wenige Sitzreihen zogen sich an zwei Seiten der rechteckigen Bühne entlang. Sie waren fast leer. An den rotgestrichenen Wänden hingen Ölgemälde von nackten Frauen verschiedener Hautfarben, die ihre langen Haare kunstvoll um sich drapiert hatten. Sigmund setzte sich. Vor ihm, auf der erhöhten Bühne, wickelte gerade eine Frau ihr Bein um eine goldene Stange.

»My name is Maria, I am going to be serving you«, sagte die kleine Studentin und lachte wieder herzlich. »What do you want to drink?« Sigmund hatte Lust auf ein Mineralwasser, aber eine solche Bestellung schien ihm in diesem Laden nicht angebracht.

»One Bailey's«, sagte er zögernd. Maria erklärte ihm, daß er mindestens zwei Drinks zu sich nehmen mußte und daß jeder davon acht Dollar kosten würde. Sigmund schluckte. Dieser Abend kam ihn teurer zu stehen als eine Nacht in der Pension. Wie merkwürdig, daß sie gerade Maria heißt, dachte er noch und blickte der Studentin hinterher, als sie zur Theke nahe am Eingang schlurfte. Dann wurde seine Aufmerksamkeit von der Tänzerin gefangengenommen.

Sie hatte nur noch einen Slip an und drehte sich gerade in einem Affentempo um die aufragende goldene Stange, wobei sie sich mit der einen Hand daran festhielt und mit der anderen ins Publikum wedelte. Dann hielt sie abrupt an, stieß ihr Becken mehrfach energisch in Richtung Stange, ging in die Knie, streckte ihren Po in Sigmunds Richtung, zog sich an der Stange wieder hoch und warf, zum Abschluß ihrer Darbietung, die langen roten Locken nach hinten. Spärlicher Applaus der wenigen Zuschauer begleitete ihren Abgang.

Sigmund sah sich um. In der Reihe hinter ihm saß ein älterer Mann, der, seinem glasigen Blick nach zu urteilen, schon mehr als die vorgeschriebenen zwei Drinks zu sich genommen hatte. Auf den seitlichen Sitzbänken wurde ein gutaussehender Mann von zwei jungen Frauen eingerahmt, die eine mit einer großen Tätowierung am Oberarm und verfilzt hochstehenden blonden Haaren, die andere in einem schwarzen T-Shirt mit bleich geschminktem Gesicht. Sie schwatzten und lachten und wirkten sehr gelöst. Ganz am Rand der Sitzreihe, in eine Ecke seines Sessels gedrängt, saß ein sehr junger, sehr nervöser Mann mit blonden Haaren und zuckte mit den Händen. Der ist auch zum ersten Mal in so einem Laden, dachte Sigmund beruhigt. Aber was machten die jungen Frauen hier? Waren sie Lesben?

»Here's your drink«, sagte Maria und lachte. »Where are

you from?« Um seine wahre Identität zu verbergen, antwortete Sigmund, er sei aus Oberfernau am Knollenbach. Gerade wollte er sie fragen, seit wann dieser Laden existiere, da erhob sich die tätowierte Frau und ging auf die Bühne. Aha, dachte Sigmund, hier sind also Publikum und Darbietende identisch. Eigentlich ein sehr modernes Theaterkonzept.

Die Tätowierte tänzelte erst zu den Klängen der Musik und zog dann ihr T-Shirt aus, wobei außer ihrem BH weitere Tätowierungen zum Vorschein kamen. Auch sie schien sehr fasziniert von der goldenen Stange und wischte sie hingebungsvoll mit ihrem Busen ab. Als sie nur noch ihren Slip anhatte, stand der junge Mann, neben dem sie gesessen hatte, auf, steckte ihr eine Dollarnote ins Höschen und tuschelte ein bißchen mit ihr. Das wiederholte sich noch zweimal während des etwa zehnminütigen Tanzes und auch bei ihrer Nachfolgerin, der Bleichen, die einen sehr ruckartigen Tanzstil pflegte, zwischendurch aber gerne auf einer großen, rot erleuchteten Trommel neben der Bühne kauerte und ihren solcherart angewärmten Po anschließend gen Himmel streckte. Die gehören alle zusammen, dachte Sigmund. Der Typ kriegt das Geld hinterher zurück, und es geht nur darum, die anderen Männer spendabel zu machen. Nicht mit mir! Er verspürte keinerlei Verlangen, sich einem dieser Slips zu nähern. Der nervöse Blondschopf dagegen lag schon fast in seinem Sessel und zuckte jetzt auch mit den Füßen.

»You were great!« rief Maria zur Bühne hin, als die Bleiche ihren Tanz beendet hatte. »I watched every single moment of it!« Dabei lachte sie wieder, und Sigmund fragte sich, ob irgend jemand in diesem Laden den Striptease eigentlich ernst nahm. Vielleicht lag es am Mittwoch oder an der frühen Uhrzeit oder am knappen Publikum. Aber vielleicht war er auch in ein postmodernes Striptease geraten, in dem sich alle über sich selbst lustig machten? Dieser Gedanke hatte etwas Entspannendes. Wenn von allen Anwesenden nur der zappelige Blondschopf und der Trinker hinter ihm an die Bedeutung des Striptease glaubten, dann konnte er auch in Ruhe seinen Recherchen nachgehen. So etwas wie körperliche Begierde wollte sich bei ihm heute abend ohnehin nicht einstellen. Er hatte zu DDR-Zeiten an den Stränden der Ostsee so viele nackte Frauen gesehen, daß ihn kein anatomisches Detail mehr erstaunen konnte. Oder gab es noch einen anderen Grund, warum diese Frauen ihn nicht anzogen? Ja, stellte er nach einigem Überlegen fest. Sie waren einfach zu dünn. Und wieder dachte er an Britta.

Maria brachte ihm den zweiten Drink. Mit einer Bestimmtheit, die ihn selbst erstaunte, bat Sigmund sie, sich neben ihn zu setzen und ihm ein paar Fragen zu beantworten. Maria lachte, besonders als Sigmund Zettel und Kuli herausholte. Wie lange genau der Laden existiere, wisse sie nicht, sagte sie, aber er sei schon sehr alt. »It was a jazz club at first, Barbra Streisand used to sing here«, erklärte sie stolz. Auch Allen Ginsberg und Jack Kerouac seien hier ein- und ausgegangen. Offensichtlich war sie auf Kunden eingestellt, die zusätzlich zum Fleisch auch ein wenig kulturhistorischen Hintergrund geboten bekommen wollten, hatte aber keine intensiven Studien zur Geschichte ihres Arbeitsplatzes betrieben. Sie konnte weder Lydia Ottone mit dem »Hungry I« in Verbindung bringen, noch kannte sie den Namen ihrer mißgünstigen ehemaligen Kollegin Sally Newman. Aber wenn er sich wirklich für die Kulturgeschichte des Striptease interessiere, sagte sie und sah ihn mit ihrem Großmutterblick an, könne sie ihm die Telefonnummern von zwei »real insiders« geben, die von Anfang an dabei gewesen seien. Sigmund frohlockte. Maria kritzelte ihm die Nummern auf sein Papier, und er gab ihr einen Dollar Trinkgeld. Mit einem letzten Blick auf die Tänzerin verließ er das Lokal.

Am folgenden Abend, wie verabredet um zwei Uhr nachts

Berliner Zeit, rief Sigmund wieder bei Sheila an. Sie verlor diesmal keine unnötige Zeit mit sehnsüchtigen Erinnerungen an Kalifornien. »Sigmund, ich habe Eva, Hans, Carlo, Jonas, Frau Westermann und Brittas Eltern angerufen. Keiner weiß irgend etwas. Ich war sogar mit dem Schlüssel der Nachbarin in ihrer Wohnung. Sie ist verschwunden.«

Geistiges Eigentum

Die landläufige Vorstellung vom geistigen Eigentum ist vielleicht nützlich, weil sich der eine oder andere Rechtsstreit damit leichter klären läßt. Auch und gerade die Wissenschaft würde nicht funktionieren, wenn nicht jeder vom Ehrgeiz getrieben würde, neues geistiges Eigentum hervorzubringen. Aber letzten Endes ist geistiges Eigentum eine Fiktion. Wie sollen Gedanken irgend jemandem gehören? Wer weiß, woher ich die Gedanken habe, die ich für meine eigenen halte? Das Gehirn funktioniert wie ein Kopierapparat, der allerdings dem Original – dem sogenannten Original! – ein besonderes Raster überstülpt, es in neue Zusammenhänge integriert. Ist dann dieses Raster wenigstens original? Oder habe ich es auch von woanders hergenommen? Bin ich nur eine Kopie, in vielen, sich überlagernden Schichten? Wozu bin ich dann auf der Welt? Lorenz Feder sagt, um Arbeit zu finden. Aber diese Aussage ist ja auch nicht seine eigene. Er hat sie von den Wirtschaftsbossen übernommen …

Hans war in seinem Gedankengang genau an dieser Stelle angelangt, als das Telefon klingelte. Er hatte seinen Ohren nicht getraut, als er Sheilas Stimme hörte. Sie kam direkt zur Sache. Ob er wisse, wo Britta sei? Als er verneinte, hatte Sheila geseufzt. »Du bist der letzte, den ich anrufe«, sagte sie, was seiner Freude einen Dämpfer versetzte. »Ich glaube, jetzt muß ich in ihrer Wohnung nachsehen.« Der Gedanke, der daraufhin in Hans' Gehirn entstand, war garantiert original und von nirgendwoher kopiert. »Ich komme mit«, hatte er gesagt.

In Brittas Wohnung war kein außerordentliches Chaos zu entdecken, ein Teil des Geschirrs war gespült und sogar das Bett war gemacht. Auf dem Küchentisch lag der Brief von Professor Knospe, an einer Ecke ein bißchen aufgeweicht und eingedellt.

»Sie hat geweint«, sagte Hans gerührt.

Sheila durchsuchte gerade den kleinen Flur. »Hier ist ihr Anrufbeantworter!« rief sie in die Küche herein. »Meinst du, wir sollen ihn abhören?« Hans begrüßte die Gelegenheit, sich zusammen mit der Geschlechterforscherin auf den Boden zu knien und ein kompliziertes technisches Gerät zu erforschen. Eilig trat er aus der Küche auf den Flur, da hatte Sheila bereits auf den einzigen vorhandenen Knopf gedrückt. »Guten Tag, Frau Lischinski«, hörten sie eine Männerstimme. »Hier ist Anselm Klinke. Ich habe mich über Ihren Anruf gefreut. Natürlich möchte ich Ihnen gerne mit Ihrer Magisterarbeit helfen, wenn es in meiner Macht steht. Ich bin noch drei Tage in Berlin und könnte mich jederzeit mit Ihnen treffen. Im Moment bin ich gerade bei einem Freund, der nicht gerne unnötige Anrufe empfängt. Daher ist es wohl am besten, wenn ich mich am frühen Abend nochmal bei Ihnen melde. Bis bald dann, auf Wiederhören.«

Sheila und Hans blickten sich an. »Wer ist denn das?« fragte Sheila.

»Und was soll das heißen, bei der Magisterarbeit helfen?« fragte Hans. Ihm schwante Schlimmes. Offenbar ging es hier um geistiges Eigentum und Kopiervorgänge.

»Meinst du, sie hat die Nachricht noch gehört, bevor sie gegangen ist?« fragte Sheila.

»Vielleicht ist sie im Moment gerade bei diesem Typ?« fragte Hans. Sie schwiegen.

»Laß uns nochmal mit den anderen reden«, schlug Sheila vor. Irgendwie hat sie immer recht, dachte Hans. Ich möchte sie aufessen.

Frau Westermann war völlig aufgelöst. Ihr blondes, sonst sorgfältig frisiertes Haar sah jetzt aus wie ein Kornfeld nach einem Sturm. »Nein«, wiederholte sie, »ich kann mir das nicht erklären. Sie wollte gestern im Institut vorbeikommen und mir das Buch zurückgeben. Als sie nicht kam, dachte ich, ihr sei etwas dazwischengekommen. Und einen Anselm Klinke kenne ich auch nicht. Aber natürlich, benutzen Sie ruhig das Institutstelefon.«

Jonas war immer noch verschnupft, als ihn Sheilas Anruf erreichte. Er hatte sogar eine Beruhigungspille genommen, um nicht ständig an den grünen Umschlag in Bauers Händen denken zu müssen. Daher begriff er nicht auf Anhieb die Tragweite von Sheilas Entdeckung. »Laß mich mal eben den Schuh hier ausziehen«, sagte er. »Der drückt ja tierisch. Ich bin gerade im Schuhgeschäft.« Sheila wartete, bis der Jurist sein normales Erscheinungsbild wieder hergestellt und zwei Verkäuferinnen abgewehrt hatte. »In ihrer Wohnung habt ihr auch nichts entdeckt? … Wie heißt der Typ? Nee, kenn ich nicht. Sorry, da kann ich euch nicht weiterhelfen. Ich hatte ja kaum Kontakt zu ihr. Sie als Romanistin und ich als Jurist …« Evas rote Wangen erschienen vor seinem inneren Auge, als er schloß: »Es ist schlimm, wie anonym die Uni ist. Interdisziplinarität ist einfach nicht möglich.«

»WAAS?« Hans konnte förmlich durch den Telefonhörer erkennen, wie Carlos strahlendes Mondgesicht in sich zusammenfiel. »Ihr könnt sie nirgends auftreiben? Und ihre Eltern wissen auch nichts? Das klingt ja gar nicht gut.« Dann pfiff er durch die Zähne, und Hans glaubte zu sehen, wie sich Carlos Mondgesicht wieder neu aufpumpte. »Ruft doch mal bei Knospe an«, sagte er. »Ich hab das Gefühl, daß der dahinter stecken könnte.«

»Was sagt er?« fragte Sheila, als Hans aufgelegt hatte.

»Blödsinn«, antwortete Hans.

Eva hatte lange nicht mehr geweint. Nach ihrer gescheiterten Ehe hatte sie sich vorgenommen, in allen Lebenslagen zumindest nach außen hin gelassen zu bleiben, um die Schmerzen zu betäuben. Als Jonas Frau Appelts Namen aussprach, war ihr Widerstand jedoch zusammengebrochen. Nicht daß die Sekretärin auch nur entfernt eine so wichtige Rolle bei der Zerstörung ihrer Ehe gehabt hatte wie Bauer. Aber das war es ja gerade: Gerade weil sie Frau Appelt schon beinahe vergessen hatte, traf sie die Erwähnung ihres Namens unvorbereitet und rief ihr die vergangenen Demütigungen überraschend lebendig ins Gedächtnis zurück. Darum weinte sie, als sie wieder zu Hause war, und ging lange nicht ans Telefon. »Endlich, Eva«, hörte sie Sheilas Stimme, als sie nach minutenlangem Klingeln abnahm. »Bist du gerade erst nach Hause gekommen? Hör mal ...« Eva hörte nur unkonzentriert zu. Erst als der Name Anselm Klinke fiel, horchte sie auf. »Ja«, sagte sie, »den kenne ich.« Und ein weiterer Weinkrampf raubte ihr die Stimme.

»Seit wann hast du einen Hund?« fragte Anselm Klinke und starrte entgeistert auf das schwarze Ungetüm an Bauers Seite. Das Ungetüm fletschte zur Antwort die Zähne. »Seit dieser verdammten Geschichte«, sagte Ralf Bauer. Er saß an seinem schweren Eichenholzschreibtisch und hatte den Hund an einem der Tischbeine festgebunden. »Ich hab mich nicht mehr sicher gefühlt. War sogar beim Seelendoktor. Aber nur ein einziges Mal. Ein Hund ist billiger und nützlicher als diese Klugscheißer.« Er starrte Klinke mißmutig an. »Du hast mich da reingeritten. Jetzt werde ich erpreßt. Wenn es rauskommt, daß ich dir bei deinen verdammten Geschäften Tips gegeben habe, bin ich geliefert.« Anselm Klinke überflog die Briefe, die Bauer ihm reichte, und studierte lange die Namensliste. Dann lehnte er sich entspannt zurück und lächelte erst den Hund, danach seinen Halter an. »Weißt du was, Ralf«, sagte er. »Darüber würde ich mich an deiner Stelle gar nicht aufregen. Da gibt es doch eine ganz einfache Lösung.«

Warum fragen Sie?

»Hi«, sagte die frischgefönte Flughafenangestellte, »you look lost. How can I help you?«

Wirklich hartnäckig, diese Frau, dachte Sigmund. Wer weiß, was sie für Absichten hat. Er schenkte ihr keine Beachtung, sondern steuerte auf den Check-in-Counter zu. Dort wartete bereits Professor Knospe auf ihn. Neben den ganzen anderen Menschen sah er kleiner und grauer aus als sonst, er trug einen dünnen Mantel über seinem Sakko und hätte auch gut als kränkelnder Bankangestellter durchgehen können. Sigmund zögerte eine Sekunde, bevor er ihn begrüßte. Konnte man einem Menschen seine Biographie nicht ansehen? Wieso waren Knospes Brillanz, seine Redegewandtheit, sein ganzes angestautes und in immer neue Richtungen gerührtes Wissen auf diesem Flugplatz so gar nicht zu erkennen? Womöglich wäre ihm auch Lydia Ottone, in einer Schlange vor der Paßkontrolle stehend, gar nicht als bemerkenswert aufgefallen.

»Da sind Sie ja«, sagte Knospe. Er wirkte immer noch übermüdet. Vielleicht dachte er an Mona, die er in der Dunkelkammer zurückgelassen hatte. Gemeinsam zeigten sie ihre Tickets vor, nahmen die Bordkarten in Empfang und warfen ihr Gepäck auf das Laufband der Sicherheitskontrolle. Knospe kaufte noch schnell einen Schlips und Sigmund eine Biographie von Tilly Snaps. Er hatte noch nie zuvor von ihr gehört, aber laut Buchdeckel hatte sie einschlägige Erfahrungen in San Franciscos Nachtclubs gesammelt. Damit würde er sich im Flugzeug die Zeit vertreiben.

»Ich finde es wirklich eine gute Idee von Ihnen, daß Sie sich jetzt erst einmal theoretisch über das Genre der Biographie klarwerden wollen«, sagte Knospe, kurz nachdem sie ihre Sitze im Flugzeug eingenommen hatten. Die Stewardessen hatten ihre Gymnastik mit den Sauerstoffmasken und Schwimmwesten schon beendet. »Ich glaube, die theoretische Arbeit liegt Ihnen auch viel mehr. Wenn Sie danach doch noch eine Biographie von Lydia Ottone schreiben wollen, müssen sie halt noch einmal nach Kalifornien fliegen.«

Halt noch einmal fliegen. So sprach nur jemand, der sich über Flugpreise keine Gedanken zu machen brauchte. Aber Sigmund haderte nicht mit dem Schicksal, das ihn zwang, seine Recherchen zu unterbrechen und zusammen mit Professor Knospe zurück nach Berlin zu fliegen. Es war viel wichtiger, bei dem Gespräch mit Mr. Norton dabei zu sein, als in San Franciscos Striptease-Lokalen nach ehemaligen Kolleginnen von Lydia Ottone zu forschen. Wichtiger für seine Arbeit, denn er hoffte, durch den persönlichen Kontakt zu Norton doch noch einen offiziellen Termin bei Lydia Ottone zu bekommen, ganz ohne Erpressung und Hungerstreik. Und wichtiger auch für sein Privatleben.

Sigmund studierte das Menü, auf dem kreolisches Huhn mit Reis und zum Dessert ein Mississippi Mud Pie angekündigt wurden. Als er Knospe am Tag nach dem Gespräch mit Sheila von Brittas Verschwinden erzählt hatte, war der Professor hellgelb angelaufen. »Das darf nicht wahr sein«, hatte er immer wieder gemurmelt und so kläglich ausgesehen, daß Sigmund gar nicht wagte, ihm von Brittas These über Lydia Ottone als Fälscherin zu erzählen. Dann hatte Knospe mit einer abrupten Bewegung den Telefonhörer an sich gerissen wie ein kalifornischer Cowboy seinen Colt.

»Mr. Norton? Hier Professor Knospe von der Berliner Humboldt-Universität. Können Sie mir bitte die direkte Telefonnummer von Lydia Ottone geben? Ich muß unbedingt mit ihr sprechen, und zwar persönlich. – Wo ist sie denn, wenn sie nicht auf ihrem Gut ist? – Hören Sie, Mr. Norton, ich rufe Sie nicht aus einem nichtigen Anlaß an. Sie haben mir geschrieben, daß Lydia Ottone unter dem Wahn leidet, Wissenschaftler wollten ihr Werk zerstören. Nun ist eine Studentin von mir, die über Lydia Ottone gearbeitet hat, verschwunden. Verschwunden, hören Sie? Und da sagen Sie mir, Sie wissen nicht, wo Lydia Ottone ist? – Ich fühle mich verantwortlich für diese Studentin! Ich verlange eine Erklärung!«

An dieser Stelle hatte Norton offenbar etwas Unerwartetes und vielleicht Verletzendes gesagt, denn Professor Knospe zuckte zusammen und verließ mit dem Telefonhörer am Ohr den Raum. Als er wiederkehrte, sah sein graues Haar zerrauft aus. »Mr. Norton kommt übermorgen nach Berlin«, sagte er. »Wollen Sie mitkommen?«

Sigmund hatte keine Sekunde gezögert. Jetzt da er neben Knospe im Flugzeug saß und von einer aufdringlichen Stewardeß mit Orangensaft zugeschüttet wurde, kam ihm Knospes Verhalten merkwürdig vor. »Haben Sie Lydia Ottone eigentlich einmal kennengelernt?« fragte er. »Früher, als sie noch normal war?«

Knospe ließ seine Zeitung sinken. »Warum fragen Sie?« Seine Stimme klang scharf.

»Nur so.« Sigmund wich erschrocken zurück und versuchte zu scherzen. »Ich dachte, Sie könnten vielleicht zu einem Informanten für meine Biographie werden – falls ich sie doch noch schreibe.« Er blickte auf die Videoleinwand, auf der gerade ein »Well being«-Programm lief. Lachende Menschen auf Flugzeugsitzen waren zu sehen, die im Takt ihre Hälse drehten und Füße anhoben. Auf diese Weise blieben sie den ganzen Flug hindurch fit. Sigmund drehte seinen Hals ebenfalls und sah Knospe an.

»Ich habe sie nur einmal bei einer Lesung erlebt«, antwortete der Professor langsam. »Sie war eine sehr beeindrukkende Vortragende. Vor allem ihre Augen. Wenn sie ins Publikum guckte, fühlte man sich geradezu durchleuchtet, als könnte sie die Lebensgeschichten der Menschen aus ihren Gesichtern aufsaugen. Es ist eine furchtbare Vorstellung, daß sie offenbar den Verstand verloren hat.«

Sigmund nickte. Von Ottones stechenden Augen sprach

jeder, der sie kennengelernt hatte. Für seine Biographie hatte er die wissenschaftliche These aufgestellt, daß sie sich diesen Blick im Striptease-Lokal angewöhnt haben könnte. Er nahm das Hochglanzmagazin der Fluggesellschaft und blätterte durch all die Parfüms und Uhren, die er hier zollfrei einkaufen konnte. Die Stewardessen servierten das Abendessen, ein Film auf der Videoleinwand ging zuende, und die Menschen packten ihre Decken und Schlafbrillen aus. Bald würde auch Professor Knospe einnicken. Aber vorher wollte Sigmund noch eine Frage loswerden.

»Meinen Sie denn, daß sie vielleicht recht hat?«

»Womit?«

»Daß die Wissenschaft literarische Werke zerstören kann?« Sigmund hatte sich schon so sehr mit seiner Figur identifiziert, daß ihm diese Vorstellung gar nicht mehr absurd erschien.

Knospe seufzte. »Ach wissen Sie, das ist ein alter Konflikt, Kunst und Wissenschaft. Ist es ein ähnlicher oder ein gegensätzlicher Impuls, der Künstler und Wissenschaftler treibt? Die einen schaffen, die anderen analysieren. Oder tun beide beides? Nähern sich Kunst und Wissenschaft heutzutage an? Kann ein Mensch gleichzeitig Künstler und Wissenschaftler sein? Erwarten Sie von mir darauf keine Antworten. Ich persönlich bin schon an dem Konflikt gescheitert.«

Er sagte den letzten Satz in einem Ton, der Sigmund zum Verstummen brachte. Den ganzen Atlantik über und auch bei der Zwischenlandung in London am Morgen wechselten sie kein weiteres Wort. Sigmund schlief nur wenig. Statt dessen vertiefte er sich in die Biographie von Tilly Snaps und stellte fest, daß sie im vorigen Jahrhundert gelebt hatte. Damals, zu Zeiten des Goldrauschs, gab es nur wenige Frauen in San Francisco, aber die, die es gab, waren wild. Tilly Snaps hatte mehrere Totschläge auf ihrem Gewissen, allesamt ausgeführt mit einer Schnapsflasche auf die Hals-Aorta ihrer Gegner – Ereignisse, von denen auch ihr Künstlername Snaps herrührte. Verglichen mit der hitzigen Saloon-Besitzerin war Lydia Ottone zahm. Das wollte er sich immer wieder sagen, bevor er zum Interview bei ihr geladen werden würde. Sie hat nur eine scharfe Zunge, dachte Sigmund, aber sie wirft nicht mit Flaschen.

Als sie in Tegel ankamen, sagte Knospe nur: »Seien Sie pünktlich morgen.« Keiner von beiden erwähnte Britta.

Ein gewisser Charme

Phil Norton trug einen Anzug, in dem der Ehrgeiz ganzer Generationen von Schneidermeistern steckte. Die große Tradition des British Empire blitzte aus jeder Bügelfalte, und der Stoff verströmte Gediegenheit aus allen Fasern. Für Berliner, insbesondere für Uni-Verhältnisse war er damit um einige Ellen zu schick. Überhaupt erschien ihm, aus einer Weltstadt kommend, die weiträumige Ansiedlung rund um Spree und Havel durchaus anstößig. Ein wenig besänftigt wurde er durch den Anblick von Professor Knospes eleganter Altbauwohnung am Savignyplatz in Charlottenburg, die, dank Monas großformatigen Fotografien an allen Wänden, den Eindruck einer Galerie machte.

Zahlreiche Tränensäcke und Krähenfüße blickten auf Norton herunter, während er den Flur durchschritt. Mona hatte die Bilder noch kurz vor ihrer Abreise nach Berkeley hier aufgehängt, nachdem ihre kleine Ausstellung in Mitte zu Ende gegangen war. Nun arbeitete sie schon mit Volldampf an ihrem Frauen-Projekt, hatte jedoch noch immer keine Antwort von Lydia Ottone bekommen. Knospe war unsicher, ob er Norton darauf ansprechen sollte. »Meine Frau will Bilder von Lydia Ottone machen, bitte erlauben Sie ihr das nicht«!? Wie das klang. Andererseits konnte er auch nicht hoffen, daß Mona von ihrem Plan Abstand nehmen würde, nur weil Lydia Ottone wahnsinnig geworden war. Im Gegenteil. Es würde sie auf eine neue Idee bringen, und sie würde das folgende Jahr damit verbringen, Verrückte abzulichten. Knospe kannte sie lange genug. Und mit Inbrunst wünschte er sich eine Lehrerin zur Ehefrau.

»What a lovely apartment you've got«, sagte Norton zu Knospe und ließ sich mit offensichtlichem Behagen durch die Räume führen. Sein Anzug, der durch allerhand unerfreuliche Erlebnisse mit Berliner Taxifahrern und Verkäuferinnen gelitten hatte, glättete sich bei jedem Meter. Erst als er ins Wohnzimmer trat, stockte er erneut. Denn dort wartete nicht etwa eine erlesene cup of tea, sondern ein Haufen von Studenten in Second-hand-Klamotten. Nur Frau Westermann und Jonas waren so gekleidet, daß britische Augen sich nicht von ihnen abwenden mußten.

»Das sind einige Teilnehmer meines Hauptseminars«, erläuterte Knospe. Er zog die Tür hinter sich zu und schloß die neugierigen Blicke der alten Männer aus. Der Raum war groß und hell und hatte einen Halogenfluter in jeder Ecke. Eine Wand war vollständig mit Bücherregalen bedeckt, deren Bücher nach keinem erkennbaren Prinzip geordnet waren, weder nach Sachgebiet noch nach Alter, Alphabet oder Farbe. Knospe liebte eben das kreative Chaos. Er fuhr fort: »Die Studenten und meine Sekretärin, Frau Westermann, haben sich alle mit Lydia Ottone beschäftigt und kennen die Verschwundene. Ich dachte, sie sollten bei dieser Gelegenheit dabei sein.«

Norton zauberte ein Lächeln von ausgesuchter Höflichkeit auf sein Gesicht und begrüßte die anwesenden Damen, Frau Westermann, Eva und Sheila, mit einer Verbeugung. Sheila zeigte sich der Herausforderung gewachsen und lächelte huldvoll zurück. Die alten Formen der Inszenierung der Geschlechterrollen haben doch einen gewissen Charme, dachte sie. Hans hatte einen ganz ähnlichen Gedanken, der bei ihm aber mit einem Hormonstoß verbunden war. Sie ist keine Lesbe, dachte er erleichtert. Eine Lesbe lächelt nicht so. Oder doch? Tarnt sie sich nur so geschickt? Ich möchte sie aufessen. Dann musterte er Norton skeptisch. Dieser Lackaffe sollte etwas Wesentliches von sich geben?

Sigmund wischte sich den Schweiß von der Stirn. Er hatte zwei Nächte nicht mehr vernünftig geschlafen, und seine biologische Uhr war irgendwo über dem Atlantik stehengeblieben. Wenn er dann doch mal eine Stunde lang schlief, wachte er mit rasendem Herzen wieder auf. Das hatte mit dem jet lag zu tun, sagte er sich. Und mit Britta.

Norton setzte sich. »Ich möchte Sie gleich in einem Punkte beruhigen«, hob er an. Alle Augen hingen an seinen schmalen Lippen. »Die Verschwundene ist wieder aufgetaucht. Sie befindet sich in guter Verfassung und wird möglicherweise noch im Laufe dieses Gesprächs hier erscheinen.«

Carlo begann sofort zu strahlen, denn viel länger hätte er es mit so einer bedrückten Miene gar nicht ausgehalten. Sigmund fiel ein Felsbrocken vom Herzen. Er tauschte einen kurzen Blick mit dem Professor. Frau Westermanns Knie zitterten. Nur Eva zeigte keinerlei Reaktion.

»Aber wo war sie? Wo ist Lydia Ottone? Was soll dieses ganze Spiel?« fragte Carlo mit ingenieur-typischer Direktheit.

Norton strich sich über seine Anzughose, als könne er aus der Berührung mit ihr magische Kräfte gewinnen. »Ich muß Ihnen zunächst etwas Betrübliches mitteilen, das ich gerade Ihnen, Herr Professor, lieber unter vier Augen gesagt hätte«, verkündete er mit einem vorwurfsvollen Blick auf Knospe. »Lydia Ottone ist nicht wahnsinnig. Sie ist bereits seit drei Jahren tot.«

An Exzentriker gewöhnt

Das Läuten der Türklingel ließ die fassungslose Stille platzen. Der Professor, der aschfahl geworden war, sprang auf, als sei er dankbar, dem Raum entfliehen zu können. Als er zurückkam, hatte er Britta an der Hand. Sie sah verheult aus, aber ihr Haar leuchtete orange wie eh und je, und auch ihre überflüssigen Pfunde waren noch alle da.

»Hallo«, sagte sie matt und ließ sich auf einen Stuhl fallen. Sigmund versuchte ein Lächeln.

»Lydia Ottone ist seit drei Jahren tot«, wiederholte Norton. »Sie hatte Krebs. Aber Sie wissen ja: Lydia Ottone war eine ungewöhnliche Frau. Sie hatte eine Reihe von letzten Wünschen, die normalen Menschen vielleicht exzentrisch erscheinen, mir als ihrem langjährigen Privatsekretär jedoch Befehl sind. Auch der Verlag Clark and Clark Publishers –«, und er strich sich erneut über seine perfekte Bügelfalte, »ist seit Jahrhunderten an die Exzentrizitäten seiner Autoren gewöhnt und bemüht sich nach Kräften, ihre Wünsche zu erfüllen.«

Schließlich verdient ihr auch schon seit Jahrhunderten sehr gut mit euren exzentrischen Autoren, dachte Jonas der Jurist auf seine pragmatische Art.

»Lydia Ottone wollte, daß ihr Tod der Öffentlichkeit so lange wie möglich verborgen bleiben sollte«, fuhr Norton fort. »Sie wollte gewissermaßen nach ihrem Tode ein fiktives Leben weiterführen. Vielleicht können Sie als Literaturkenner das verstehen: Nachdem sie ihr Leben lang Herrin über so viele Intrigen gewesen war, wollte sie nicht mit dem Tod die Kontrolle abgeben. Sie wollte noch eine letzte, eine reale Intrige inszenieren. Außerdem hatte sie einiges zu verbergen, wie Sie ja jetzt wissen.« Britta verzog keine Miene. Carlo achtete nicht drauf, daß sein Mund offenstand. Der Professor war immer noch aschfahl. »Aber ich habe doch einen persönlich von ihr unterzeichneten Brief bekommen«, sagte er schwach.

»Den habe ich geschrieben«, sagte Norton, und ein Funken von Stolz huschte über seine Gesichtszüge. »Sie hat mir eine Menge Briefbögen mit ihrer persönlichen Unterschrift hinterlassen. Auf diese Weise konnte ich ihre Bekannten und Kollegen ruhighalten. Ich habe immer nach außen vertreten, sie habe sich auf ihr Landgut in Cornwall zurückgezogen und wünsche keine Besuche. Lydia Ottone und ich wußten beide, daß das nicht ewig gut gehen konnte. Aber immerhin haben wir, habe ich drei Jahre lang den Tod einer weltberühmten Autorin vor der Weltpresse geheimhalten können!« Vor der Weltpresse vielleicht, dachte Sigmund. Aber nicht vor uns.

»Sie haben meinen ersten Brief an Lydia gelesen?« fragte der Professor. Die Studenten horchten auf. Welcher erste Brief? Und warum das vertrauliche »Lydia«?

»Natürlich«, antwortete Norton. »Und ich habe Ihnen in Lydias Worten geantwortet, Sie möchten Ihre Studenten davon abhalten, Forschungen über sie zu betreiben. Daß der Name Giuseppe Firenze auftauchte, hat mich natürlich über die Maßen alarmiert. Ich habe Sie daran erinnert, daß Sie Lydia Ottone noch –«, er hielt inne und guckte bedeutungsvoll, »einen Gefallen schuldeten«. Der Professor war zu einem Häufchen Elend zusammengesunken. Britta sah ihn fassungslos an. So erklärte sich Knospes Brief an sie, der sie in eine Identitätskrise gestürzt hatte?

Norton wandte sich an sie. »Lydia Ottone hatte auch Vorkehrungen getroffen, was passieren sollte, falls jemand auf die Spur von Giuseppe Firenze kommen würde. Sie hatte einem Archivar in Siena eingeschärft, daß er das Manuskript nicht herausgeben durfte. Aber dieser Gustavo ist alt und vergeßlich, er hat nur ›L'angelo in oscuro‹ zurückgehalten und ›La fortuna dei panini‹ herausgegeben. Wir haben daraufhin einen routinierten Kleinkriminellen engagiert, der uns die Kopien wiederbeschaffen sollte.« Die Höflichkeit des Gentleman erlaubte es nicht, an dieser Stelle ins Detail zu gehen. Britta errötete, und Sigmund fragte sich, ob sein römischer Reinfall wohl auch von Norton inszeniert worden war.

»Dies gelang nur halb. Daraufhin mußte ich auf Sie, Herr Professor, stärkeren Druck ausüben und mit Lydia Ottones Wahnzuständen drohen, zumal auch Herr Fleck« – er sah Sigmund mit einem Lächeln an, das nur Eingeweihte als spöttisch erkennen konnten – »nicht so leicht von seinen Recherchen abzubringen war, wie wir gedacht hatten. Wir mußten sogar Lydia Ottones Doppelgängerin, die ihr schon zu Lebzeiten gute Dienste erwiesen hat, losschicken. Sie wissen ja, wir haben in England Agenturen, die Doppelgänger vermitteln. An dieser Stelle ist mir die Intrige jedoch entglitten. Es war nicht vorgesehen, daß Sie Miss Leischeinskeis Verschwinden so schnell bemerken und sofort Alarm schlagen.«

Frau Westermann hatte Mitleid mit ihrem aschfahlen Chef. »Ich glaube, wir sollten Professor Knospe eine Weile allein lassen«, sagte sie.

Die Studenten erhoben sich, und auch Norton brachte seinen Anzug in eine aufrechte Position. Bevor er die Wohnung verließ, drückte er Knospe einen Umschlag in die Hand. »Das ist ein Brief von Lydia Ottone an Sie«, sagte er. »Er ist, zur Abwechslung, echt. Sie hat ihn kurz vor ihrem Tode geschrieben.«

Leise rieselt der Staub

Britta war ganz ungewohnt still. Sigmund begann schon, sich Sorgen zu machen: War sie etwa während ihres dreitägigen Verschwindens mißhandelt worden? Glücklicherweise wußte er jetzt, wie sich eine mißhandelte Frau fühlt; er hatte sich ja während seines Flugs nach Kalifornien intensiv genug in die junge Lydia Ottone hineinversetzt. Daher war ihm klar, daß er jetzt sehr sensibel reagieren mußte. Das Wetter war genauso heiter bis wolkig, wie die Meteorologin des ZDF es gestern vorausgesagt hatte, und bot keinerlei Anknüpfungspunkt. Sigmund strich mit seinem Finger über das Holz der Bank am Savignyplatz, auf der sie saßen, und suchte inmitten des Verkehrslärms der Kantstraße nach einer geeigneten Gesprächseröffnung.

»Wie mag sich Knospe jetzt wohl fühlen? Glaubst du, daß er mal was mit Lydia Ottone hatte?« Britta zuckte zusammen. Das war offenbar der falsche Weg.

»Ich würde natürlich gerne wissen, wie es dir in den letzten Tagen ergangen ist«, Sigmund machte einen zweiten Versuch, »aber wenn du nicht darüber reden möchtest, ist es auch in Ordnung.« Britta beugte sich von der Parkbank herunter, um einen Grashalm abzureißen. »Erzähl mir lieber, wie ihr darauf gekommen seid, daß ich weg war«, sagte sie.

»Knospe hat mir erzählt, daß Lydia Ottone Wahnzustände hätte.« Sigmund machte eine Pause. »Ich habe mir Sorgen um dich gemacht und habe erst bei dir, dann bei Sheila angerufen.«

Britta hatte an diesem Tag schon so viel Unerwartetes gehört, daß ihre Kapazitäten, sich zu wundern, eigentlich erschöpft waren. Aber daß ausgerechnet Sigmund sich um sie gesorgt und aus Kalifornien Nachforschungen angestellt hatte, das erschien ihrem betäubten Hirn dann doch wie eine mittlere Sensation. »Nett von dir«, sagte sie kraftlos. Abrupt fuhr sie fort: »Kannst du dir das vorstellen, daß Lydia Ottone wirklich tot ist? Ist das nicht fürchterlich?« Voller Trauer steckte sie den Grashalm in den Mund.

»Naja, eine Überraschung ist es allerdings«, gab Sigmund zu. »Ich möchte ja als Diss eine Biographie von ihr schreiben« – Britta riß den Mund auf, aber der Grashalm blieb an ihrer Unterlippe kleben – »und das kann ich jetzt vielleicht sogar besser als vorher. Norton hat mir versprochen, daß ich jetzt, wo ihr Tod sowieso nicht mehr zu verheimlichen ist, als erster Wissenschaftler Einblick in ihren Nachlaß erhalten werde.«

»Wow«, sagte Britta. »Das fetzt!« Ausgerechnet Sigmund, der immer so staubtrocken gewesen war, hatte sich so ein Thema unter den Nagel gerissen! Eine Biographie der großen, wilden, betrügerischen Lydia Ottone! Und dann hatte er es noch geschafft, Norton innerhalb von zehn Minuten ein solches Zugeständnis abzuringen – denn länger waren sie und die anderen Teilnehmer des Hauptseminars Intrige gar nicht mehr mit Norton zusammengeblieben, nachdem sie Knospes Wohnung verlassen hatten. Vor ihrem inneren Auge rieselten ganze Zentner Staub von Sigmund ab. Hatte sie ihn nicht schon einmal Siggi genannt, damals in Siena? Und hatte er nicht ein wirklich nettes Lächeln?

»Weißt du was«, sagte sie, »eigentlich finde ich es total scheiße, daß Lydia Ottone von Giuseppe Firenze abgeschrieben hat. Aber trotzdem weiß ich nicht, ob man das verraten soll. Ich will ihr ja nicht schaden. Mußt du das unbedingt in deiner Biographie erwähnen?«

Sigmund lachte leise. »Darüber habe ich auch mit Norton gesprochen. Er meinte, du kannst das ruhig groß herausbringen, daß sie ein Manuskript abgeschrieben hat. Lydia Ottone hat wohl selbst vor ihrem Tod gesagt: Wenn trotz allem rauskommt, daß es ein Plagiat ist, dann soll es mit Tamtam geschehen. Norton freut sich schon drauf. Dadurch kommt sie wieder groß ins Gespräch, und sowas steigert die Umsätze. Du wirst berühmt werden!«

Britta war es eigentlich egal, ob sie berühmt werden würde oder nicht. Aber sie zog einmal mehr innerlich den Hut vor Lydia Ottone, die es fertig gebracht hatte, fast alle Eventualitäten nach ihrem Tod vorauszuplanen.

»Wieso sagst du übrigens, sie habe *ein* Manuskript abgeschrieben?« fragte sie dann. Sigmund guckte verständnislos. »Norton hat doch noch eins erwähnt«, fuhr Britta fort. »Er sagte: ›Gustavo hat nur ›L'angelo in oscuro‹ zurückgehalten und ›La fortuna dei panini‹ herausgegeben. Das bedeutet logischerweise ...« Sie pfiff auf dem Grashalm. Sigmund staunte. Was diese kleine dicke orangehaarige Britta auch nach drei Tagen möglicherweise übelster Mißhandlung noch alles mitbekam!

»Du wirst wirklich berühmt werden«, sagte er bewundernd. »Und wenn du mit deiner Magisterarbeit fertig bist, dann kannst du in die Biographie mit einsteigen. Vielleicht kommen wir dann beide in einem großen Verlag unter!«

Britta hatte sich fest vorgenommen, sich über nichts mehr zu wundern. Sigmunds Zukunftsvisionen schienen ihr an diesem schwülen Augusttag ein bißchen weit hergeholt. Aber sie fand es ganz normal, als er sich zu ihr beugte und ihr den Grashalm aus dem Mund nahm. Deine warmen Lippen, dachte sie noch, bevor sie die Augen schloß.

»Kaffee Keller«

»Am Anfang habe ich überhaupt nichts geschnallt. Sie erinnerte mich an jemanden, aber ich wußte nicht mal, an wen. Als sie dann anfing, englisch zu reden, dämmerte es mir. Ich dachte, ich spinne. Lydia Ottone persönlich, einen halben Meter vor mir! Will sich mit mir unterhalten! Das fetzt ja wahnsinnig, dachte ich noch. Aber nicht lange.«

Sigmund nickte mitfühlend. Er kannte die Geschichte schon. Die anderen dagegen rutschten auf ihren Straßenbahn- und Sperrmüll-Möbeln hin und her. Das Treffen bei Professor Knospe lag gerade mal einen Tag zurück.

»Sie sagte, es wäre am einfachsten, wenn ich mitkomme in die Wohnung ihrer Freundin, das sei ganz um die Ecke. Klar bin ich mitgegangen. Hättet ihr euch dabei was gedacht? Die Wohnung sah auch völlig o. k. aus, nichts Verdächtiges oder so. Sie sagte, sie hätte gehört, daß ich über ihre Werke forsche, und ob ich ihr darüber was erzählen könnte. Blöde Situation. Ich konnte ihr ja schlecht sagen, daß ich herausgefunden habe, daß sie abgeschrieben hat. Also habe ich Giuseppe Firenze gar nicht erwähnt, sondern was von Leerstellen erzählt, ganz allgemein, was eine moderne und was eine postmoderne Leerstelle ist. Das war gar nicht so einfach, alles auf englisch. ›Empty spot‹ habe ich immer gesagt, oder ›vacuum‹. Hat sie aber nicht gerafft. Ich hatte den Eindruck, daß sie gar nicht viel von Literatur versteht. Trotzdem bin ich natürlich nicht auf den Gedanken gekommen, daß sie in Wirklichkeit jemand anders ist. Ich dachte nur, sie ist halt keine Wissenschaftlerin, und vielleicht ist sie auch schon ein bißchen verkalkt.«

Normalerweise war das kleine Studentencafé »Keller« im Untergeschoß der Sophienstraße 22a, das mit seiner Mischung aus Sperrmüll und Kunstobjekten jedem kulturwissenschaftlichen Anspruch gerecht wurde, während der Semesterferien geschlossen. Der Schlüssel lag dann bei Frau Westermann, die ihn für diesen Anlaß herausgerückt hatte. Sie saß ein wenig ungemütlich auf einem grünen alten Sessel, dessen viertes Bein fünfzehn Zentimeter kürzer war als die anderen drei, weswegen Frau Westermann gelegentlich, wenn sie unachtsam ihr Gewicht verlagerte, ruckartig nach hinten links kippte. Sie hatte Tränen in den Augen.

»Ich habe ihr dann ein paar Fragen gestellt, weil ich ja auch wahnsinnig neugierig war. Erst ein paar ganz unauffällige Fragen, woran sie zur Zeit arbeitet, wie ihr Berlin gefällt, wie lange sie schon hier ist undsoweiter. Auch, woher sie wußte, daß ich über sie forsche und daß ich an diesem Tag ins Institut kommen würde.«

Frau Westermann konnte ihre Tränen nicht länger zurückhalten. »Es tut mir so leid!« schluchzte sie. »Ich konnte doch nicht ahnen …«

Britta sah sie ruhig an.

»Nun sagen Sie schon!« forderte sie sie auf.

Die mannsgroße Puppe am Eingang, eines der Kunstobjekte, senkte ihr Haupt sorgenvoll, und die Kiefernzweige, die zur Dekoration an den weißen Wänden des Kellers hingen, nahmen die Form von Geißeln an, mit denen früher reuige Sünder durch die Stadt getrieben wurden. »Ich bekam an dem Morgen, als Sie zu mir kommen wollten, einen Anruf von einer Frau, die sagte, sie sei Lydia Ottone«, erklärte Frau Westermann. »Sie wollte wissen, wo sie Britta erreichen könne. Ich war über den Anruf so aufgeregt, daß ich gar nicht weiter nachgedacht habe. Ich habe ihr sofort gesagt, daß ich um zwölf Uhr mit ihr verabredet war.«

»Und als Britta nicht kam, haben Sie sich nichts gedacht?« fragte Sheila.

»Nein. Studenten sind doch unzuverlässig.«

»Und als Hans und ich Ihnen gesagt haben, daß Britta verschwunden war? Da haben Sie sich auch nichts gedacht?«

Sheilas Stimme war ungewohnt scharf. Hans blickte sie bewundernd an. Heute würde er endlich die Gelegenheit beim Schopf ergreifen und sie fragen. Lorenz Feder hatte ihm eingebleut, daß er klare Verhältnisse schaffen sollte. Auf irgendeine Weise würde er sie nachher abfangen.

»Doch, natürlich habe ich mir Sorgen gemacht«, stieß Frau Westermann hervor. »Aber ich konnte mir wirklich nicht vorstellen, daß Lydia Ottone etwas Böses tun würde. Ich lese sie doch schon seit über dreißig Jahren. Bitte verzeihen Sie mir, Britta.«

»Schon gut«, sagte Britta. »Ich konnte es mir ja auch nicht vorstellen. Auf meine Fragen hat die Tussi nicht richtig geantwortet. Nach einer halben Stunde klingelte es. Herein kamen zwei Männer mit schwarzen Lederjacken. Ich hab mich tierisch erschrocken, weil sie so finster aussahen. Der eine war Deutscher und sagte, ich solle mir keine Sorgen machen, aber sie müßten mich eine Weile in dieser Wohnung behalten. Ich würde genug zu essen und zu trinken bekommen, aber ich dürfte mich nicht entfernen, auch nicht unbewacht ans Fenster oder aufs Klo gehen. Außerdem bräuchten sie meinen Wohnungsschlüssel. Ich hab mir gleich gedacht, daß sie die Kopien aus der Wohnung holen wollten. Meinen Rucksack hatten sie schon durchwühlt, als sie noch im Flur standen.«

Carlo trommelte auf die ausrangierte Blechtür, die als Tisch diente, und schüttete aus der Thermosflasche einen Schluck Kaffee über seine Hand statt in den Becher. Kidnapping, das war am Fachbereich Verfahrenstechnik noch nicht vorgekommen.

»Naja, was sollte ich machen? Ich hab ein bißchen rumgemotzt, aber nicht zu doll, denn sie sahen wirklich nicht so aus, als ob sie Spaß verstehen. Dann habe ich ihnen den Schlüssel gegeben und hab da rumgehangen, endlos kam mir das vor. Die angebliche Lydia Ottone ist irgendwann weggegangen, aber einer von den Typen, abwechselnd der Deutsche und der Engländer, war immer da, auch wenn ich geschlafen habe. Getan haben sie mir nichts, nur ständig geraucht. Ich hab in den Tagen immerhin ein ganzes Buch über Modellflugzeugbau gelesen. Es war das einzige Buch in der ganzen Wohnung.«

Sigmund lächelte, und Britta strich ihm kurz mit der Hand über den Oberschenkel, was bei den anderen Erstaunen auslöste.

»Kurz bevor ich zu Professor Knospe gefahren wurde, kam die angebliche Lydia Ottone wieder und sagte, sie hätte gehört, ich sei in Siena gewesen und hätte dort im Archiv über Giuseppe Firenze gearbeitet. Konnte ich ja schlecht abstreiten, auch wenn ich keine Ahnung hatte, von wem sie die Info hatte. Sie sagte, sie hätte Firenze als junges Mädchen kennengelernt. Wie ein Vater sei er zu ihr gewesen. Kurz vor seinem Tod hat er sie angeblich zu sich gerufen und gesagt, es gebe da noch Manuskripte von ihm, die er selbst nicht veröffentlichen könne, weil sie böse Anspielungen enthielten, zu viele Seneser Bürger würden sich darin wiedererkennen. Dann hat er sie gebeten, dafür zu sorgen, daß die Manuskripte irgendwann doch noch veröffentlicht werden könnten, zum Beispiel in einem anderen Land oder unter einem anderen Namen. Zu seinen Erben hatte er wohl kein Vertrauen.«

»Und du glaubst ihr das?« fragte Jonas. Seitdem er einen Brief von Eva erhalten und erfahren hatte, daß er von ihr instrumentalisiert worden war, hatte er sich vorgenommen, keiner Frau mehr etwas zu glauben, egal wie harmlos sie wirkte. »Warum hat er ihr die Manuskripte dann nicht gleich gegeben, statt ins Archiv?«

Britta schwieg. Sie wußte selbst nicht, wieviel sie von der Geschichte glauben sollte. Vielleicht würde ja durch Sigmunds Recherchen in Lydia Ottones Nachlaß die Wahrheit herauskommen. Sie wußte nur, daß ihre Kopien tatsächlich nicht mehr da waren. Aber sie vertraute darauf, daß Norton seine Kleinkriminellen zurückpfeifen und ihr die Papiere wiedergeben würde. Jetzt, nachdem er sich Knospe und den anderen offenbart hatte, konnte er nicht mehr zurück.

»Wißt ihr jetzt alles, was ihr wissen wollt?« fragte sie in die Runde.

»Nein«, sagte Sheila. »Wer ist Anselm Klinke?«

Sigmund zog die Augenbrauen hoch. Diesen Namen kannte er nicht. War das etwa ein weiterer von Brittas Lovern? Brittas orangefarbene Haare verloren einen Moment lang ihren Glanz.

»Ach, der ...« sagte sie.

»Der hat dir doch eine Nachricht aufs Band gesprochen«, half Sheila nach. »Hans und ich haben sie abgehört, als wir in deiner Wohnung waren.« Hans bestätigte Sheilas Aussage mit einem tiefen Blick in ihre Augen und einem Nicken.

»Den habe ich im Zug nach Italien kennengelernt«, sagte Britta langsam, während sich ein Schatten von Besorgnis über Sigmunds Gesicht legte. »Er hat angedeutet, daß er gegen Geld juristische Hausarbeiten schreibt. Er meinte, er könnte mir auch helfen, wenn ich Probleme mit meiner Magisterarbeit bekommen sollte. Ich hab das so verstanden, daß er Freunde hat, die die anderen Fächer abdecken. Naja, und als ich gerade Knospes Brief bekommen hatte, war ich so fertig, daß ich dachte, ich könnte mich ja mal mit ihm unterhalten. Schließlich hatte ich mich ja schon zur Prüfung angemeldet. Ich wußte gar nicht, wie ich so schnell ein anderes Thema auf die Beine stellen oder einen anderen Prüfer finden sollte.«

»Hast du dich mit ihm getroffen?« Diese Frage kam von Eva, die bisher geschwiegen hatte.

»Nein«, antwortete Britta. »Als er anrief, war ich schon weg.«

»Willst du dich noch mit ihm treffen?« fragte Jonas.

»Natürlich nicht!« rief Britta empört. »Das habe ich doch gar nicht mehr nötig!«

Eva sah Jonas erleichtert an. Ein Glück, sagten ihre grauen

Augen, diese Geschichten werden sich nicht weiter verheddern. Jonas wußte nun, aus ihrem langen Brief, alles über sie: Wie Bauer ihrem Ex-Gatten, einem jungen Juristen und Kunden Anselm Klinkes, eingeflüstert hatte, mit so einer Frau könne er später nicht repräsentieren, sie werde seiner Karriere schaden. Wie ihr Mann, der anfangs gar kein Karrieretyp gewesen war, sie daraufhin verlassen hatte und wie sie auf die Idee gekommen war, sich an Bauer zu rächen. Da sie nichts gegen ihn in der Hand hatte, hängte sie ihm einfach Klinkes Vergehen an, ohne zu wissen oder auch nur zu glauben, daß er überhaupt ähnliche Spielchen betrieb wie sein Freund. Wie sie Jonas als Vollstrecker ihrer Rache auserkoren hatte undsoweiter. Die anderen brauchten von all dem nichts zu wissen. Für sie würde diese Geschichte und ihr weiterer Fortgang auf ewig das bleiben, was Britta eine Leerstelle nannte.

Durch das vergitterte Kellerfenster zum Hof sickerte nur noch wenig Tageslicht in den Raum. Carlo stand als erster auf und spülte seinen Becher ab. »Okay«, sagte er zu sich, und: »Is ja'n Ding.« Nacheinander erhoben sich auch die anderen. Daß Sigmund beim Wegräumen von Bechern und Thermoskannen kurz innehielt und Britta umarmte, fiel zwar allen auf, aber keiner kommentierte es. Nur Carlo murmelte beim Rausgehen einmal mehr: »Is ja'n Ding«.

Im Türrahmen drehte Hans sich um und versperrte Sheila, die als letzte den Raum verlassen wollte, mit ausgebreiteten Armen den Weg. Vor Aufregung war er feuerrot. »Sheila, du mußt mir eine Frage beantworten«, keuchte er. »Bist du lesbisch?«

Sheila starrte ihn entgeistert an. Was ihr ein jahrelanges Studium der Geschlechterbeziehungen nicht enthüllt hatte, das wurde ihr plötzlich klar: Der Mann war in sie verliebt! Deswegen benahm er sich so merkwürdig!

»Natürlich!« sagte Sheila. »Natürlich bin ich lesbisch. Wußtest du das nicht?« Sie konnte doch nicht alle halbe Jahre ihr Coming-Out wiederholen, nur damit alle Leute diese Grundtatsache in ihrem Leben ständig präsent hatten.

Hans ließ die Arme sinken. »Bibibi«, stammelte er.

»Wie bitte?«

»Bist du nicht ein bißchen bi?«

»Ach Hans«, sagte Sheila und faßte ihm an die Schulter. »I'm very sorry. Ich hab mich auch schon oft in Frauen verliebt, die hetero waren. Ich weiß, wie hart das ist. Aber ich bin wirklich überhaupt nicht bi. Männer sind für mich Untersuchungsobjekte oder Diskussionspartner, aber keine Liebhaber. Vielleicht können wir uns mal zum Diskutieren treffen?«

»Na gut«, sagte Hans, halb traurig und halb glücklich. »Das machen wir.« Und als sie hörten, daß die anderen von oben nach ihnen riefen, gingen sie Hand in Hand hinauf.

Adieu, Welt

Der Professor wartete zwei volle Stunden, bevor er den Brief öffnete. Erst mußten Mr. Norton und die Studenten das Haus verlassen, erst mußte er einen bequemen Pullover anziehen, erst mußte er sich ein Glas Rotwein aus dem Napa Valley einschenken. Dann riß er mit zittrigen Fingern das sorgfältig verschlossene Kuvert auf. »Für Kasimir Knospe« stand darauf, in Lydia Ottones Handschrift.

Lieber Kasimir!

Mein Arzt, der alte Geizkragen, gibt mir noch vier Monate, ich gebe mir sieben. Die Krankheit hat mich völlig unvorbereitet getroffen (das sagen meine Romanfiguren auch immer, wenn sie tödlich erkranken. In meiner Phantasie habe ich diese Situation schon oft durchlebt. Jetzt ist sie real, und ich wünschte, ich wäre eine meiner Figuren und könnte darauf einen Champagner trinken.)

Bis kurz vor der Diagnose fühlte ich mich blendend und hatte Pläne für mindestens drei weitere Romane. Einen davon könnte ich sicherlich in der Zeit, die mir noch bleibt, fertigstellen, mein Vermächtnis sozusagen. Aber nein, ich bin nie der Mensch für letztgültige Wahrheiten gewesen, mein Vermächtnis wird der Welt erspart bleiben.

Wichtiger ist mir, in meinen letzten sieben Monaten den Roman abzuschließen, den ich selbst gelebt habe, mit jenen Figuren wieder Kontakt aufzunehmen, denen ich auf meinem Weg begegnet bin, Mißverständnisse aufzuklären und Leerstellen zu füllen. Es ist der Versuch, ein durch und durch unordentliches Leben gewissermaßen aufzuräumen. Ich tue dies, wie es mir am leichtesten fällt, schriftlich, ohne zu wissen, ob meine Briefe jemals ihre Adressaten erreichen; auch deine Adresse ist mir ja nicht bekannt. Aber für mich ist entscheidend, daß die Briefe überhaupt geschrieben werden, und ich habe in Mr. Norton einen äußerst diskreten Nachlaßverwalter, der zumindest einen Teil der Briefe im Laufe der Zeit an die Empfänger bringen wird, wenn sich die Nachricht von meinem Tod nicht länger geheimhalten läßt.

Kasimir, Du mußt jetzt um die 50 sein. Hast du tatsächlich die wissenschaftliche Karriere eingeschlagen, die ich dir prophezeit habe? Ich erinnere mich an dich als einen sehr ehrgeizigen jungen Mann mit wallenden Haaren und einem geradezu gefräßigen Gehirn, in dem eine fixe Idee herumspukte. Schriftsteller wolltest du werden, ausgerechnet Schriftsteller! Und in London, nach Deinem Studium, sollte es passieren. Deswegen hast du dich in mich, die erfolgreiche Autorin, verliebt – obwohl ich 15 Jahre älter war und anfangs so abweisend wie ein Bullterrier. Was soll's? Solche Affären habe ich zu hunderten erfunden und beinahe ebenso oft gelebt, sie ist 25 Jahre her und hat nur ein paar Monate gedauert, ich könnte sie längst vergessen haben.

Du weißt natürlich, warum ich gerade dich nicht vergessen kann. Es hat nichts mit deinen warmen Lippen zu tun und auch nur wenig mit den klugen Analysen, die du meinen Romanen angedeihen ließest. Mir steht noch vor Augen, wie du mich, an einem strahlenden Junimorgen und fast noch im Bett, um eine Kopie meines neuesten Roman-Manuskripts batest; wie du sie geradezu ehrfürchtig entgegennahmst und ich mich geschmeichelt fühlte. Ich dachte, du wolltest daraus lernen, nachdem dein eigener Roman gerade von einem Verlag abgelehnt worden war (mit Recht, wie ich fand). Und wie du die Kopie dann heimlich unter einem falschen Namen an denselben Verlag schicktest – nur um dir zu beweisen, daß auch ein Manuskript von Lydia Ottone abgelehnt wird, wenn es scheinbar von einem unbekannten Autor stammt!

Ach, Kasimir. Du unterschätztest meine Verbindungen in die Verlagswelt und ahntest nicht, daß der Lektor – übrigens ein ehemaliger Geliebter von mir – mein Manuskript erkennen und mir davon berichten würde. Warum hat mich das so getroffen, daß ich beinahe tatsächlich zum Bullterrier geworden wäre? Dafür mag es viele Gründe geben. Aber eines ist sicher: Ich spürte genau, daß du nicht nur deine gekränkte Eitelkeit befriedigen wolltest. Da war auch Verachtung gegenüber meinem Werk, ein kindisches Auftrumpfen nach dem Motto »was die kann, kann ich allemal«. Kannst du aber nicht, Kasimir. Ich bin sicher, daß du das inzwischen eingesehen und dich auf das konzentriert hast, was du wirklich kannst.

Damals hätte ich Dich am liebsten an Deinen langen Haaren gepackt und in die Themse geworfen. Heute sehe ich vieles anders. Glaubst du, daß es so etwas wie Altersweisheit gibt? Früher habe ich darüber gelacht und gesagt, die Alten wollten sich nur wichtig machen, in Wirklichkeit seien sie genauso ungerecht, boshaft, neidisch und kleinlich wie der Rest. Sind sie auch. Aber immerhin kann ich jetzt zugeben, daß es auch in meinem Leben dunkle Punkte gibt, für die ich mich schäme und von denen ich nicht will, daß sie bekannt werden. Ich habe einige Vorkehrungen getroffen, damit dies nicht geschieht, Mr. Norton wird mir dabei behilflich sein. Aber wer weiß, ob es gelingt? Wir kontrollieren das Leben nicht so, wie wir unsere Romane kontrollieren.

Herzlichst, Deine Lydia

Ein Sommer in Sydney

ARGON